乡 愁 可 依

赵卫明 著

浙江工商大学出版社
ZHEJIANG GONGSHANG UNIVERSITY PRESS
·杭州·

图书在版编目(CIP)数据

乡愁可依 / 赵卫明著. — 杭州：浙江工商大学出版社，2020.3

ISBN 978-7-5178-3637-7

Ⅰ.①乡… Ⅱ.①赵… Ⅲ.①散文集－中国－当代 Ⅳ.①I267

中国版本图书馆 CIP 数据核字(2019)第 280666 号

乡愁可依
XIANGCHOU KEYI
赵卫明 著

责任编辑	任晓燕
封面设计	林朦朦
责任印制	包建辉
出版发行	浙江工商大学出版社
	（杭州市教工路 198 号　邮政编码 310012）
	（E-mail：zjgsupress@163.com）
	（网址：http://www.zjgsupress.com）
	电话：0571-88904980，88831806（传真）
排　　版	杭州朝曦图文设计有限公司
印　　刷	浙江全能工艺美术印刷有限公司
开　　本	880mm×1230mm　1/32
印　　张	11.625
字　　数	260 千
版 印 次	2020 年 3 月第 1 版　2020 年 3 月第 1 次印刷
书　　号	ISBN 978-7-5178-3637-7
定　　价	52.00 元

这么多年的漂泊，这么多年的笔耕，常常使我的双眼噙满泪水，日积月累汇流成为一泓叫作光阴的碧湖。

双脚迈得再远，俯身触摸总有一条看不见的绳索系着。因为有它，我的灵魂从没丢失。

魂牵梦萦，乡愁才是远行者永不脱落的脐带。

一种情结，一种记忆，一种感怀。

在心安处，盛下山水，复活风情，放飞梦想。

我用文字放歌，让乡思的情愫化为袅袅音符——

故土可归，家国可寄，乡愁可依。

身有所栖，心有所寄。这些散文随笔都是乡愁的脚印，或深或浅，撒下了游子一路梦走家园的思绪碎片……

文字筑就心灵皈依处（序）

骆寒超①

卫明又要出书了，说是出一本散文集，要我看看原稿，并提点意见。从电话里听他告诉我这个消息，是几天前的事。如今厚厚一本打印稿已放在我案头了。

抚摸着封面上的书名"乡愁可依"，我心里忽闪过了一个念头：家乡的散文作家似乎对乡愁，情有独钟！可不是吗？前些日子我就在《浣纱》杂志上见到过一篇散文，也叫《乡愁》，作者是闻名于暨阳大地的企业家赵林中。这位事业有成的儒商竟写出了情文并茂而精美的散文来，着实令人钦佩。不过三个来月以后的今天，卫明又要出一本《乡愁可依》，这不仅使我颇感好奇，还产生了欲和"乡愁"再一次打交道的兴趣。

说"再一次"，莫非和"乡愁"已打过一次不同寻常的交道了吗？

---

① 骆寒超，浙江诸暨人，曾任浙江省文联文艺理论研究室主任，浙江大学教授、中文系主任，著述颇丰，多次获奖，为中国著名的现代诗歌研究学者。

乡愁可依

是的,我和"乡愁"确已打过一次不同寻常的交道了,且是富于哲理意味的。记得是三年多前,我曾和写过《乡愁》一诗的作者——台湾诗人余光中在澳门大学相聚过一些日子。这期间我们曾就他这首在大陆广为传颂的短诗中"乡愁"的深层含义,做过一次交谈。

我那时这样说:"你的'乡愁'重心似乎不是愁,而是对荷尔德林所说的'诗意的栖居'做怀恋!"

老诗人沉思了片刻,随后眨着那双不大的圆眼睛说:"对了!我的'乡愁'实在是一种人生境界的眷顾,这境界也就是我们心灵的皈依处!它是由童年、母亲、逝去的初恋等等值得人毕生惦念的对象组合成的,所以你说这是对'诗意的栖居'的怀恋确实有道理!"

随之我们握了握手,表达了彼此解诗观点相通的欣悦。

现在,卫明这本散文集子的书名,竟再次引起我对"乡愁"二字的兴趣,花了数天时间认真地通读了它。掩卷沉思,深感卫明以"乡愁可依"为书名是确切不过的,因为他写出了我们这个新时代的"诗意的栖居",表现了我们生态和谐的祖国、美丽丰饶的故乡大地是心灵的皈依处的生存感受。因此,我倒真的要为这本散文集子讲几句话。

在我看来,无论是《栗水金山家风在》《城南酒事》或者《不倒的大樟树》《大地之子》,无论是《夏天的记忆》《流萤·故事·想象》或者《本家潮水》《感谢生活》等写得相当成熟的文本,都体现着卫明对故乡的无比依恋。家园的一草一木全成了他心灵的皈依处。

它们中我还特别欣赏《栗水金山家风在》,写的是诸暨马剑镇辖下的一个小山村,写出了与诸暨、浦江、富阳、桐庐交界的栗金以倪姓大族为核心的近千年变迁史。这倪姓大族是随宋室南渡而随迁到这里的,他们在这片蛮荒山野中一面拓荒垦植,繁衍子孙,一面在为生存而战的搏斗中渐次形成了独特的家族文化,具现在一套具有严密体系的"古楼家训"中,以作为凝聚宗族的精神力量。其凭依着"耕读传家、睦宗爱里、抱朴守俭、内敛清廉"等规范内容,培养出一批以戴良为楷模的国家栋梁之材。整个文本的构思以耕读传家为逻辑起点展开,做了历史的纵深描绘,且进一步推向现实和未来。结束处这样说:"山高水长,栗金村的遗训家风犹如村前的马剑溪,一路逶迤,奔腾出村,汇入大江大海。在它融合的地方,就叫中华文明。"这是推向现实广度的表现了。如此叙写,不仅把暨阳大地作为诗意的栖居地凸显了出来,还感性地象征着卫明的故土情怀:心灵的皈依处就在这里。

这本散文集子除了致力于"诗意的栖居"的主题探求,在题材上也有所拓展,即从对卫明家乡的地域文化风情动人的描绘扩展到现代中华文明所及辽阔幅员的叙写。虽然有关这方面的文本,艺术层次大多不及卫明写家乡的高,但也有写得极佳的,从而也把他心灵的皈依处,从故园扩展到了整个祖国。

我这里指的是那一组《京城信步》。这是写首都北京的。令人称道的是卫明避开了高楼大厦、车水马龙的热闹或者皇宫神殿那种发思古之幽情,而是写祖国心脏处那些凡人凡事凡景,一句话:立足于平凡看北京的生态。

在《京城信步·行走的民生印迹》中,他竟大写一通小贩在北京的活动情景,从中感受到祖国心脏地区有一种"宽容",还进而悟及:正是靠这种宽容,"才有了实惠的民生在这个城市的屋檐下从容生长",显出百姓的"鲜活生气"。

3

乡愁可依

在《京城信步·皇城根下的柴米油盐》中,他对寸土寸金的首都闹市区做了一番不同于众的细致描绘。所谓不同于众,乃在于他笔下流现出来的街景全是些小店铺在做平头百姓需要的白馍、橙橘交易,还有小贩的推车卖衣……这种种景象使卫明禁不住发感慨了:"京城居亦易,我从一元白馍、二元血橙还有车推衣摊、肩挑橘担之类的细节上,读出过民生最淳朴、最动人的细节。"

特别是两则写京城奇人的,让人对生存乐趣更有深一层的回味。《京城信步·柳爹》里写一位退休专家每天一早就在永定河支流上打河水浇灌 27 棵新栽柳树,以在这场义务劳动中寻求生活乐趣。他从"参与研发卫星"的岗位上退下来,转换成一台"灌水浇柳的自动化设备",在"河水清,岸柳绿"中获得了八十岁高龄的新一轮生存价值。《京城信步·钓翁》更奇!一位霜染两鬓的钓翁,在城河里钓了不少鱼后,把剩下的鱼饵全丢进河中,又把塑料桶中钓来的鱼也小心翼翼放回河中,欣赏群鱼争食鱼饵,翔游水里的乐趣,然后整理渔具,扬长而去。真何其乐也。这样的散文,是极妙的人性美速写。诗意的栖居因作者对偌大中国象征的首都所做的人性叙写,真切地显示了中国梦的真实内涵。人生何求?能有这样的和谐社会作为心灵的皈依处,足矣!

写《乡愁可依》的作者可真懂此中三昧!

现在再来看看这本集子作为散文方面的事儿。

作为文学的一个品类,散文以叙事为本,却也允许变奏:可以抒情,也可以议论,但必须建筑在叙写事件的基础上。卫明擅长写故事,且能使故事提到小说的品位。因此他叙写事件可说是游刃有余,不在话下。这本集子中的抒情散文、议论散文都也写得不错:如《生命》,叙写悬崖峭壁上一棵扎根于隙缝的树,从中透现出一股顽强的生命力。这可说是一场感兴象征式抒情散文写作，那种不可思议的求生意志与生命力的发散，是对我们时代精神意志高扬的借物讴歌；《放灯的文化焦虑》是对七月半放花灯这个"盂兰盆节"硬性地跟西施入姑苏的事拉在一起的文化误植所做的议论，从而对现实中的文化焦虑症候做了把脉，也相当得体。

不过在我看来，卫明这本散文集子更能显示出艺术成熟的，还是一些叙事之作。我特别欣赏《城南酒事》中的《酒乡》，《烽烟余烬》中的《酒壶》以及《本家潮水》。《酒壶》写南门农民赵德法的祖传酒壶失而复得，既记录了一段民族痛史，也表现了中华子民疾恶如仇、除恶务尽的爱国主义精神，它以出其不意的情节取胜。《本家潮水》写基层媒体摄影记者老赵忠于职责的操守，嗜酒如命的癖好，朴实诚恳的为人，人物憨态可掬，叙写细致，细节逼真，性格鲜明，是以人物塑造胜。《酒乡》写好酒如命的落魄商人叶慕白乱世时代下奇特的性格，以及性格决定的奇特情节事件，极生动。特别是这个文本的结尾，和李太白醉酒捞月而仙逝有着异曲同工之妙。可以说《酒乡》既重性格塑造，又重性格决定人生行事的情节组合，这种二结合的叙事，是相当高层次的散文艺术追求。我对卫明多次说过：他有写小说的才能。这里谈及的几篇散文，其实就是小说；而他这本集子中的叙事散文，在我看来也或强或弱在向小说艺术靠。

谈完这本散文集子，是能让人深深感受到如下这一点的：这些文字提供给我们的一个心灵的皈依处！而这也该是中国当代散文写作的新动向。

2018 年 11 月 18 日

于浙江大学求是村

目　录

目录

第一辑　故园风过

乡愁可依

目　录

第四辑　斯人已逝

乡愁可依

第五辑　附骥之尾

故园风过

第一辑

山水的隐形翅膀

> 海内昆仑之虚,在西北,帝之下都。昆仑之虚,方
> 八百里,高万仞。上有木禾,长五寻,大五围。面有九
> 讲,以玉为槛。面有九门,门有开明兽守之,百神之所
> 在,在八隅之岩,赤水之际,非仁羿莫能上冈之岩……
>
> ——《山海经·海内西经》

直到 20 世纪中叶才在世界风靡的魔幻主义文学流派,其实早在 2500 多年前的中国滥觞。翻开这部叫《山海经》的奇书,其中奇诡瑰丽,想象超凡,自然山水经过作者笔墨一番晕染,纸页上呈现出目眩迷离、亦真亦幻的景致。

怦然中,千年后的今人,看到神州山水最初长出的那双无形翅膀,扇动着粗犷野性的美丽,掠过长空。至今读来,会生发出许多文化的自豪感和皈依感。

春秋以降,封建起步。此后漫长的专制统治,不仅钳制了中国人曾经活泼而喷薄的思想,作为思想的共生矿——想象力量,也无形中受到了大面积的扼杀。原来在朝野共同沉湎的山水想象,被过早地抽尽了它的鲜活生动,渐渐追逐一种佶屈聱牙的文体,不得不套上讲究平仄与格律的桎梏。表达上的结巴与吃力,

自不待言,但奇山异水面前又如何抵挡得住残留于基因的抒怀
冲动——

岱宗夫如何?

齐鲁青未了。

造化钟神秀,

阴阳割昏晓……

吟着吟着,这个叫杜甫的盛唐诗人,竟然吼出了"会当凌绝
顶,一览众山小"的千古绝句来。当年,因试进士而不第,杜甫沮
丧与低落,跌到了精神的深渊。他踽踽独行,漫游到山东泰安,
在抬头的不经意间,望见了壁立雄峙的泰山,一刹那,诗情喷发,
血脉贲张,借物言志,高重如山的男儿功名追求与万丈豪情又复
归胸襟。从此后,冲着这诗,许多在闱场失意落魄的士子,络绎
不绝攀登在通往岱宗的乞灵路上。山水有魄,由人赋魂,这样的
山水耐看耐读,风传在诗文抑扬顿挫的吟诵间。

山一程,水一程,搜尽奇山灵水打草稿。是的,九州大地,奇
山不缺,灵水不少,几乎都在骚人词客的吟哦中,打成草稿,落笔
成文,最后装订成卷帙浩繁的唐诗宋词和元曲,成就过世所无双
的中国古典文学珠峰。

隐隐中,我们分明看到了山水那双无形翅膀,在精致与雕琢
的冗长时光中,退化了它曾有的野性和粗犷,似乎少了些许地气
和灵气。

如果将附丽于上的诗词视作一种历史恩渥和垂青,那么,大
地之上更多的寻常山水,显然轮不到如此幸运。它们如同人间
草民,恒河沙数,却寂寂无闻,既不进骚士青眼,更遑论入册典

籍。两番境遇,常常令人生出为它们鸣冤叫屈的愤然来。

其实,这种心境只是以人度山度水的一厢情愿,或"隔层猜想"。就像两千多年前庄子批评岸上观鱼妄加点评:"子非鱼,焉知鱼乐鱼忧?"说到大地之上的寻常山水,谁又知道它们有多少在意士大夫、文人词客们那些矫情笔墨。兴许,在它们看来,那仅仅只是人类一种遣兴式的附骥,不屑一顾。

堕入民间,倒也不见得是一种悲哀。恰恰相反,因从来没有离开过昔有土壤半步,寻常山水与黎民百姓之间维系着一条条密不可分的精神脐带,滋养并成长着彼此。不消说,乡野山水不仅为后者提供了强大的物质生活基础,而且为他们创造了想象的可能与空间。在这里,"礼失,而求诸野",不再是一句空洞长叹。赋山以神话,予水以传说,曾经被主流和士大夫们丢弃了的叙事文化传统,却在民间原汁原味地保存并传承下来。以至于后来,就像故乡陌巷弄里出来的乡亲,不管是谁都拥有一个绰号一样,如果没有一个传说或神话,那么,它还配称中国的一座山,或一条河嘛!受人间烟火供养,中国民间河岳山川汲足地气,充满灵气。

灿若繁星般的山水神话传说,大概是我们这个民族所营造的一座最为浩大的文化长城,一条最为清澈的精神运河。在漫漫岁月中,先人们凭借精卫衔石填海、大禹胝足疏流般的毅力,展开想象,镌刻记忆,代代相传,堆出一座座传奇之山,开出一条条演义之河。每个人牙牙学语的开蒙之际,老人们开启叙事之闸,浇灌思维处女原野的就是这一泓乡土清泉。面对着舒展于眼前的青山绿水书卷,从那些跳动着些许魔幻变形色彩火焰的故事中,我们辨识着"大义""忠烈""仁慈""悲悯"等关乎人性与价值的词汇。并且,随着年岁增长,它们发酵并蒸馏成营养终生的琼浆。也因为有了这条文化长城的坚固拱卫,又有山水精华熏陶出来的定力支撑,任凭利妖欲魔来势汹汹,我自岿然不动。

也许,我们已记不清一生要翻过多少座高山,渡过多少条大河,但一定记着家乡那些扇动着神话传奇翅膀的山水。是这些神话之山强健过我们的骨骼,是这些传说之水畅流在我们的血脉,人生前路还有什么高山不可攀登,还有什么大河不可跨越?当完成一次次跋涉后,我们回望来路,会惊喜地发现:先辈们蕴藏在山水神话传说中的经验和智慧,竟是那样丰富。因此也不得不认同作家雾满拦江的精妙观点:神话传说是被加密的历史,是文化的宣泄口,是被迫扭曲的历史现实,是真相的出口,是史实的背离面……原来,我们的脚步迈得如此从容稳健,始终都有这一盏智慧的灵光灯火在前引路。

睿智、从容、理性、仁厚,山水叙事传统乳汁哺育出民众如此强健的文化人格。原本,我们是可以披着一身昨日的霞光,去拥抱现代化朝阳的。因为文化自信,它有着清朗的神态和清醒的神智,神祇一样坚守着优秀的传统文化不至于陷入迷惑的雾霾里。它不慌乱,面对外来文化洋乳的重口味,绝不去饮鸩止渴,对异族包藏着三聚氰胺的祸心,它洞若观火;它更不会去迷恋、甚至欢呼变质了的商业文化,反而目光如炬,时时刻刻对缺钙、低俗保持着应有的警惕。

当农耕文明向工业文明嬗变时,有一种可怕的阵痛将许多国家折磨得大汗淋漓,形同虚脱。在那场撕心裂肺的转型里,人民看到的是:消费文化在与工业、城市化合谋,蛊惑更多的人逃避故土,奔向异乡的同时,还向社会固化视传统乡土文化为落后、背时的逻辑。受此驱使的挖掘机、推土机,正隆隆然开向乡村,又有滚滚浊流泻向江河,传统崩塌,联想断流,山水与附丽于上的传说、神话,眨眼间烟消云散。

中国也在剧变,这些发生在其他国家的噩梦都是殷鉴。剧变中,我们明显感受到山水那双无形的翅膀,在转型时期被撕裂的锥心刺痛。

假若这种撕裂尚能产生挥之不去的痛感,乃至由此而警醒,那么,最起码我们的良知与理性中枢神经,还不至于麻木与坏死,甚或是一种庆幸。人非漂萍,不管身在何处,别再漠视了民间山水传说,它就是我们共同的乡愁和根脉。如果不想让文化自我流放到孤岛,那么就顺着它画定的人性圆周,重新获得生命的方向感。

事实也一次次明证,传统的废墟上,不可能生长出充满活力的现代化。抱起已经伤痕累累、气若游丝的民间山水传说,舔去它的污血,抚慰它的创口,责任与使命迫使着我们这样去做。

文化浸润,出乡万里总归根。要想壮硕一个民族的文化体魄,远足世界,又怎能缺失得了山水传说的骨骼与血脉。鲲鹏扶摇三千里,这样的山水民间文化畅想,虽然沾染着魔幻现实主义浓重色彩,然而,中国现代化的天空一定容得下它展翅翱翔。

指尖上的江湖

有一个群体，他们的生命力曾经大得出奇，远远超出众生的想象。即使赤地千里，哀鸿蔽日，饿殍遍野，他们总能找口饭吃，他们就是那批最早走出人间地狱的幸存者。历经饥馑劫难，他们一次次奇迹般地龙出升天，保存着最为完整的建制，庆幸于一双手还完好无损地长在自己的腕上。

手，是这个群体的命根子，以及他们生命的全部价值。手，同样是这个群体高擎的行业大旗上最为夺目的标识。因此，他们一直以"手艺人"的大号行走民间，闯荡江湖。

"荒年饿不死手艺人。"上苍在开启人间浩劫时，也对他们网开一面。受着如此眷顾、恩渥的手艺人，其秘密大概就隐藏在这双手上。拜上苍所赐，有了手，手艺人创造了巧夺天工的奇葩物什，同样为自己拓出了一条生路，也就不足为奇了。

手艺人用手行走，穿越于千年光阴的时空隧道，游走在万里江山的天地之间。有人的地方就有江湖，凡天下有水井的地方就有手艺人，他们有着自己的江湖王国与独特活法。无论皇家贵胄，抑或百姓草民，吃喝玩乐，衣食住行，须臾都离不开手艺人。然而，在历史的天空下，手艺人如同那飞舞的萤虫、鸣夏的知了，蔚为壮观，却生命卑微。

这种因世俗强加于头上的偏见,屈辱又无可奈何地烙进了手艺人的基因。一代又一代,遗传着的基因总会像胎记那样,鲜明又顽固地外显在他们的后代身上。上前端详,原来体格魁伟的手艺人,人前会不由自主地身腰微躬,笑脸相陪;再看他们的面庞,轮廓分明又不失精细;他们的眼神,沉稳内敛而透出精明……所有种种,标示着这个群体与士、农、商、兵截然不同的身形色、精气神。须知,他们是上苍从芸芸众生中精挑细选后送给这个尘世的另一种材料,创造美轮美奂才是他们的使命;又经历五行八作清规戒律的持久浸泡,质地已然发生了奇异的变化。动用锤、凿、锯、锛、钻、斧、刨诸般工具,精雕细琢,砥砺打磨,他们在鼓捣出一件件惊世绝伦物什的同时,也把自己修炼成风貌峥嵘的江湖奇人。

奇人奇事,是江湖馈赠给我们凡夫的一座文化共生矿。手艺人与艺事,曾经温饱过我们,打发了不少饥寒难耐的日子。

因此,当今日驻足于手艺人留下的一件件物什面前时,我们总忍不住要上前触摸:昔日创造过它的手艺人,留下的余温是否尚存?事实常令我们失望,那上面已经冰冷如霜,气息全无,油然增添了遐想与惆怅。

是什么力量比上苍还要强大,让一个曾经拥有不死魔力的手艺人群体,几乎在一夜间消失殆尽?从某种意义上说,是这些手艺人那双双巧手制造出的机器,以及机器大行其道的工业时代;是这些手艺人刨食天堂农耕时代的终结,以及城镇化的崛起。流萤消逝了,知了失声了,许多时候,手艺人一旦落入生态法则,连上苍都无法拯救他们。

也许,上苍已经死了,只有人还活着。

羁鸟恋旧林,池鱼思故渊。这片由数不胜数传统手艺人开

9

手艺人的双手

抖狮，一种化石般存活在诸暨的民间艺术，曾经在很长时间蛰伏于遗忘角落。

忽然某天，文化部门从故纸堆里读到它的记载，怦然心动，决心要发掘出来。

然而，除了那些耄耋老人口耳间相传，又不见了它的踪影。

一次偶然的机会，一位修葺古建筑的老木匠无意间被发现，抖狮才得以从湮没已久的尘埃中一跃而出。

人们对老木匠的手惊为神奇。

因为手艺人的那双手，一只拽住远古，一只牵着今后。

拓的江湖，毕竟栖息、游弋过我们民族的智慧、创造和传奇，它在寥廓的清夜时不时闯入我们的梦境。梦境中有蓝天白云，恬静在原野漫步。这时，我们才恍然大悟，在当下中国，原本心田里的沃土，无疑还是来自绵延数千年的农耕文明。这片渐行渐远深藏于指尖上的江湖，被工业化也好，城镇化也罢，它不该抗拒这种文化传统的渗透，而应从中汲取更多的滋养，在现代的背景下，交互晕染出更精致、更精微的美丽。这也是我们今日要留住手艺、保护手指上那个文化生态的价值与意义所在。

当下，传统文化遗产经常开发先行、保护滞后，商业迫不及待扮演着主导的角色。别以为手艺物什收入了私人博物馆、走进了文化市场，从此手艺文化时来运转。恰恰相反，它们一旦远离自己赖以生存的原生态，已经被抽去了灵魂而成为一具具标本，更载不动工业化汹涌浪潮下的乡愁了。

手艺江湖，是一部中国博大而丰富的文化野史。"礼失，而求诸野"，此时的野史往往可以当作信史来读。想要原汁原味地品尝中国传统文化，能绕得过这片手艺人遗留给后人的江湖吗？

城南酒事

酒　乡

还真不是神吹胡侃,家乡的酒名与谪仙李白扯上过瓜葛的。

第一个与李白有过交集的是叶慕白。他是浙中最大的船东,当年驳船、帆船、客轮、洋轮,像水浮莲一样,乌怏怏地泊在浦阳江上,过湖走海,三江六码头没有人不知道这个绰号叫"慕白柁爷"的怪人。

说他怪,先得说他取的自号"慕白"两字。叶船东原名叶经天,名字是前清秀才爷爷的杰作。然而,自从识字,孙儿因对李白痴迷得不得了,自作主张改名为"慕白"。他酒也喝,诗也作,算是当时江湖上大名鼎鼎的一代"儒商"。

可是,好景不长,日本兵打进中国。叶慕白赶先一步,把船只从湖海上一条不少拉进浦阳江,没让鬼子抢走。然而,钱塘江太窄,根本挡不住鬼子的脚步。1941年初,眼看钱江南岸又将陷落,上百条船只决不资敌,慕白一把眼泪,一桶汽油,一根火柴划过,全部将其化为灰烬。

到了这时,慕白才真正沉醉酒乡,再也没有醒过。没有了银两,变卖了所有,他的老婆文淑擦干眼泪,幽幽地对丈夫说,看看我能不能给你换来酒喝？见慕白不置可否，这位上海小姐说到做到，此后十年三次以身许人，为夫换来酒喝。"凡事不过三"，三次过后见慕白仍未醒悟，这才挥泪改嫁了别人。

第二个与李白有交集的仍然是叶慕白。

20世纪50年代，地方政府禁止农民拿紧缺的米粮私酿老酒。村中富户松毛以为政策似风一阵总会过去，偷酿了三大缸米酒。等到米酒发酵煮熟，严查"酒贪子"的工作队像篦子梳头，一遍遍挨家挨户查过去。并且，这些队员个个都有狗鼻一样灵敏的嗅觉，半里路外就能闻出酒味来。一旦查到，米酒充公不说，"酒贪子"还得敲锣游街。

在这阵势面前，松毛坐不住了。腊月十五半夜，他央求几个堂兄，拉着板车，把三大缸酒驮到浦阳江一个叫猪槽湖的大湾，偷偷倒入滔滔江水里，贼一样跑回了家。

也合该慕白星宿归位的时辰到来。这米酒还是未兑过水的浆酿，它遇水相拥，见风飘香。从城里游荡归来的慕白，循着散发酒香的水波溯江而上。到了猪槽湖湾的时候，明月从云层探出，跌入了平如镜面的江中。慕白望望天，看看江，贪婪地嗅着醉人的酒香，已经不知哪个真、哪个幻了。"扑通"一声，他纵入冰冷彻骨的江里，放开肚子饱饮，再也没有起水，死得极有李白的范儿……

嗜酒如命的叶慕白，在越国古都南门外像一团陈年酒曲，他的故事至今发酵出一坛坛传奇的好酒，醉倒过一代代后人，也为家乡赢来了酒乡的美名。

有人说叶慕白就是李白再世。然而，绝没有人敢以"酒鬼"的恶谥称呼他。在城南地面的好酒者中，酒仙的牌位只有一座，那是给慕白留着的。

乡恋可依

家乡城南，山不见峻岭，地不生陡坡。浣江九十九个弯，龙行蛇走气喘吁吁，来到城南地面陡然换了个温温顺顺的性子。天地造化，天人合一。家乡民风淳朴温和，乡民嗜酒。男人豪饮，女人善饮，却饮得极有讲究：不求菜肴、不讲荤话、不拼死活，尽兴为止。在他们眼里，大碗喝酒、大块吃肉，那是啸聚山林的绿林做派，失之狂野；而那些推杯换盏、觥筹交错的过于斯文，又失之阴柔了。

也有人说，叶慕白以自己之魄，化为了酒魂。农家酿酒，都往猪槽湖湾取水，化出来的酒醇厚而浓烈，叫闷青酒。

这是一种用上好糯米为料酿制、需在阴凉处窖藏数年的土酒，开坛时只见满坛嫩黄如雏鸡茸羽的，是精品；碧绿如液化之玉的，才是酒中上品。闷青浓香而不冲，颇似乡人爱看的那种委婉缠绵的越剧，入口柔糯，酒力却是后发制人的。未探深浅的外客不知不觉中飘飘然而一败涂地。乡人识趣，做客醉酒丢丑，不会哂笑。

世间万物，最不可小觑的是那些其貌不扬和不事张扬的，犹如闷青酒。此酒掀开封泥时，这样的好酒竟无半点酒味——哪怕一丝一缕。这也是家乡酒的特别之处。

酒如其人。城南乡人在俗世众生中浑然一体，乍看也无特别之处。不过，少安毋躁，他们喜欢的闷青酒，窖藏几年则要开坛露天几日，做到了这份耐性，酒魂复苏，酒的奇妙神韵自然就可以尽情品尝领略。"欲知城南人，先饮城南酒。"这也似乎成了城南乡人在交往中的一个铁定法则。

那么，到底是酒孕育了奇特的城南人，还是城南人打造了酒的奇异品性？这又成了"先有鸡还是先有蛋"之类的悬案。

人分三六九，酒有优劣中。喝一样的酒，出百样的人。

酒 豪

"陈三枪"从前叫作陈老师,职业自然是个教书匠。到了后来,除他的学生当面循礼叫声"老师",城南老小几乎都唤他这个绰号。

在城南方圆三十多里地面上,陈老师当时的知名度,在乡人的心目中绝对不会逊色于比走马灯还换得快的名流政要。这倒不是陈老师教书挣来的美名,而是这个敦厚结实的汉子,不时折腾出些神神乎乎的怪事奇事,让乡邻开心一阵。

当然,陈老师也是以能饮出名的。因此,很有些自负的他称自己为杜康大兄。"文革"后期,我还在他家的客堂上看到过一张书法条幅,上曰:"唯酒无量,不及乱。沽酒市脯不食。"整幅书法意气风发,颇有怀素狂草韵味。陈老师笑吟吟的神态,无一不在炫耀自己的才艺。只有喝酒不限量,又不要喝醉。但是,买来的酒肉无论如何是不吃不喝的——读着这段出自《论语·乡党》的心迹表白,看着这幅堂而皇之张挂人前的"四旧"之作,我对乡里这位怪人捉摸不透。

还有一个难解之谜是,爱喝酒的陈老师在那段时间竟迷上了现代戏,拉起了一个文工队。凭他这身板、嗓音,八部"样板戏"里的"高大全"男一号全让他演个遍。他还不过瘾,又迷上了新推出的"革命现代京剧"《杜鹃山》,五大三粗的草莽英雄雷刚这一角色,正好与他形神兼备。

新戏还没正式开演,县"革委会"决定要对各地剧团做次"手术"。这也难怪,当时城乡现代戏剧团多如牛毛,正应了《沙家浜》戏中胡传魁的唱词:"老子的队伍才开张,十来个人,七八条枪",神圣的"样板戏"岂是起绺子、拉杆子一场闹剧不成!

乡愁可依

陈老师是个怪人，自然最爱怪事。接到验收通知，他把柯湘、李石坚、田大江、温其久、毒蛇胆等大小角色请到家里，搬出原本结婚时才用的三坛闷青酒款待众人。接连四大碗酒下肚，陈老师脸色酡红，已是醉态毕现，对镜大笑说："也好，省下几个胭脂花粉钱！"

一阵寒风，几点冷雨，公社操场上的观众人人打着寒战。唯独陈老师带上的文工队酒力发作，唱词念白直刺得人耳膜发疼。戏被顺顺当当推到了高潮，雷刚擦亮了眼睛，"把兄弟"温其久暗中投敌真面目被识破，作癞皮狗状伏地告饶。怒火中烧的雷刚拔枪便打，剧中规定将他毙命仅需一枪。但是，扳机扣下去不见仇恨的枪响——幕后配合的职员忙中出乱，将发令纸在雨中淋湿了，急出了一身冷汗。

台下一阵骚动，陈老师却不急不忙，胡编几句台词："……一夜风雨紧，人急枪不急"，作子弹枪卡壳故障处理状之后，提枪又打——枪还是不响！台下反而鸦雀无声。无声往往比有声更可怕，陈老师也明白其中潜伏着的危机，这还了得！"旗手"钦定的革命戏，大到演员造型，小到一个补丁，仿佛都有严格的"技术标准"一般。陈老师两次犯规，观众替他们把心都提到嗓门口。

谁知，陈老师顺手丢掉这把倒霉的盒枪，声若洪钟："呔！好你个温其久，送我一只闷葫芦。算我心不明、眼不亮，让你多活了几分钟！"念毕，接过柯湘送上的驳壳枪——"嘭！"这次后场起码放了两粒发令纸，一锤敲下，一声裂帛的尖响，算是结果了内奸的性命。"哗——"台下掌声一片，连下派审查的大员们也放下"钦差"架子，起身鼓掌。

演毕，审查大员走上戏台，借题发挥大讲提高警惕，不使阶级敌人苟延残喘。转至幕后，他夸起陈老师的铜锤花脸功夫已有八分火候——原来,这也是个梨园的行家里手。看来,雪下埋火种,戏剧有转机,多少总是个慰藉。从此,陈老师真的有了"酒豪"美名,"陈三枪"的雅号也不胫而走。

谈笑间三十多年光阴流逝。我不久前偶遇陈老师,得知他退而不休,以全家妻儿为台柱,拉起的草台戏班常年在农村献艺。我还记得戏班以他的绰号为名,生意不错。

难以置信,昔日无酒难活、越醉神智越清的陈老师,而今却滴酒不沾了。酒这水做的无形之火,有时不仅仅自己过把瘾就算,还得为别人、为世道喝。这还不累,不喝倒显轻松。酒豪之所以为酒豪,自知进退。我算长见识了。

酒 人

城南一隅,以饮著称的人不在少数,但嗜酒成性的恐怕比白水牛还难找寻。"古来圣贤皆寂寞,唯有饮者留其名"——如果没有一两件在乡人面前拿得起的本事,仅凭灌黄汤那点招数想青史留名,在我家乡恐怕也是办不到的!

因此,能写上乡人饮酒龙虎榜的除了寥寥数位是酒仙,余下的连做酒鬼的资格都没有,只能老老实实做个酒人——介于酒仙与酒鬼之间的普通一类。凡类也好呀,喝得实在,活得真实。

其实,乡酒与生俱来就为引车卖浆之流量身定制,只是拿它解乏祛累,绝对不会有进贡御用、设坛祭祀、封赏犒劳之类轰轰烈烈的非分之想。

要做酒人,木根大叔却愤愤不平了。要论功德和知名度,他绝对不在"陈三枪"之下。走在城南地面上,角角落落里的人老远认出了他。木根大叔牵线搭桥,乐做月老。大半辈子玉成了多少男女的婚姻?他会掀开那顶一年四季捂得严实的解放帽,认真地说:"头顶少了几根发,就是我做成了多少媒!"一道炫目,光亮的顶上几根白发萧瑟如寒茅,疏朗得可怜。木根大叔不忌讳"癞子"绰号,却痛恨旧谚"狗馋舔碓,人馋做媒"之说,为做媒贴进光阴车钱,玉成后只求三瓶酒喝。木根大叔姓刘,于是,"刘三瓶"的雅号在城南十分响当当。可是,在酒名上与"陈三枪"计较名分,他仍然只能在其下,称个"酒人"而已。

这倒不是因为酒量的缘故。相反,"酒精考验"的木根大叔自带闷青好酒,两次找上"陈三枪"。一战"陈三枪"输,二战"刘三瓶"胜。

大获全胜的木根大叔即要自封"酒仙",却被"陈三枪"如参禅机般点醒:"是人是仙,全在众人一念中,计较作甚?要紧的是,人活出仙样便是仙。"

似懂非懂,木根大叔听得懵懵懂懂,暗自思忖:仅凭人家这么几句,道行就在我之上!

不过,要不是碰到一件难以启齿的尴尬事,木根大叔可能还不肯罢休。

虽说是出了名的大媒人,木根大叔对自己子女的婚姻却关心很少,一直内疚。一次,路过未来亲家的门口,便走进去寒暄。家里只有亲家母一人,烧水泡茶,又煮了当时农村最高招待规格的鸡蛋点心,忙碌着到了中午。木根大叔还有话说,却瞥见亲家母眉头打结,似有阴郁之色了。谈了片刻,她起身上楼,说是给亲家公打些闷青好酒来吃。

嘀嘀嗒嗒。木根大叔听得亲家母楼上打酒磨磨蹭蹭,好似细雨敲窗一般小气,有些不舒服,昂起的酒兴顿减一半,还客气地试探着:"亲家母,不要打酒了,我想走了。"

"噢,亲家公真的要走,我把酒倒回去算了!"——哗啦啦。

木根大叔伸出前脚踩在门槛之外,好随机应变。听得楼上把酒倒回坛中,竟似放闸那样洪亮,便抽起后脚,不吱一声,拂袖而去。

此后好几年时间,木根大叔再也不肯踏进亲家家门。后来还是亲家公"笑话铜锣"帮他打开了这个闷葫芦:"谁让你趁我不在,一个劲没完没了跟亲家母聊。活该没酒喝!我家内客人内急急得实在没办法,借故上楼,你倒好,还一股脑儿想喝酒,可见是酒虫一条!"

真是喝了一生酒,丢了一世丑。一席话,木根大叔的脸红得活脱脱似关公,连赔不是。想炼酒成仙,却连酒人都不成。他感叹自己吃酒也好、做事也罢,一旦入魔则会阻塞心窍,还自以为是,看不见人家背后嗤笑为虫!

这件事被改编成笑话,以多种版本在家乡作为茶余饭后的佐料流传。对于它的真伪,我一直存有怀疑。瞅了个机会曾求证于木根大叔,他朗声大笑,不置可否,末了说:"杯中日月虽长,也分仙境凡界。有的人看似酩酊大醉,却心比镜亮;有的人看似心细如丝,却一生稀里糊涂……你大叔是后一种人。"

酒这东西也真怪,由它作镜,可以折射出芸芸众生的丰富情状。人生就像一坛酒,只有投入到默默的岁月中发酵,才能显现出生命的颜色和气息。太冲太淡,都是不成熟。我几次想当面对木根大叔道破:酒中世界,亦仙亦人,你已大进境界。常常话到嘴边,不敢老三老四说出口。

草塔羊肉

　　诸暨民间版的"说文解字"认为，要说餐桌上的珍馐丰美，自然少不得鱼和羊两道大菜。因为仓颉造字已有明示："鲜"字本来就由"鱼"和"羊"两字构成，少一不可。故而，外地人要评判诸暨主人待客丰俭厚薄，只要往餐桌一瞧便知分晓。不过，羊肉因性温热，不同于鱼可以一年四季大快朵颐，诸暨老乡再想好客，也只有耐心等到天气转凉。

　　秋风一起，羊肉登场。这时的诸暨，无论大街小巷，饭庄酒楼，还是山坞角落里的农家，都飘出一股股、一缕缕羊肉香，令人垂涎。再看那盘子上的羊肉洁白如玉，薄如蝉翼。那造型和刀功令人叫绝！

　　诸暨如此推崇羊肉在菜肴中的地位，可谓一绝；在吃法上迥异于外域的红烧、焖炖，仅是白切蘸调味，也为一绝；从刀功上出来的如此精致的成型，可与秦淮河上的灯影牛肉直媲美，还是一绝！

　　"羊肉如此鲜美出何处，如今只剩一处出草塔。"在诸暨的食馔史上，县城与集镇上不知架起过多少只羊淘——这里人习惯把屠宰、加工羊肉的作坊称为"羊淘"，民俗爱吃羊肉的从众心理，又鼓煽得羊淘里的炉火旺旺的。不知何故，在漫长的历史中,县城羊淘在解放初即已扒掉改行,其他集镇上的炉火纷纷熄灭。而且熄灭在羊肉消费者急剧飙升、市场空间陡然膨胀的大好时机。而今,南北货物畅通,物质的富足使昔日待客过节的稀罕物成为诸暨百姓寻常盘中之物。入秋以来,羊肉日消费量多达数百只!这让过去的羊淘作坊主发出生不逢时的喟叹。然而,喟叹中鲜见东山再起者,仍然只有草塔羊肉独占风光。这其中的奥妙谜团也让人费解。

作为诸暨"羊肉文化"硕果仅存的草塔镇,并不占多少"地利"上的优势,这很像整个诸暨的山羊生产消费情况:喜欢消费羊肉,且数量惊人,却不大喜欢养羊——尽管这里是个"七山一水二分田"的多丘陵地方,本来草料丰茂很适宜养羊以供当地消费的。与其他地方不同的是,草塔人善于占"天时",更讲究"人和"。多少知道这里长盛不衰缘由的人士还特别提醒我,草塔人做生意有种"形而上"的品位,竞争起来恪守的是质量与工艺上的真较劲。绝不会出现眼下生意场上常见的"劣质低价,以次充好"状况。

循着这股夹杂在羊膻味中的古朴商业气息,我在一个深秋时节踏进了草塔这个既古老又现代的小镇。

其实,要探访羊淘根本用不着叨扰向导,越往老街深处走,羊膻味就越浓。在大房村的一条深巷里,我凭着嗅觉感官,并不费多少周折找到了"羊淘一条街"。这条深巷里,起码有五六户农家从事着羊肉作坊营生。羊淘开锅还不到一个月时间,经营者们已经营造出了浓烈的氛围:小沟里淌着的水流泛着羊膻味,空气中飘荡着羊膻味,嗅嗅自己的衣衫也粘上了羊膻味。走进这里,耳闻得低沉悠远的闷雷声,以为要下雨了。然而,抬头向天,天高云淡,没有丝毫雨意。再循声望去,那声音是从深巷里的一字排开的十来只大号淘镬中发出的。

哦，闷雷惊蛰了深藏一年的羊淘。

差不多有大半人高的木桶里，严严实实压着十来只杀白的羊，此时油汤沸腾、肉香扑鼻。杀羊卖肉是年轻力气活，烧镬人都是些上了年纪的"老羊淘"，"退居二线"后看成色识火候，责无旁贷担任了别人无法取代的重要工序。现在，"老羊淘"们把成捆的干柴往炉中添，从只只炉火旺盛的羊淘中，我自然想见得出草塔羊肉该有多少红火了。

在深巷的一座羊淘前，我碰到了草塔羊肉的传人蒋峰。他祖上几代经营羊淘，而今父亲又放手把经营大权交给了他。小伙子二十出头，既有屠宰行业中常见的剽悍壮实块头，又隐约可见生意人里特有的精明。在同行中，蒋峰年纪轻轻已经拥有"小老板"的称号，这使得他父亲有些妒忌，又很自豪，说是碰到好时代让竖子也成了气候。

小伙蒋峰雇了几名本地帮手，每天要宰杀加工二三十只山羊。除了开羊淘，蒋峰还从事着货源采购，草塔地面上宰杀的山羊，差不多都是由他经手从江苏、山东、内蒙古、山西等地采购来的。谈到自己的生意经，小伙子说，单一经营现在已经很难发"羊财"了。要想发"羊财"就得走采购、加工、经营的"一条龙"经营之路。

一番话，多少道出了众多羊淘消亡在历史中的原委。在漫长的小农经济主宰时代，对羊肉有着极度嗜好的诸暨人，昔日一年之中只有几次尝鲜的机会，即使是能出本地货源的山乡，仅几家养羊户，产量极小。众多羊淘因羊源的匮乏，隔三岔五陷于"僧多粥少"的"断顿"窘境，甚至关门大吉。

"到草塔只看羊淘不看杀，好比只看个戏文尾巴。走，看杀羊去!"善解人意的小伙子,分明看出了我们的心意,招呼大家向弄堂更深处走去。一边走,他一边滔滔不绝大侃着草塔羊肉兴衰沉浮史。如此的稔熟,了如指掌,致使我们怀疑他的年龄,也大致廓清了诸暨羊肉的轮廓和经营理念的变迁。

历史上,诸暨最兴旺时出现过上百家羊淘,草塔早就"三分天下有其一"。时事变迁,到后来,羊淘在其他地方几近绝迹,即便在草塔也无非集中在大房、满洲几村,羊淘数量也在缩减,这诸暨偌大的羊肉生意,最后集中到几家专业经营户手上。小伙子有些感慨地说:"'一个馒头也上蒸笼'的非专业经营走不通了,以次充好,掺杂使假更是一条死路。"草塔人聪明之处在于能在人家跌倒处留心眼,认准现代消费者的心理,每道工序都把住。就拿进货关而言,山羊选择当年的后生羊,只重大约在三四十斤,最重绝对不能超过五十斤,这样的羊肉肉质嫩、口感好。

说话间,我来到了深巷的尽头。只见肉案上躺着一只褪尽毛、愈加显得白净的山羊。主人赵培钊手脚麻利,三下五除二就完成了落头、破膛、开肚、取内脏的各道工序,该留的留,该丢的丢,绝不含糊。蒋峰在一旁悄悄告诉我,要是以前,这些羊杂零碎全塞进腿部、背骨里当肉卖出去的。多少年来的"行规"破除了,如今也多了剔骨去臊的新规矩。

话音刚落,赵培钊操起一把像弹花榔头一样大小的木家什,朝肉斧背上一阵敲打,把眨眼间剔除了骨骼的山羊胴体抛进清水中,继续漂尽丝丝缕缕残剩的血丝。我好奇地拿起这把满身油渍、形同文物的檀木榔头。发现周身已被刀背"吃"进去好几厘米深。赵培钊颇有些骄傲,咧嘴朝我们笑笑:"只一年工夫,这把檀木榔头弄成这样了。在我父亲时,是不用这玩意儿的。"敲锣听音,看得出来这把榔头记录着经营的实绩,同时也刻下了新一代羊淘经营者求真求实的新风尚。

诸暨羊肉在历经多少代风雨后，终于从我置身的这条弄堂里走出来了，开始登上杭州、上海等现代都市的筵席和餐桌。也许是现代社会拒绝繁文缛节，古代以羊荟萃"全羊席"著称，而当今消费者更喜欢来自诸暨乡野的这道羊菜。虽然它还没有商标，没有包装，但是，有时约定俗成的民间约束力比装在镜框里的"条例""守则"更管用。草塔羊淘讲究质量，一家比一家下功夫，祖辈的技艺得到振兴的同时，也真为当地创下了一块牌子。

悠长的草塔深巷，仿佛是一条浓缩诸暨羊肉历史的长廊。穿行其间，我蓦然感悟：世上的许多事物并非像酒那样越陈越香，只有在真实的底蕴中注入发展的新内容，其香才会愈发浓厚而深远。

诸暨笠帽

　　雨伞的出现，肯定受到过笠帽的启迪和点化。我认定，后者是前者的始祖。后来，它们走上了截然不同的命运道路，也预示着各自的归宿。

　　它们最初只不过是雨幕中的一件道具，情调却大相径庭了。一个登场于闹市、断桥、街巷，点缀着缠绵悱恻的粉红色故事；一个厕身于田野、阡陌、乡村，遮掩住安贫乐道的黝黑色坦然。

　　当然，笠帽总与田园诗、牧歌形影相随。它所到之处，总是牛羊成群，稻麦翻浪。原始传统状态下的农业，弱不禁风，像一盏豆油灯，农民总是用身边的笠帽盖捂着五谷丰登的希冀，不致力于让它经受风吹雨打。诚然，这样的笠帽绝对没有一个农人敢用粗制滥造的货色来敷衍了。

　　诸暨笠帽选料十分讲究，主料毛竹必须是霜冻严寒下砍伐的冬竹，虫不蛀，雨不霉；帽檐上所用的油纸、棕叶，又有指定专用产地，非如此不用，每道工序都不含糊。

　　都说诸暨木柁心不粗，手不笨，连编出的笠帽也争奇斗丽，宝塔形、圆斗形、小亭形，形状各异，煞是好看。规格齐全，又适用于各地农民不同劳作的需要。其中专为挑夫编织的“七根头”笠帽扣在头上，就是一座圆顶的小凉亭，保你搭放在扁担上的双手免受日晒雨淋之苦。

按理,这已够人实用的了。可是,有着"耕读传家"学风的诸暨农民,技痒难熬,会在大大小小的笠帽四角题上"清风徐来""风调雨顺"之类的书法,而像"年年见和""平安人寿"等句可以顺着念、倒着读,极富情趣。持有者享受笠帽实用功能之余,祈盼中又平添了几分蕴含美意的书卷气息。

于是,人们争相购买,一迭声赞叹"诸暨笠帽"轻巧、耐用,几乎成为一种精致的工艺品。但是,又有多少人会想到,这手精细活儿会出自后坂村"业余篾匠"们那双双侍弄庄稼的粗手!

后坂村是一个遍地难觅一棵竹子的奇怪地方。全村男女老少几乎都会编织笠帽这么一手。闲来无事,剖篾、切丝、压叶、上檐,全家配合默契,不管人多人少,自然而然地进入流水作业的笠帽编制程序中。每年只要编织出上千顶,庄户人家的油盐酱醋钱也就有了着落。全盛时期,这个村要为各地供销社完成四十多万顶笠帽的生产指标。

在后坂村,农民祖祖辈辈把编笠帽视为"看家本领",不肯轻易外传,并且立有铁一样的规矩:"传子不传女,传里不传外。"为了不让"肥水外流",每人只能学会一至几道编织工序。因此,全村几百人中能一人独立编织的"全匠",寥若晨星。十分保守的后坂人,又都是一群脑子活络、虚心好学的农民。各地都有笠帽出,后坂人能细心揣摩其风格技巧,做到兼收并蓄,为我所用。不多久,就能推出新款笠帽,很快占领新的市场。这也许是"诸暨笠帽"能在后坂人手里巧做无米之炊,历经四百多年而盛销不衰的奥秘吧。

笠帽,晴能遮阳,阴能挡雨,天闷气急还能扇出一片清风,脸朝黄土背朝天的农民须臾都离不了它。时至今日,在庇护着后坂村迈进富裕村的行列后，这门传统行业正在逐渐淡出。三亩棉花三亩稻，晴好雨好，这样的小农经济日子已经终结。获得了生产自主权的农民，再也不会听命于老天的安排，匍匐于它的脚下。许多人洗脚上岸，走出笠帽庇佑的小天地，猛然发现，世界原来是如此之大。

　　不过，能在没有一棵竹子的地方，编织出如此花团锦簇的笠帽，心不灵、手不巧的怎么行呢？编了这么多年，我看得出他们对自己的手艺有些厌倦和乏味。编着编着，丢在屋角的那个个浑圆的帽圈，凝固成了一户又一户为笠帽画上的句号。说实在，有太多很新的东西，在等着他们去编织呢。

怀念鸽子

暮春时节，一只来无踪去无影的鸽子，飞临我家。想不到就是这只鸽子，以后竟在宁静的我家击拍出一些浪花来。

民间对不速之客的突然造访，只要不是乌鸦、猫头鹰之类的，都会蒙上一层吉利的色彩。偌大县城的房舍密密麻麻如蜂巢一般，陋室仅是其中一孔。灰鸽飞临，看中的大概是我家屋顶那点可怜的人造屋顶花圃。

城里的屋顶绿地也不是个稀罕物。我有时想，不管是城里人还是乡下人，骨髓里都浸透着农耕社会遗留下来的积习。否则，前者房前点红缀绿，后者屋后瓜黄果香，就没有办法仅仅用审美或情致所能解释。至于我这个前脚已踏进城里，后脚还留在乡村的尴尬人，屋顶绿地上种出来的花草，同样是七荤八素，不伦不类的。为了让家乡的泥土落户城里屋顶，我洒下的汗水倒确实需要用斗来量，这也无济于事。屋顶花草的命运，直到我把母亲接进城里才得以改观。这样得来的劳动成果，换了谁都会看重的。

母亲把呵护庄稼的全部细心、勤劳，倾注到这些花草上。宰鸡杀鸭留下的五脏六腑，吃剩的鱼刺肉骨，全部收集起来埋在土里。她同我一样是个"花盲"，大半辈子从不肯闲坐片刻。不同在于,她认准花呀草呀无非是另一种形态的稻粱或桑麻。没多久,屋顶上的花花草草,枝是枝,叶是叶,很有了些起色。母亲笑笑说:"原来就是路边坎上的犯贱东西,还怕它金贵到哪里去?"

草盛招虫,枝茂引鸟,麻烦事真的找上门来了。此后,草丛树下的植皮东一窝、西一坑,不知被何物扒得像个瘌痢头。母亲心疼她的劳动成果被糟蹋,而我懊恼浇灌过汗水的泥土被扒得满地都是,风一吹造出"沙暴"来,晾晒的衣服非要变次色不可。

开始的时候,我们怀疑过楼下邻居的那群鸽子。她的鸽子比专业户还要养得多。母亲几番侦察,把捣鬼作祟的祸首目标锁定:一只外来灰鸽子!

我去看时,灰鸽已被母亲撵到了屋角的秋千架上。灰鸽瘦弱不堪,羽色黯然,无精打采,一阵风吹来,我还担心它会摔下来哩。也许它真的是饥饿交迫,在人们的叱骂声中竟无力抬起眼皮。而这个举动又被母亲误读为故意的藐视和蔑睨,逼迫她操起扫帚驱赶……

捣蛋的灰鸽像牛皮糖一样,粘在了我家的屋顶绿地。人来它走,人走它来,拉锯之间照样把草地捣鼓得七坑八洼。对峙中母亲似乎没有了耐性,几次声言要上街买来老鼠药彻底解决。而我儿子,则取出玩具步枪,显然也要刀枪相见了。

就在人鸽之战一触即发时,我有事去了港澳,一待就是七天。返家时,想不到灰鸽竟神奇地化解了深重的危机,同时还与我们家庭成员建立了融洽的关系。从一进家门母亲不停地倾诉中,我大致明白了谅解的经过,无非是灰鸽彻底改变了扒坑的恶习,变得听话亲近起来了。

母亲说是地下埋的东西生出虫蛆招惹来鸽子的。听语气,好像一开始错在她,很有自责的成分。来不及歇息,我来到屋顶。灰鸽见有人来，也不怕陌生，径自从秋千架上蹿下。母亲像唤鸡一样，撒下一大把白米，它就全神贯注啄食起来。吃饱了，灰鸽不断侧晃着小脑袋打量我。这时我发现，灰鸽是只信鸽，纤细橘红的脚杆上套着个塑料箍儿。它几天不见也变了模样，灰黑的羽毛在阳光下泛出孔雀幽蓝。这幽蓝让人多么熟悉啊！当年汉代张骞出使西域，千里关山传信息，不就是一羽幽蓝的精灵吗？我产生了遐思。

我也学母亲的样，将一大把白米撒在地上。灰鸽美美地撮了一顿，直把本身已短绌的脖子斜背上一条"干粮袋"，在人前踱着方步——它一定很惬意。我不由得羡慕，甚至有些嫉妒它。匆匆间，人近中年，已很有了些疲惫沧桑感。人在旅途，累了有个地方，能让我这个陌生人落脚歇息，饿了赏碗饭吃，渴了送碗茶喝，该是多知足的事！鸽子不语，迷惑不解地张望我一阵，飞了。

等到翌日清晨飞来时，灰鸽带回一只花里胡哨的花鸽，俨然大街上的流行情人，只知道旁若无人一个劲地亲热。我们很高兴地送了它们一把米吃。

可是，才隔一天，灰鸽又孤单地飞回来了。不知本来就是一场骗局，还是新爱被情场高手诱拐。在我看来，灰鸽的遭遇很类似时下掏钱购买贫困新娘的光棍们，落得人财两空。这坑人的伎俩，世间叫"放鸽子"。以前我一直搞不明白这名堂，由此长了些真切见识。我真佩服灰鸽的定力，虽然"曾经为爱伤透了心"，却能在屋顶绿地花盆间踟蹰独行，极具哲人反思状。而我在报章上读的一条新闻是，有大龄青年三次结婚，三次误入"放鸽子"圈套。看来，有时人不如鸽。最起码，它有理性，耐得寂寞，懂得亲近。

少见的暑热把我们的晚餐桌,从蒸笼般的屋里搬到屋顶,这使得我们与鸽子有了更多的相处机会。它通常站在阁楼顶端,静静地看我们吃喝,在夕阳的余晖里凝固成古老屋宇马头上的装饰砖雕。有时来了客人,它也不怕,绕着人家咕咕不停地打招呼。种种迹象表明,灰鸽一直试图在努力融入我们这个普通家庭。客人们都建议造只鸽笼为它安个家,我未应允。它有家,亦有主人,我们只是不得知而已。上门为客,尽着地主之谊才是我们的本分。

为自己的偏执,我后悔。说到底,它毕竟只是只鸽子。

一天清晨,在屋顶汰洗晾晒衣服的母亲,同往常一样喂饲灰鸽。吃下大米,灰鸽竟不辞而别,箭一般射到不远处的屋顶。那里同样有花木盆景和浣衣的妇人。或许还会像我们一样,再赏上一把大米什么的。然而,灰鸽再也没有从那里飞回来。

母亲是眼睁睁看着灰鸽飞去的,以后的几天,对它从开始的怨恨很快转为记挂,后来索性跑去探听,街坊众口一词认定那住户是悭吝得少见的小市民,喝自来水从不掏一分腰包,就靠水龙头昼夜滴漏。母亲因此更加坚信灰鸽凶多吉少的认定。

一只羸弱瘦小的鸽子,虽不能大快朵颐,但是烹道椒盐炸鸽,对于持之以恒有着多年不良记录的主儿,要拒绝飞来口福的诱惑,道行会显得力不从心的。这同样使我有理由充分相信母亲的判断了。

"人为财死,鸟为食亡。世间事,真是说一句有一句!"母亲一声叹息,我们全家都有了一种负罪感,畜生动物何知世道如此艰难,道路充满危机,是我们喂米送水和无功利的亲近,直把鸽子送进人腹。这一滴滴、一丝丝仁慈善良,竟会结出罪果,想得到吗?

　　当然,这断然怪不得灰鸽的,与其相比,人类的脑细胞储量不知要高出多少倍。有的人在许多时候,却也不见得比它聪明多少。传言中有许多原本寻常的事情,跳脱出了传统逻辑,疏离人世的互信后,徒增诸多防范。其后果自然是,人在江湖,面对笑吟吟送上的美意,你还敢轻易地笑纳么?

　　人与动物的最大区别之一,就是前者进化或褪尽浓毛的脸庞,能展现天空云彩一样丰富的笑容。笑容是心灵开在脸上的花朵,是精神深处的情感编码,是神经运算结果的信息平台。笑容灿烂嫣然,对笑容的掺杂、使假、蜕变,那是我们人类道德的最大退化。

　　于是,我想到了暑假去上海的儿子。儿子说小也不小了,可还是像怡红院中的贾宝玉,知道鸽子的结局只会晓得哭。他返家时,得向他谈谈其中的道理。我有了这样的想法。

狼在何处

一个年关，我与狼不期而遇。仔细端详，它竟是个变异了的新物种。

时运不济，喝水也磕掉牙，这邪乎事还真碰上了。妹妹与妹夫上街采办年货，斑马线上就被呼啸而至的出租车双双撞飞，命悬一线。那个春节，我们全家算是在医院里度过的，提心吊胆，又愤愤切齿。

在陪护值夜的日子里，我几乎没有睡个完整觉。刚想打个盹，又被救护车、尖叫声和呼天抢地声所惊醒。起初，我还掺和一下，帮助那些家属抬一下病人。病人往往已成为一个血人，五官变形，苦苦呻吟。没完没了的车祸，折磨着我的神经，不免战栗起来，只想亲人快点康复，自己也好脱身。

还没等妹妹与妹夫痊愈，传来消息，肇事的司机又犯事了。这一次，他把一个农妇活活碾死在车轮下。

鲜血没长他的记性，生命轻得像片秋叶，碰上这样的主儿，妹妹和妹夫自认倒霉，又多了一份侥幸。没这份侥幸的农妇，则以被人强制结束自己的性命，来结束不良司机的继续作孽。可是，农妇难道就该为这场荒唐的游戏付出她的生命？

不到医院，不知车祸之烈。手术室过道那头，有人哭泣，低沉疴心,断断续续,三天未绝。三天了,病人未曾睁开双眼,生命细若游丝,在鬼门关前徘徊复踯躅。肇事车主倒也清闲,既不来人,也不给钱。他只托人传话,是死是活,孰是孰非,自有公论。厉害得很,俨然天地都不怕的大爷一个。据说,此爷与某镇里的干部有点儿亲戚瓜葛。一启口,这招牌就挂嘴边了。

听听!人家多戾气。你想哭,找块好地方都没有。

本来,大路朝天,各走一边。他有车,虽然多如过江之鲫,塞路阻道,但腿总还长在咱的身上。安步当车,咱谁也不碍。可是人家牛皮糖一样粘着,还想陪你玩哩。时代流转,连老话都成凉了的黄花菜。

芸芸众生,躬逢交通时代。立交桥、高速公路,上天入地。这路那路,行的是车。迈开双腿大步走的路有几条?大概也只有腿脚自己知道,到了这时,人会生出羡慕飞鸟的妒意来。

高速飞转的是轮子,驱动它们的是钢铁。且不说血肉之躯与钢浇铁铸捉对,明摆着是一场不对称的绞杀,即使是在这场畸形的博弈中,撞个腿脚断裂,弱势者也是自掏腰包,"带资入场"。一场未玩完,轻者贴上伤痛,重者搭上小命。

关中大地,曾是苍狼天下,而今难见其踪迹。生于斯、长于斯的大作家贾平凹纳闷了:在地球上生活了几万年的苍狼,怎么可能这么一夜间消遁无迹了呢?有过几次朋友车祸的经历后,他开始打量那些横冲直撞的钢制车辆,与狼的性情毫无二致,顿然感悟:狼都上路了!

天下无狼,但又狼影幢幢。

无良司机蹲牢之前,终于露面来病房探望我妹妹和妹夫。没有悔意,只有感慨。他算了一账,结论是:撞伤人不如撞死人划算。他一脸轻松,全然不像欠有血债的歹人。

闻此言,我热血直涌脑顶,想冲上去给其一记耳光。最后,强压着怒火。算了,他道出的又何尝不是一个通行的潜规则。推崇者众,一双手拍得过来吗?未拍几个耳光,我怕自己早闪腰了。

只不过,这样的潜规则让更多的人心人肝,蜕变为狼心狗肺。

于是,趁着夜色浓重,施害者将重伤受害者抛到荒山野岭,溜之大吉。更有甚者,看看前后无人,索性将还在车轮下嗯嗯唧唧的受害者,几个来回,活活碾死……月黑风高夜,杀人不偿命。

说狼道狼。人又何曾见过有狼戕害其类?

这是个膜拜狼图腾的时代。说汽车是狼,还真冤枉了它。光天化日之下,它敢上街吃人,说到底无非徒有其钢铁躯壳而已。倒是那些狼化了的人,给其魂魄;高科技的成果,强其筋骨;地下可观的能源,输其血液。于是乎,大自然濒临灭绝的狼,又转换基因,以更为庞然之躯,蔚为壮观之势,翻山过岭,嗷嗷奔突于街头闹市,猎猎游荡在钢筋水泥丛林。

狼,真的来了。人们那么爱它,它不来都找不了茬啊。

其实,我们都是些庸人自扰的好事者,又似那好龙的叶公。古往今来,狼总是形散而神不散,如影随形黏糊着我们,挥之不去。惹不起,也躲不过。到了这坎上,人们如梦方醒:妈呀,这狼咋还吃人?

只不过,这年月间,厌烦祥林嫂絮絮叨叨的人颇多。

结庐在人境

一

来到萧山临浦达弄时正是晌午,凤仙花大红的粉红的,立在角落里灼灼地开得旺。微风一吹,还有诱人的饭菜香味只往鼻孔里送,着实让人惊诧——为何这里人间烟火味如此浓烈?因为房屋一旦成了名人故宅也就成为神祇殿堂,远离了人间烟火。最起码,我的经验就是这样。

拜谒著名文学家蔡东藩先生的书舍,这是一次难忘的记忆。仿佛有神灵的指点,我绕过七弯八拐的小弄,竟是那样顺当地站在弄堂的尽头。门牌标着的十二号,便是蔡老先生的临浦书舍。

人说小隐于林,大隐于市。细看达弄十二号置身的环境,我有些相信这样的说法了。

临浦书舍其实只是凹形的普通民居楼房,开间不深,南侧还挤着一间厢房。窄小的天井摆不下一桌酒席,况且还是大小不等的不规则形。打开院门,满眼都是紧挤和局促,砖木式的房舍鳞次栉比,黑压压地向人压来,鸡跳狗蹿,兜售叫卖,两耳也不得清静。要在这样的环境中写作,蔡先生已经算得上心绪调节得极致的隐士。

　　然而,东藩先生不仅在这里生活了二十多年之久,而且还为世人奉献了一部篇幅和容量堪称空前的皇皇巨著《中国历代通俗演义》。

　　这是怎样的一部巨著呢? 不久前,囊中羞涩的我否决了自己以零变整的原定购书计划,抽出工资中占去可观比例的一笔钱,买下了先生的这套历史讲义,抱到书房已是气喘如牛。未等平复,我迫不及待打开箱子,厚厚似砖头的十一部书册堆满了书桌。从一九一六年开始到一九二六年的整整十年时间里,先生几乎把全部心血换成了这洋洋五百万言的鸿篇巨制,从横扫六合的秦始皇,到一九二〇年民国初创,封建终结,两千一百六十二年历史风云,尽现在他的笔底。这是一部系统完整、独立完成的历史演义著作。此书印行至今,深为广大读者欢迎,多次再版且销售数量难以统计。

　　据传,毛泽东主席即使在戎马倥偬的战争岁月,简单的书囊中总放着老先生的这部著作。由此可见,小到平民百姓,大到领袖伟人,先生著作的读者面该有多宽多广!

　　每每释卷,轻松的只是手腕,在我心灵的深处却陡增沉重,特别是有机会拜谒了蔡先生的临浦书舍之后。这种沉重不仅仅来自先生演义中所展现的中华民族几千年战乱苦难的历史,更有对当前文学创作的沉思。

二

　　生活在清末民初的蔡东藩先生,所处的正是一个国事维艰、风雨飘摇的历史大变动时代。天资聪颖的蔡先生在二十岁以前已中秀才,到了清末,以优资生朝考入选,他要不是看不惯官场虚伪腐败,中国历史可能会多一个庸碌无为的县官老爷,从此缺

先生的书卷

好不容易约齐了朋友，择个周日一起驱车前往萧山临浦镇，参观蔡东藩先生的寓所。

然而，天不赐缘，纪念馆假日休息。我们吃了个闭门羹。对此，大家无不怏怏然。

因为多少知道些先生身世，我反而显得出奇的平静。其实，我们朝拜之地纪念馆，只是一生漂泊的先生授馆借寓的其中之一，那部皇皇千万言的"中国二十四史演义"，在此仅完成了一部分。后人添加出的精舍，何必那么认真！

转出街巷，见有某街坊锯下的树杆，整整齐齐码放后，堆在檐下，俨然壮观的书简。

"看！先生的书卷——"我一声呼，引来众人争睹。

少一名大作家、教育家和历史学家。有官不做,称病躲避故里的蔡先生抱定"演义救国"的志向,在临浦镇的这条叫达弄的陋巷里租下了几间老房,一边教书,一边著述,授馆糊口,文以载道,过着清苦贫寒、充实奋发的生活。

蔡东藩先生不肯与蝇营狗苟的官场同流合污,这样的人格品质足以称为非凡。置身在市井喧嚣的书舍中,我感到先生在这样的条件下完成恢宏壮阔的通俗演义,仅凭历史知识在平民中的传播就堪称伟大。

中国是一个史家辈出的国度,从司马迁的《史记》开始,到赵尔巽等汇集的《清史稿》,整整一部"二十五史",卷帙浩繁,总数多达三千七百九十五卷,即便是史学工作者要尽读这些史籍,确非"青灯黄卷、皓首穷经"而不能为。

然而,帝家家史这些高文典册压根儿就不是为平民百姓所写的。靠当塾师和行医换几个钱养家为温饱底子的蔡老先生,硬是从士大夫、官吏的手中将历史知情权还给创造历史的主体平民百姓。这需要多少毅力和勇气,付出多少的辛劳呀!有爱才会真情投入,纵观历史两千五百年,中国又出过几个像蔡老先生这样的平民作家和史学家。

平民史家,两千五百年蔡东藩堪称第一人。

后世的读者是有幸的,有幸在于本可跻身仕途的蔡老先生自觉自愿回到平民世界。

站在窄小的院子里,我仿佛清晰地看见在街坊红白喜事场上吃得脸有微醺的先生,蹒跚走回书舍,又埋头伏案,挥笔如飞了。先生是忙碌的,他只能不浪费一丝一缕的时光。即使在平素,他的课堂上也不时有访客打断。访客差不多是些老街坊,喜札、信函、寿联、墓志这些笔墨上的事,少不了要求助于先生的。

至于求医问药的事,谙熟于岐黄之术的蔡老先生更是来者不拒。

先生生活在社会底层,把贩夫走卒、引车卖浆者之流引以为朋,是一般文人雅士所不能理解的。接受得这样诚恳,才会成长得这样壮实。我想蔡先生在民间获得的创作素养和巨大激情,肯定为巨著的问世起过至关重要的作用。

三

隐约中,我从蔡老先生的背后还看到了另外一个晃动的身影。仔细辨认,那身影就是蒲松龄柳泉先生。

可以毫不夸张地说,在近三百年清王朝的历史苍穹上,蒲松龄和蔡东藩是高悬在首尾两端两颗夺目的文学之星。两人又有着极为酷似的生存景况、个人遭际和创作取向。

被称之为"文言小说最后一个高峰,超过以往所有山峦"的《聊斋志异》,在民间流传两百多年,等到蔡东藩决离仕途租赁下临浦书舍时,才引起文坛、朝野应有的重视。柳泉先生的一切对开笔在即的蔡东藩和他以后的为人为文不会没有丝毫影响。

同蔡老先生一样,蒲老先生也是个一辈子委身冷馆偏舍的穷书生。只不过有些不同的是,出将入相的封建时代读书人理想因科场失意终成泡影后,柳泉先生被逼着跟普通百姓生活在一起。

这也很不容易。于是,柳泉先生成为我国古代著名作家中,数得上在农村生活时间最长的一个了,他除了在西铺一刺史家教书和设帐当地缙绅之家外,几十年中一直在家乡山东淄川农村度过。"其作《聊斋志异》时,每临晨,携一大瓷罂,中贮苦茗,又具淡巴菰一包,置行人大道旁,下陈芦席,坐于上,烟茗置身畔。见行者过,必强执与语,搜奇说异,随人所知……偶闻一事，归而润色之，如是二十余年，此书方告成，故笔法超绝。"在我的眼中，这份虔诚很有些像几年前"三套集成"的采风员，所不同的是，后者无以奉苦茗、淡巴菰酬谢，搞的也只是一阵风。

孤寂苦难，也许到了民间就会变成另外一种动力，心灵的精神故园终究会得到抚慰。总之，柳泉先生在贫困的威胁、报国无门的悲愤、怀才不遇、朋辈非议、世俗讥笑中，我行我素坚持自己的文学事业。身后却以奇书风靡世界，是平民生活和民间丰足的营养造就了蒲松龄！

历史演义也好，鬼狐花妖也罢，这些都是属于失意、不幸的普通人的。走向民间，是作家大师成功的标志，是作家大师最高的艺术成就。不管是有意还是无意，蔡、蒲两位先生的成功做了最好的阐释。

种瓜得瓜，种豆得豆。古往今来，生活从来都不曾亏待每位耕耘者，根植在大众沃土上的作家更是收获多多。

穿越厚重的历史幕帘，我注意到这样一个事实：在两位先生所处的时代里，他们并不是真正意义上的职业作家，写小说只是教书或入幕之余的"业余爱好"，能持之以恒，坚守自己的操守和事业，的确是文坛上的奇迹。

伫立在临浦书舍前，我仿佛又回到柳泉先生破败的茅屋里，耳畔响起名作家邓友梅于那里发出的感慨。他说蒲松龄先生享受的是贫困，献给人民的是富有，并自责自己从人民身上取得的过分富有了，而献出的竟是如此贫困。

能够这样反省的作家如今不太多了。唐逸先生谈到文坛风气，指出了这样一个不争的事实："近年来风气为之一变，游乐多于文学，名利多于求知，雕虫多于深思，仿制多于创造，苟安多于进取。"

风气所致,不少作家思量更多的是赚钱的多少,随之而来的是急功近利浮躁粗糙,以及白领意识的强化和贵族倾向的蔓延。迷恋金钱,给不太贫困的作家强加了贫困感,给不太财迷者强加了发财欲。

于是,振振提出要"躲避崇高""远离通俗"的作家们,不是钻进自诩的"象牙塔",就是躲进了宾馆酒楼,文学作品降格成宣泄个人情感的梦呓呻吟,更有打熬不住的将阴部变为脸部,贱卖自己的人格,急于要兑换成现钞……

作家也是家有妻儿老小,也需衣食住行,要赚钱并不值得大惊小怪。问题是在中国现行的体制下,作家们大都还端着个旱涝保收的"铁饭碗",爱笔耕的兴许还有可观的稿酬进项,断不至于贫困到可以远离平民、远离责任的窘境。

时代进入了转型期,作家的自由空间大多了,你可以不屑通俗,也可以远离平民,作品照样可以在文坛兴些风云,畅销一时。但我敢打赌,这些作家属"速朽代",光凭蔡老先生熟稔于历史,在文学功底上,他们就扛不住,更遑论超越前人了!这么一想,一部空前的《中国历代通俗演义》,也有了绝后之虞。

历史已有明证,对于作家,许多东西是无法"转"来"转"去的,譬如创作的源泉,平民的话语坚守等等。文坛风行的许多事,看起来似乎是作家个人自由的问题,而实质于作家真正深刻意义的自由,乃是使命最充分地存在其中的价值世界。对此,平民百姓对作家使命多有期待。作为对养育的反哺,作家应给予平民的生存境遇、文学需求更多的关注。

四

也许是冥冥之中巧妙的安排,我在来临浦书舍之前去过蒲家庄,岁月无法磨碎的是那种强烈的感受。

那是两年前的一个冬日,趁采访间隙见缝插针拜谒了柳泉先生的故居。在庄口,我老远看到一座亭台楼阁嵯峨气派的豪大建筑群。这是蒲老先生那班孝心的后代为老人家新安的"家",占地约二万平方米。

采风亭依然,泉井仍在。不过,亭中只有三二游客嬉戏,泉井也日渐干涸,昔人已乘黄鹤去,空留遗迹凭人吊。"积土编茅面旧壁",曾经为拥有一个仅可容膝的写作斗室赋诗明志。蒲老先生生前悲凉凄惨,身后哀荣至极,反差也够大的了。往昔南北通衢大道上的井呀亭呀等物件,如今全都圈进园去,让他住进了连刺史府都黯然失色的豪宅……看到这些,我第一个感觉是蒲老先生真的死了,这里供奉着的只是泥塑木雕的神祇。

当然,这也是蒲老先生身后最大的悲哀。

对比之下,蔡老先生就没有这份哀荣可享了。在临浦,先生无疑是张文化名牌,当地政府几次欲在书舍开辟纪念馆未果,只得在门口勒石两块。究其原因,是金姓房主不肯出让,因此他多遭乡里甚至社会的指责。

拜谒先生书舍时,我顺便探访了房东的委托管理者、其表弟李炳铨老人,获知主人不肯把房屋转让政府的理由,其实很简单:有人住的房屋就活,无人居住则屋死。

对此,同行的许多人不以为然。

然而大家都忽视了一个事实,金姓屋主是留过洋的知识分子,现旅居于青海的父子俩都是教授,自然掂量得出祖宅的文化含量。若要奇货可居,那也不会让几家住户以低廉租金住了进来。

我倒十分欣赏房东金教授的这一做法,他以独特的方式,让蔡老先生存活于一代代老街坊中，并且保鲜成为原汁原味似的逼真、亲切。

自己造神、自己膜拜，可谓是人类最为荒唐的行为。对作家来说，他的灵魂早就熔铸在作品中了，作品活则活，作品朽则死。尤其是平民作家，其精神的家园早已筑就，不是有"结庐在人境"一说嘛！

回首临浦书舍，我轻轻地说，先生，您是有幸的。

夏天的记忆

一

家乡紧挨着县城,供城里人吃香的、喝辣的,便成了乡下人活着的一项重要内容。

父亲年轻的时候,在城南地面是以种瓜出了名的。西瓜经他双手侍弄,好似一个模子倒出来,个个浑圆匀称,个头适中,皮薄瓤红。据称,南门瓜农无不是敬烟递瓜请父亲,摊前能多站一会就多站一会,城里人认准了父亲和他的瓜。直到后来,电视上的某一品牌打了相似的广告词,"我只认某某品牌",每当看到这里,都会引起我们全家老小的哄堂大笑。这笑就像吃了一只刚摘下的沙蜜红瓤瓜那般甜蜜。

西瓜上市的时候,正是乡人割黄稻插绿苗的大忙时节。父亲是生产队里上百亩水田的犁把式,早出晚归,除了西瓜采摘必须经他挑选,几乎不问瓜事。母亲更忙,一日三餐,出畈下田,赶市卖瓜,这全是她的活。大人无暇顾及瓜地,上面的看管护理全扔给小孩。

那时,学校上课松松拉拉,反正如此,学生暑假放得特别冗长。家为长子,我童年的夏天差不多全在瓜地度过的。瓜地都成了我的另外课堂,远比当时的学校生动诱人。

我无师自通,学到了许多书本上根本没有的东西。尤其是忍耐孤独与寂寞的定力,连自己都常常会喝彩一番。

瓜地坐落在村后的一个坡地上,处于城乡临界点。稍稍往前爬道缓岗,北边便是城里人的辖地。在我小小的心里,城乡的楚河汉界无形却有形。

独自一人,我会脚踩城乡两界,枯坐在岗顶绿荫蔽天的栗树林中,出神地考察北坡山脚下那些能拿出红的豆腐票、绿的购物券,自傲称作城里人的准城里人。

左瞧右瞅,我怎么也看不出他们跟我父母的异样——照样是个个摸爬在烂田里的泥猴。然而,他们在拿出一把花花绿绿的票证时的那种神情,却会在我童年产生那么强烈的震惊与惶恐。

二

这时的瓜还小。长势疯狂的藤蔓,遮掩着比乒乓球大不了多少的西瓜,它满身绒毛,像个刚出世的婴儿,静静地躺在麦秸铺就的瓜床上,无须任何照料。

无所事事,我竟陷入了与童年不相称的无边无际无聊的孤独之中。无事找事,只好像个与世隔绝的非洲酋长,漫无目的机械地巡视着自己的领地。然而,瓜地毕竟太小,几次走动,很快乏味。

开始,我甚至有点害怕这块荒山野地。几亩瓜地,横七竖八地埋造着五座坟墓,高低错落,透出生前贵贱和死后荣辱。其中一穴巍然若蒙古包的巨茔,墓主据说为一财主遗孀,随葬丰厚。

到底是富有人家,气象毕竟不一样,结局也不一样了。巨墓早已被村人所盗,那副上好的楠木棺材板做了别人去城里的淘粪桶车。豁着口子的墓门,黑洞洞的,深不可测。

墓穴占着瓜地的制高点,父亲搭起用来看管瓜地的哨棚,正好与之面对面。我开始拿墓门的豁口当靶子,用弹弓来驱赶与生俱来的惊悸,发泄着莫名的阶级愤懑。开弓射丸,竟会惊出几只老鼠。又一次,乱射中击伤一条乌梢蛇,仓皇出逃。蛇鼠无处藏身,我呆呆地盯着仍然黑咕隆咚的墓穴,隐隐地感到学校里被千方百计强化的阶级怨恨,正在渐渐消解。这使我很后怕。

离瓜地一箭之遥的地方,一条南门土路蛇行而来。路面尖石暴突,也如蛇身一般粗糙。路旁几棵挺拔的金钱树,撑开大片的绿,绿得让人眼睛生光。进城赶路走累的人,都在下面歇息。吸一口浓荫,酽酽的,一歇脚就被舒坦拽住,不想再动。有眼尖的村妇看出了里面的商机,零星地摆出了茶桌、木莲豆腐担。

瓜还未熟,我每天无数次溜到这里,看行人喝完清凉乡土饮料后,发出极为舒畅爽快的嘘嘘声。这也怪,我以后在社会走累或心烦时,嘘嘘声总能唤来说不出的清新,不绝如缕,飘进心田。

听大人背地里说过,瓜地周围都是些阴气弥漫的不干净所在。朝夕穿行在坟墓间,从小撑大我的胆量。其实,常往金钱树下跑,是因为我还想见识传说中的汤罐鬼。

夜晚明月照不透棉被厚的树冠,树下变成一团化不开的浓雾。据传,这时此鬼以乡村灶台常见的汤罐外形示人,出没无常。路人们也偶尔提起此事(可见知名度之大),村妇不以为然,说是早被一名早起挑粪的乡民剿灭。

传说中的鬼魅也真不经打,咕咕咚咚滚到粪担下,让乡民的铁头搭柱(一种当地辅助挑担的农具)砸成一摊污血。在民间文学的口耳之间,那些贩夫走卒、引车卖浆之流是可以倏忽之间翻转成为英雄的。既然挑粪者行,我为何不行?联想中,我仿佛全身沸腾着英雄气概。

乡愁可依

我仍然有时间在瓜地周边东游西荡。父母忙，连吩咐关照的工夫都没有。

也就在这段无人过问的初夏，在一口紧挨着瓜地的腰子形长塘里，我学会了游泳，很快跃身为伙伴中的潜水冠军。会潜水真好，此后家里饭桌上便有了清蒸螺蛳、咸菜蚬汤、盐水河虾之类的荤腥。父母那时真大意，既没有追问，更没有夸奖，默认的后果是严重的。很多年来，我有些自由散漫。细究根源，个性一开始在水中浸泡时间太长，发胀舒展，以至于后来再要想复原已经很难了。

这的确有些古怪。羊水也是水，人之初，即被泡在水里。离开水太久了，人会变得枯燥、乏味。我甚至怀疑，我们的神经末梢会不会是江河支流的一部分。

不经意间，西瓜成熟了。瓜们俨然是骄傲的孕妇，向天挺着光溜溜的大肚。到了这时，"双抢"已过大半，农人腾出的双手可以摘瓜上市。真正意义的看瓜才开始。

不过，那时村风淳朴，绝少有手伸向瓜地。倒是背坡邻村一班顽劣少年常来偷瓜。大白天里，经常是成群结队从板栗林中轰然冲来，一阵乱石纷飞，将我们这些看瓜少年逼进瓜棚，他们乘机入侵，连拽带拉，弄得西瓜地一片狼藉。

一次次的遭偷，蓄积起瓜地五六名少年的强烈怒火。这时的我们同仇敌忾，坚决把这些不良偷瓜少年视为敌人。

我们在栗树林中安上了一块犁瓦和岗哨。电影上有现成的经验可学。偷瓜少年才爬到半坡，就让严阵以待的我们一阵乱石压下去。这种快感直将自己幻化成电影中的英雄。

有一次,我因此闯祸了。我的石块准确无误,把一名偷瓜少年的前额变成了一副"雄鹅头"。他是我的远房亲戚。他的父亲找到我家。夜里,父亲挑了一只中等个头的西瓜送去,捎上一句"要吃瓜尽管开口,何必让小屁孩来动手",使躁得满脸通红的对方,半天怔在那里。我知道父亲的脾气发起来会似山崩地裂。可是,在这件事上他只字不提,仿佛根本没有发生过,这是破天荒的。

那一刻,从父亲的无字文章中,我读出正义的蕴含,明白了今后该为它做什么。

四

夏天过去了,童年过去了,它们薄薄的,似一本没有几张的小人书,故事还未过瘾,即翻过去了。

不等我回味,膨胀的城市迅速朝着家乡扩张。瓜地夷为平地,在参天的金钱树林之上,又树林般地长出了稠密的楼群。往日的长塘、栗子树丛,被并行而来的公路、铁路盖住。钢筋和着水泥盖得死死的。我曾不止一次地漫步在这上面,奢望能捡起哪怕一块熟悉的石子也好。然而,怎么可能呢!

我知道,童年读过的这本鲜活生动的书永远地合上了。心酸之余,慰藉的是其中有些章节却被刀刻火烙在脑际,咀嚼消化后,吸收为人生的丝丝缕缕营养。

如今的童年属于儿子了。这是富有的一代,喝可口可乐,上因特网,听爵士音乐,穿耐克鞋。

直到很久后的一天,偶尔看书,里面蹦出一句话来:"人之初"镶嵌在大自然里,没有亲近过泥土的孩子,永远不会真正懂得什么是童年。

这样说来,我曾经拥有的童年算不得贫穷了。

那山·那声·那人

　　山是屏障，江是活龙，中间划地为城。天底下的县城格局，大致如此。堪舆大师们约定俗成，早在千百年之前就克隆在那里了。

　　据说偌大世界，找不到两片相同的树叶。可见，人眼显然具有十分精确的辨识能力，可是面对千姿百态的物质世界，同样有令旅人担忧的事——某一天，面对同一模子倒出来的水泥丛林，会不会迷失了自我。

　　有了酷似的县城，自然也有似曾相识的屏障山（简称屏山）、活龙江。

　　梅雨连绵，快要把古城泡胀发霉的时候，突然在半夜里收住。古城在鼾声中沉睡着。人与天地万物达成默契，形成感应，需要长时间的厮守与拥抱，年龄自然而然作为最基本的因素。总之，梦想中的这一悄然变化，都没有脱离过老年人的神经末梢。他们骚动不安，发现并消受着一座带有禅意的全新的屏障山，早起得到了意想不到的回报。

　　天已放亮，早起的老人着实吃了一惊：大雾弥漫，一片混沌。县城西边的屏山突然不见了。没有了大山依托的县城，难道还会成为一座县城？当揉揉惺忪的睡眼，再往上看时，屏山又露出了水墨尖顶。

屏山确实还在。老人们坚信,它只不过套上了一件厚实的雾岚做的衣裳,变得神秘莫测。没有风,屏山虚实相映如一幅写意的山水画。整个画面是静态的、肃穆的,浓雾梦幻一般烘托出一种意味深长的空寂,让人于空寂中感到惊悸、冲动,还有一种说不出的轻松。

很长的时间里,它就这么凝固着,扛不住诱惑的老人开始爬山。山道弯弯,一草一木,一石一人,全部失却了细节色彩的真实和丰富,只泛出轮廓中的浅黛色块。自然万物也就无声无息地融合在难以言表的缥缈境界中……眼前的一切,人们有足够的时间怀疑时间的凝固,他们正爬进一张巨幅的水墨画里去了。

嗨!

短促。后劲显得不足。半山腰练嗓子的人,乍一喊,吓一跳。上山的人心沉气定,渴盼着他雄壮一喊,却半天不吱一声。

嘿嗨!嘿嘿嗨嗨——

稠密的白雾遮着人,却听得出虽然声嘶力竭,却怎么也排泄不出胸腹深处的那股郁气。喊声透出一缕焦灼与烦躁。他正要气沉丹田,蓄势待发——

嚯——

单纯得再也不能单纯的音符,似在空中变出一串圆润的大珠小珠一般。然而,一波百折,顿挫抑扬。不知躲在何处的画眉婉转鸣叫,已是风情万种。闻其声,可品山泉的清凉,可闻松脂的芳香。

咚咚锵!咚咚锵……

急如流矢,高亢激越。也真有竹鸡的,在松枝上朝着不同方位．高亢晨问进行曲，让练嗓的人自叹弗如，精神却为之一振。

鸟们才是大山的主人。漫山雾岚似乎一直在耐心等待，它们一登场，这一边扑簌簌把大幕掀得豁然开朗。更加肆无忌惮的鸟们，对着人们又唱又跳。除了妒忌、羞赧，人又有什么办法呢。大树不见了，青山不见了，如今还好意思与鸟们同处最后一块绿色领地！

人们悻悻然，只好退往山顶。石阶陡峭，涌动着炫目的白色。相映之下，树林闪烁着的绿饱和到了极致。这样的绿是一种凄美和短暂的生命状态。游离中，几滴雨水足可以将它洗释成夹生的黄色，一个太阳便要把它催生出世故的黛色。展示着的美丽十分脆弱，稍纵即逝。老人们目光所及，就会有一种温柔的伤感。

层林如洗，屏山畅怀接纳的除了晨练的老人还是老人。此时，年轻的、爽朗的、富有金属感的笑声，还在梦乡里播撒。老人毕竟是从年轻过来的，他们也知道憧憬需要孤独的境界，闭起双目，放飞冥思的翅膀，去碰击捉摸不定的精灵。老人中也不乏从风光霁月中退出的，他们知道"人生得意须饮酒，高卧琼台不知更"，如果血管中还残留一点激情，醒来也会拿它去做搏击的筹码。老人更洞察自己，生命一旦进入了回忆的段位，即使是回忆也绝对不能缺乏群体合作和互动。往事仿佛背后盘旋的山道，历历在目，总少不得同伴帮助校正和甄别细节——噢，这一石阶原来还只有我踩到！

山顶有一块人工砂坪，砂石粗糙，却也整得平展，让人留恋神往。砂坪拥有一个"月亮坪"的无比美妙名字。山顶能有这钩弯月般的平地已是奢侈。环视四周，松林蓊郁，涛声震谷，晨练者会油然蹦出"明月松间照，清泉石上流"的诗句。月亮坪形神

风雪不归之夜

　　朋友送我一帧旧照，那里有我栖身的江南小城。隆隆开动的推土机，就要把城里整个老火车站连根拔起。

　　就在这个风雪之夜，我失眠了。

　　辗转反侧，我久久不能入睡，好像这个夜缺少了什么，苦等它而不得。

　　直到晨曦微露，我只等来一个结果：催眠着我的那声声汽笛，再也不会停靠在记忆的站台中了。

　　城市与列车渐行渐远，后者正被前者驱赶，郊野才是火车站的栖息之所。

　　县城安静了，可我因此经常失眠。

兼备,凭此就可想见命名者不是个凡类。

冷寂的月亮坪,这时人满为患了。命名者要是在场,他肯定会为人们折损这份宁谧的意境而心痛不已。

还好,晨练的人都是能静得下心来的。已经踏遍千山万水,阅尽人间沧桑,积淀下来的只有宁静和安逸。唯有给拥挤的心灵再辟一片空白地带,生命的空间才会不断地延伸和扩展。在这个少了喧嚣和浮躁的地方,彼此零距离的真实接触,让心灵的皱褶被熨得平平展展。

晨练的老人眼尖,山中又来了几个人物。直觉告诉人们,人物或许刚退出权力舞台,或许正淡出名利场所。

然而,人物的到来并没有引起山上的多少波动,甚至是波澜不兴。最让人物不习惯的是,连自己都已忘记的名讳,又被重新呼唤。

古往今来,享受避讳不仅是一种难得的资格、荣耀,更是一种权力的恩渥。尊姓大名归去来兮,只有失去过的人才会尝到个中的痛楚。

晨练的老人却是爱揭疮疤的一群,顽固地收藏着昨天,不肯丢弃曾有的笑话,稍得时机,便要一味地表现着另类群体的刻薄与尖酸。于是,人物昔日头仰得过高、大会讲话跑题超时之类的老底,挖出后又被众人调侃。

说也怪,穿靴戴帽、人模狗样的表演也确实够累的。谢幕之际,一顿狠剋,几个"人物"倒还从心底里生出久违的痛快淋漓。上午还安排着开会讲话的,这时便有了免开尊口的念头,悄悄取出手机,在一角落当场辞了。

山是屏障,江是活龙,中间划地为城。鸟瞰俯视,古城好似一窝蜂巢,家家户户也只不过是孔孔大同小异的巢眼而已。站

在高处,居然能把自家一眼认出。能看到家的人,断然丢失不了
自己。一番晨练,人们仿佛都参悟了禅意。山巅都踩在脚下,还
怕走下山去?有了高度,走起归路来人就不会再迷惑和气急了。

　　沐浴过晨雾的新日,这时正将山峦、树林,还有晨练的人群,
抹上了一层厚重的胭脂红。下山的石阶,顿时铺好了鲜艳光亮
的红地毯。

　　走吧!

藏书者说

　　藏书者大抵可分两类。一类是藏而不读，另一类是既读又藏，我居后者。在我看来，若前者不是版本学家，那也残忍冷酷如封建君王，虽有佳丽三千，打入冷宫，误人青春。日复一日，知识的载体发霉变质成为一堆掉价的废纸。痛哉！我还固执地认为，当书籍进入工业化生产流程时，纯粹的版本价值荡然无存，藏书的意义更多在于学以致用。

　　书，我买的虽不算少，但也不多，无非装满了数只湘妃竹书架而已。小时候家里穷，父母给两毛钱就心满意足了。在水果、小吃小摊前，我只能咽下口水毫不犹豫地走开，可是，一迈进小城那唯一的新华书店，一待就是半天。两毛钱真难安排，好在进书店次数多了，店里那个漂亮的阿姨与我熟悉，常破例请我进柜台里由她做参谋，买上一本小人书。如今，阿姨的儿子都在啃砖头厚的大部头了，我再也没有翻小人书的童趣。可是，我的禀性愚钝，幸好古人早开处方："书可以治愚。"每发工资，收到稿费，我就悄悄地溜进书店……

　　我的宿舍颇为潮湿，买进的书无法装箱收藏，只能放在书架上晾着。此举被人视为附庸风雅，这一放也放出了麻烦，许多人来了。要看书是件雅事，怎么能拒人于门外呢？于是书架敞开，任君挑选。等到归还时，先前簇新的书已变得破烂肮脏，缺字少页，正文中画了不少道道杠杠，更有甚者，还加了眉批。我的心痛了。"读书破万卷"，难道就是这般"破"法！痛则痛矣，只好做些修补、整容的烦琐活儿。我这个人有个怪脾气，奇文共欣赏，不愿一人专美，推荐新书的痼疾顽固不改。朋友们开口要借，从未说不，心却悬着。

人说非借书而不读，我一直视为一种想读书又不去破费的托词。殊不知，清明粿味道虽好，总不能当夜饭吃，哪怕是当了一顿夜饭，也只是一种权宜之计。况且，一年之中清明节也就那么一回。偶尔有朋友来借书，听了"非借书而不读"的高论，尚能容忍。倘若次数多了，我会客客气气劝其上图书馆去。可以奉告的是，本人更乐意为其帮助办理借书证，以效自己的犬马之劳。

我藏书的终极目的在于自用，而非以藏书之丰炫耀于人。也常听说某友在旧书摊前淘得善本珍本，一夜发迹。我心若止水，既缺乏朋友的慧眼，又无地质学家那样探宝的细心。

真正的藏家，书必置汗牛充栋，财必须腰缠万贯。我是断然没有这份财力和精力的。一张书桌，几架杂书，有书读我便不再孤独，夤夜与智者长谈，絮絮叨叨，轻若春风，不扰家人清梦。坐拥书房，享受智慧的启迪，感受才情的魅力，引领着我慢慢走出狭隘、庸俗和蒙昧。

"万卷古今消永日，一窗昏晓送流年"。人的生命会在读书境界中不知不觉消磨，留下的只是对智者的顶礼膜拜，对知识的永不满足。我坚信，读过书的生命绝不会锈死。

栗水金山家风在

一

山似眉峰聚，聚拢着满目化不开的蓊郁；水如秋波横，蹦跳着两耳听不完的天籁。这山叫龙门山，连绵起伏都化作了栗金村文化的骨骼；这水叫马剑溪，不绝如缕皆流淌着栗金村家风的血脉。

巍峨的龙门山轻舒臂膀，将栗金团团围拢，温婉的溪流依着省道缠绵环绕，把山村调理出几分妩媚。村左村右两座小山，俨然两象雄峙；村前村后两座峻岭，酷似双狮拱卫。如此形胜，令过往的商旅无不叹为观止。

山虽不高，却成就着栗金之名。
水也不阔，但招引来栗金气韵。

走在浙中大地，像栗金这样的村庄，无论其建村历史还是规模都是十分常见的。然而它的知名在于拥有令常人心生妒忌的好山好水，尽管先人历经数度迁出迁入，又经历不久前两个自然村的合二为一，最后完成了"以林为村，以水为落"约定俗成的村落布局。天造地设,背依龙门大山,面临马剑清溪,这些由大自然馈赠的独特环境,完整地把村落文化中的家风得以封存,并且,在沃土中厚植,得到更好的延续。

二

被称之为"鸡鸣三县"的栗金村,位于诸暨、浦江、富阳、桐庐四县交界处。由于地理位置特殊,古时曾属婺州浦江县,直到20世纪五六十年代,才与所在的马剑镇一起,连片划出,系诸暨最为年少的村庄之一。

在众多的文化村落中,栗金的建村历史虽然只能算个"小字辈",村中以倪、徐两大姓氏为主,然而,追根究底起来却颇有一番来历。

靖康之耻,倪姓合家与宋室南渡,几番辗转迁徙,直到始祖倪汝奇定居婺州,已是南宋理宗开庆(1259)年间的事了。然而,江南拥挤,尤其是穷山恶水的婺地更显生存空间逼仄。倪氏子孙一直没有停滞过寻觅栖身家园的脚步,其中一支在一个叫倪宏进的汉子率领下,顺着逶迤蜿蜒的壶源江一路而下。终于,他们在三县交界处往右折入它的支流马剑溪,溯流而上,选定一片栗树丛生的缓坡,拓土为基,夯土筑屋,称栖身之所为"栗树坪"。此时已到清初年间。

几乎差不多时间,在栗树坪西侧的一个原有金姓聚居的金家山村,因子嗣断绝几成废墟,一位名叫徐之聘的彪汉,挈妇将雏,从富阳场口迁居于此。饮水不忘掘井人,徐之聘立下族训,后代牢记前人赐土恩德,金家山村永不易名。

作为一个后到的外来户、移民群,栗金的先民十分清楚周遭环境和生存立足之策。地处偏僻,民风彪悍,山相连,水相接,稍

诗画山乡

记得有一幅叫《毛竹丰收》的国画，获奖无数，曾印成年历画，销量百万册。

去马剑山区栗金走访，车锚在一个山弯，赐我一次走进画里的机缘。

山弯翠竹掩映，鸟语花香。弯下高峡出平湖，碧波荡漾，正有游船犁过。动静结合处，就是名画诗意的再现，禁不住拿出手机拍摄。

好山好水，不必雕琢点染，就是自然诗画的浑然天成。

这种畅意一直伴随着我栗金之行的始终。

冥冥中，山弯汽车抛锚其实是我一次行止的必修一课。

有不慎就生冲突。能隐忍谦让方能相安无事，和谐共处。子民要繁衍生息，不在于角力逞勇，而在于义理示人，家家规矩，户户尚礼。在栗水金山拓荒谋生的同时，倪徐两姓的始祖，自觉地把带来的家风种子播种下去，代代不绝。

从中原到吴兴，再到浦江兴贤，最后到达龙门山麓马剑溪畔，栗金村人一路颠沛流离，其中不乏子民沿途倒毙、财物散失，唯有把家风看成是传家之宝，不敢松弛怠慢半分。难以置信的是，随着时间与空间的推移，这支几乎与流民无异的队伍，与时俱进，兼容并蓄，曾在流徙途中短暂逗留的古楼之地做过集大成式的总结，史称"古楼家训"。于是，耕读传家、睦宗爱里、抱朴守俭、内敛清廉等内容，固化为合族信条，要求以家庭为单元谨记恪守，违犯者将以罚跪祠堂、开除没籍等严苛处置。这几乎又是一种家风文明建设的家庭责任制，数百年前已由栗金先民创立了。

三

面对野草没腰、乱石成堆的蛮荒之地，栗金人在食不果腹的最初拓荒中，依然把耕读作为家庭的头等大事。也是机缘巧合，这种文化追求在栗金找到了天赐般的寄托与激励。此时，"九灵太公"被合族人推崇为他们耕读的偶像，受到顶礼膜拜。

在村西口、象山下，有一座危岩耸立百仞，通体金色，经阳光照耀闪烁着道道金光。走近一看，又似浩繁书卷在架，随时等待着有心的学子前来取阅。因形象奇独，更与一位硕儒有过不少神奇交集，这个被称之为"百万石卷"的所在，名闻古今。

这位大儒叫戴良，也就是历代栗金乡民敬呼的"九灵太公"。

戴良（1317—1383），字叔能，元代著名诗人。浦江建溪（今浙江省诸暨市马剑镇）人。曾任淮南江北等处行中书省儒学提举。

"九灵太公"生活在元末明初，是历史上著名的理学通儒、诗文俊彦。曾经在元朝入仕，正值改朝换代之际，朱元璋多次诏请，他四处躲藏，就是不肯为新朝当官，最后因不事二主的气节坚贞不移，被投入监狱而殉道。他著述甚丰，其中有《九灵山房集》收入《四库全书》传世，诗文与风骨一直被后世称为"神姿疏秀"。

很显然，戴良不是栗金人，并且离栗金人最早的倪徐始祖也隔着整整一个朝代数百年。但是，"九灵太公"这门高亲还是让栗金人攀上了，而且攀得他人心悦诚服。

与束之高阁的典籍相比，有一个更加生动、有关戴良好学及和栗金结下不解之缘的故事，一直在倪氏、徐氏的后人中流传。

出身贫寒的戴良，少小就替当地财主放牛。他天资聪颖，向往读书，喂饱耕牛后常常躲在私塾窗下，如饥似渴地听人讲学。终于有一次被财主发觉，当众羞辱后放出狠话：这样的事，断无第二次！

晚上西天寒星点点，脚下剑溪低吟淙淙。孤苦的小戴良孑然跑到溪畔，哽咽无语，满腹委屈何处诉？只能摘下寒星化作泪，又把清泪变溪流，直弄得山含怨，水带戚。

"既然如此爱读书，老夫成就你一回梦想。今天早点回家，莫忘明日早点赶来……"不知何时，戴良身边伫立一个老者，一派仙风道骨，满是慈眉善目，向西边一个黑黝黝的危岩指了指，附耳交代起来……

翌日天还未亮，戴良早已牵牛摸黑赶到老翁所指的危岩下。说也怪，一道金光引来无数霞光，危岩通体发光，一扇巨大的石门轰然开启,那个老翁笑盈盈站在门口等候放牛郎的到来。至此,惊得目瞪口呆的小戴良才知道自己奇遇龙门仙翁!

危岩也是个神仙洞府,庋藏数不胜数的典籍,传说中的"百万石卷"慷慨地向一个饥渴的牧童开放。于是,老牛在坡地大啃芳草,戴良在石库博览群书……

斗转星移,饱学的戴良走出了石库,走进了乡试省试的科考闱场,屡屡折桂,入仕朝廷。不过,他没有辱没仙翁的教诲,为人为文,隆起了一座血肉丰满的文章道德高峰。

为追念先贤,栗金人择马剑溪侧,与书岩遥遥相望,修筑书楼一座,名曰"好古",藏书之丰,叹为四县交界山区一大文化奇观。可惜后来书楼毁于战火,好在读书的种子从不怕火。它是精铁,百炼成钢。

遗给后世的"百万石卷"那座危岩,历经数百年,至今还屹立在栗金村的西口。远远看去,仿佛一个打开了大门的书库,片片叶岩密密麻麻整齐排列,又似册册书卷汗牛充栋,气势恢宏,散发着金色的书香气息。它已然成为一个耕读传家的文化殿堂,迎来过一代代的栗金人膜拜。

循着"九灵太公"的足迹,从"百万石卷"走来的栗金后人,也在功名碑上刻上了自己的名字。粗粗一数,两百年间,一个山村涌现出的举人、秀才居然达到两位数字,成为四县交界处的一个科举异数。风气所袭,北大、清华等现代高等学府,也迎来了来自山村的多位子弟。

四

薪火相传,家风中的"农家敬儒""农家好儒""虽为农家,咸尊仕风"特质,即使到了今日,仍然在栗金村随处可见。只要家

乡愁可依

里有读书人，农户便自豪地在自家门楣上置一块牌匾，上书"耕读传家"四字。岁月堆砌，有的农户门上重重叠叠钉有多块这样的牌匾，彰显着高贵的气质。

传承中的斯文精神，也确实为栗金人挣来过实在的脸面风光。龙门山区，自古称为"山谷之民麇集之所"，石气所钟，性情刚烈，易斗好争。作为后来者与外来户，置身这样的区域，被周围的村庄与乡人高看一头，栗金人由耕读家风换来的知书达理，沉稳持重孕育出独特气质，威震一方，自然带来了乡里由衷的尊敬。

涵养在耕读家风的沃土中，栗金人的内心多了"吾日三省"的自觉。其中，咸丰年间举人倪葆仁，曾树立了一座自我反省的丰碑。

倪葆仁，原名庆云，后改名葆仁，号笠坪公。咸丰壬子科（1852年）中试四十五名举人，由知县而改任上海道台。上任不久，他郁郁而终，被而今村里年逾九旬的倪省传老人讲起，就是一个凄怆故事。

原来，倪葆仁上任上海道台之际，正值清朝多事之秋。碍于私情，他聘一个亲戚为幕僚。然而此公平素嗜赌如命，到了赌台把上峰交办的要事忘得一干二净，导致衙门与洋夷的交涉极为被动。倪葆仁虽然受到追责，但他自感以私损公有负国家，这样的处置太过从轻，主动追加要求重新发落而不得，陷入深深的自责之中。

自责极易让倪葆仁联想到先祖倪士嵩。这位永乐中（1413年）应试中举的前辈，曾任福建莆田知县，恤民兴利，剔弊除奸，很得政声。后致仕归，囊橐一空，唯有两袖清风。

辱没先人，倪葆仁有了锥心之痛，长吁短叹而不拔，以至于忧伤终日,拒药而亡。一个旧时代的儒子,在自我忏悔中完成了道德的最后救赎。

五

道德在栗金具有旺盛的内生力。倪省传老人讲述的另一个亲历故事,同样是一个自我鞭策捍卫家风的细节。

到了兵荒马乱的民国初年,僻居四县交界处的龙门山区赌风骤起,竟窜扰到了栗金村。有人视村规家风于不顾,染指其间,污浊村风,令人不安。

素来风清气正的栗金村,忽然有了一种危机,尤其是自觉肩负风气化育的乡绅,震怒之余,岂肯坐视不管!

转机出现在一起查赌事件中。村中有个叫倪祖春的青年,在家聚赌,被乡绅倪光洪查到,不但不服管,反而动手推搡,将人推倒在地。平时,大家碍于小伙光棍一条,缺少管教。这一次,他的叔父、前清秀才倪光兴毅然站出来主持公道。

平素难得打开的祠堂大门,豁然大开。倪光兴以教侄不严为由,自罚三桌"输气酒",向全村户长谢罪。接着,动用村约勒令侄子跪遍全祠供奉的先人牌位,并在开演的劝赌戏文上赔礼道歉。

处罚一个人,打动一村人。经此一出,赌风顿时遁迹。此时,全村老小才体悟出老秀才的用心良苦,家风村风在矫正中又回归到了它的本源。

栖息着村人灵魂,滋养着祖辈家风,以"树德"为名的祠堂,名副其实。它背靠龙门山脉,面以金山为屏。金山虽然低矮,却似大自然写就的一个大篆金字,敦厚结实,古树名木峥嵘蓊郁。几百年来,村人恪守古训,不动一草一木,因为那里的一枝一叶都涵养着栗金人的精气神。

六

穿行在今天的栗金村，很难找得出一处气派的古宅老屋，更多的是夯筑的泥房、砖砌的瓦屋，那座祠堂依然是村中气势恢宏的古老建筑。村民说，并非时间淹没了历史，而是栗金人自古以来就没有出现过奢华的建筑。细究起来，仍然脱不了与"居家勤俭"的家风干系。

不过，走出显得寒酸的村舍，又吃惊于栗金人在村口写下的手笔。那是车来人往的县际大道、溪河汇聚的水上要冲。一段长不足三里的江面，横卧岩下、媲美、广里三座桥，石拱、砖砌、木架，造型各异。与影随形的是桥侧建着的座座凉亭，也是各具特色。四县通衢，商旅行到村前或歇息，或躲雨，感念人家的恩德之心一次次油然萌发。

风刀霜剑严相催，剥蚀不了栗金人的功德。在那斑驳的功德石碑上，后人依稀可辨先人建桥建亭的慷慨，一块、两块、五块……那些小山般堆成的银圆白洋，可是栗金人在家制茶、外出手作，一片叶，一根篾，一段木，艰辛换回的。节俭的他们也有挥霍的时光，那就在践行"乐善好施"家风之上……

山高水长，栗金村的遗训家风犹如村前的马剑溪，一路逶迤，奔腾出村，汇入大江大海。在它融合的地方，就叫中华文明。

"美丽谎言"榨干一江温存

"寂历秋江渔火稀,起看残月映林微……"

遥望苍穹,待盈之月云中闲渡,忽然想起了明代戏剧大师汤显祖的诗句,想起农历七月十五"中元节",想起三江口上那盏盏河灯……

诸多忽然,一旦碰上了就是必然。就说我现在,正在手忙脚乱翻拣资料,因接到不少兄弟电台来电,他们又要重播我的旧作、十六集原创广播纪实文学《血殇》。结果资料不见踪影,倒是一张题为《心灯盏盏》的旧照,从抽屉深处走出,不期而遇。

这是一张在我新闻生涯中十分难得的摄影作品。当年,它不仅刊载于当时中央大报,并且,作为一个广播记者,它助我跨界拿下了一个新闻摄影大奖,害得不少报纸同行嫉妒得要命。

同时,因为它的出现,刹那间还唤醒了许多沉睡的记忆。

那是十多年前的事了,我着迷于打捞钩沉发生于一九四〇年的一桩痛史。一个新春正月,狡猾远超豺狼的日寇,组成一支十多人的突击队,孤军深入位于诸北平原、三江口上的国军支前兵站,如入无人之境,将之彻底摧毁的同时,又残忍地屠杀了一百二十多名缴械的国军士兵及手无寸铁的村民,然后全毛全须完胜撤出,史称"三江口惨案"。

乡愁可依

我一次次翻耕在历史的原野上，踯躅屠场遗址，寻访刀下幸存者，搜罗往事记载，像一个勤勉的"破烂王"收集遗漏，捡拾记忆，从历史的罅隙间触摸民族沥血未愈的伤口，在现实的神经里感受至今仍在痉挛般折磨着我们的疼痛。

三江口人有古风，一腔腔热肠充满着温存的情怀。在中国节俗"中元节"行将埋湮不见时，这个渔村仍呵护着人文之灯，不让其熄灭。我也一次次被邀请进村，在农历七月十五凄离悲凉的月色下，与村民临河祭奠，点燃一盏盏河灯，为当年殇于国家陆沉的官兵孤魂一番祈祷后，催动波涛将之送上往生的彼岸。一次次情感堆积起的山峰，几乎压迫得我喘不过气来，不吐不快。于是就有了后来那部七万多字的中篇纪实文学《血殇》，以及由此改编的衍生品、十六集广播纪实文学。

种豆必能得豆，创作出现了意想不到的收获。除了文字作品见诸国内多家文学杂志，它还被中央人民广播电台看中，由我改编成同名纪实文艺作品，由享有"国嘴"之称的著名播音大家方明先生担纲播讲，雄浑苍劲，仿佛大江操棹，声声回荡峡谷。作品揭示了这样一个主题：最大的敌人，其实就是我们自己；要战胜敌人，首先就要战胜自己。因内涵深刻和形式独特超越其他同类作品，该作除中央台播出，全国有近百家电台几乎同时推出。一时间，打开收音机，各台争播《血殇》成为那时一大收听奇观。在年度的全国、省广电政府奖评比中，作品斩获颇丰。

然而，我倒更醉心于创作的过程，以及与之相关的种种有趣交往。其中，与"三江口惨案"的幸存者、退休老人田斌的交谊，最为难忘。

这位敦厚质朴、热心文化的乡贤，在暮年以一己之力，除了撰写文章，不懈奔走于政府部门，最后促成死难军民墓园的重建,还推动了一段痛史的重构与重见天日。对这样的人,凡是民族良知尚存的,无不动容,肃然起敬。也许出于同样的认知,我们彼此成为忘年之交。几乎每年举行的农历七月半放河灯,他都要热情相邀,盛情相待。

闲看了几年河灯,我也看出一些问题。在我的认知中,农历七月十五不仅是佛教的"盂兰盆节",也是道教的"中元节",无独有偶,释道二教都将这一日视为超度亡灵、普度孤魂的日子,施焰口、举法事、漂冥船、放河灯,祭奠那些漂泊在世间的愁苦灵魂,到达解脱苦海的彼岸。

因此,无论"盂兰盆节",抑或"中元节",都可视为东方的"万圣节"。但是,就其人文关怀而言,东方远胜西方。烛光摇曳,河灯盏盏,凄切中弥漫着东方人特有的关怀温情。

如果我们还没有无知到对风俗文化茫然不觉,那么,绝不至于像当下三江口这样,把一个祭奠孤魂野鬼的人文节日,翻转成商业嘉年华、欢乐乡村游。

吃惊之余,只要有一点文化良知的人,对于各色的胡闹不免忿忿然。

我更吃惊的是,这些荒谬肇始出笼,田斌承认他自己是始作俑者。当时有一句饱受后人诟病的口号,叫作"文化搭台,经济唱戏"。三江口有这样现成的水灯文化,受命将其开发出经济效益的诸暨某文化部门,对此产生了浓厚的兴趣。但是,他们以为原有的文化本意太过"迷信""压抑""灰暗",务必要以欢快、娱乐、鲜艳取代;传统说法缺乏现代元素,一定要添加故事。于是,乡村文化人田斌的那套说辞被照搬照抄,再来点移花接木。反正文化已沦为经济的轿夫和跑腿,最好最流行的炒作莫过于拉上历史名人。于是,西施入吴途经三江口,正巧赶上农历七月十五,村民沿江放灯,礼送美人顺江而下……"新编传说"经田斌老人一番"艺术加工",以及文化部门大肆宣扬,不胫而走。

这也难怪田斌,当下人都好名人效应这一口。在诸暨,一旦说古,动辄就来西施范蠡文大夫,再不济也得拉上"枫桥三贤",历史名人无缘无故被商业绑架,无一不被轻慢编排的。历史名人诚可悲,差不多都成了低劣文化的垃圾桶,谁都可以来此偷偷排放、乱丢乱掷。

解释、争执,甚至吵闹,我与田斌没少为这件事急过。他毕竟是位有文化涵养的长者,后来如梦方醒,对反对意见心悦诚服,并转变成为"商业文化"的自觉抵制者。然而,已经尝到了"甜头"的有关部门领导、当地镇村干部哪里还听得进忠言,反而指责老人出尔反尔,最后反目了。

觉醒也是一场痛苦。经历过一场制谬与纠谬的剧变,田斌身心疲惫,身子愈见佝偻,一声声徒叹奈何。然而,老人用良心站直了做人的身姿。

此时,谬误已经破茧成蛹、由蛹化蝶了。每逢河灯节来临,报纸、电视及刊物上大肆渲染这一"美丽的谎言",并且,有越来越多的人兴致高昂地加入了这场"狂欢盛宴"。

到后来,连一些自诩的专家学者也赶来凑热闹,在江边勒石树碑,言之凿凿此处就是西施启舟放灯处。更吊诡滑稽可笑的是,谬误造假竟成"知识产权",好几个半吊子文化人同时宣称对它拥有权益,因"分赃"不均,升级为拳脚相向,弄成一地鸡毛,满纸狗血。

闹剧你方唱罢我登场。田斌的声音因年迈羸弱、孤单嘶喑,很快湮没在世俗的喧嚣里,连个涟漪都没有。他也在自责、反省、怨怼中,突发脑溢血,离开了这个浮躁又投机的人世。

老人离世前一年的"中元节",又邀我观灯。那时,纪实文学《血殇》早已经问世,且有不小响动。也许心情不错,我特意背着新添的佳能 5D 数码相机,在摩肩接踵的江边人群中逡巡。一角落,几个小孩躲开烦躁,将幼小心灵点燃,烛光里摇曳着最为纯真的祈祷。快门按下,诸多往事与感触,定格在了这张照片上。

岁月如流,剥蚀着人事,将其消弭在泛黄的风尘中;经此浸泡,也将许多感悟显现在历史的底片上。触及旧照,蓦然想起作古的田斌老人,想起将要搭上纸船渡向彼岸的百余遭戮的军民亡灵,想起了还有这个被彻底颠覆了本意的放灯节日。

在我们的周遭,一枝黄花不依不饶地侵吞了太多的花圃,人们不以为意,是因为它太过美艳。文化包装过度的谎言,美艳丝毫不逊色于一枝黄花和罂粟花,因此迷惑人无数、麻痹良知神经,毒性更烈。

所幸的是,在长达十六集的广播纪实文学《血殇》里,包括田斌在内的当年鬼子屠村时的多名幸存者、亲历者,被因恃数码技术纪录的声音"活"了下来,声声泪,字字血,剥下谎言荼毒的画皮。并且,我在作品里几乎是直接地站出来,吼上一腔:

如果后人还有一点历史责任和人文敬畏,那么,请再也不要剥夺先人曾有的、已经少得可怜的文化温存!

又到端午，又思魂魄

一

那一晚，也是端午，我在湘西见到了屈原。

当时，一台湖湘神秘文化的实景演出，在张家界天门山下掀开大幕。秘咒嗡嗡，细若游丝，舞台上，一位峨冠博带的老道，正率一队百多年前战死的湘勇而来，鬼气森森，却依然不失凛然之气。

"魂兮归来!"一声断喝，那个一手摇铃、一手执幡的老道，终于让我认出：非屈原莫属!

此念闪过，那个千年未解的湘西赶尸之谜顿时水落石出：那些密码全在夫子的《九歌》或《离骚》中!

甚至，我还产生神奇联想：赶尸一行的鼻祖，也许就是屈夫子。

因为招魂之术，曾经不止一次写进过屈夫子的名篇，描述中除了施之于已死之人，也有顾影自怜、形影相吊的自我关照。

屈子神神道道，佯狂中释放的是超然天地万物的大爱。到了后来，那种融通宇宙的关爱门径被阻断了，招魂所施对象，无非路倒杀戮庚毙之类死于非命之人。

不过，即使招魂天地仅囿于一域，仍然足可观瞻。

这些亡魂可怜。佛道两教同时认定，他们进不了六道轮回，只能徘徊在永不见天日的无间道地狱，遭受着无穷无尽的寒冷与黑暗。

有温情的文化，总是具有超越阴阳的神奇力量。湘西的赶尸招魂，将这种力量渗透到了九重地狱，把可怜的灵魂解救出来，重归轮回的轨道。

于是，这些游魂野鬼蹦跳着，翻山越涧，回到了故土——一抔黄土，足以安息。

招魂之术的失传，从某种意义上说，是温情文化链的断裂。

坐在天门山下，观看温情脉动的人鬼傩戏般的娱乐，我不时走神。环视四周，那些俊男靓女个个表情夸张地大叫小咋，仿佛天生胆怯，又不得不怀疑他们的魂魄是否齐全。

他们从高铁、由飞机驶来，兴许自己之魂还远远丢在他方，未曾赶来。如今目光触及赶尸表演一幕，鬼影幢幢，双重打击，那种惊恐是可想而知的。

那么，又有谁来为这些丢魂的活人"找魂"呢？

我想到了家乡曾有的神秘文化……

二

在民间，人们对那些神志不清的，都称之为"失魂落魄"，或"失心疯"。

此时，一种古老而简单的"叫魂"仪式就启动了。

记忆中，这样的仪式城乡曾经十分常见。启动时，不必动用神汉巫婆，上年纪的人无师自通。家里长者拎一只竹篮，内盛丢魂者的衣衫或鞋帽，择一相对僻静的通衢大路口，压低嗓子，阴声轻唤,一次次叫着人的名字,再掀开篮中的衣衫鞋帽,抖索几次,连喊三声"回来吧,归来哟"。话音才落,盖严衣衫,急急往回赶,生怕收拾好的亲人游魂一不留神便要跑了似的。

　　那时小孩夜啼哭闹,也多被长辈视为丢魂所致。常见的叫魂,是将一纸贴到路口树干、电线杆或屋墙上。那上面写着:天皇皇,地皇皇,我家有个小孩郎。过路君子念三遍,一夜睡到大天明。

　　说也奇怪,这些民间"叫魂"之术还颇有些灵验。

　　时代在变,诱发风气剧变。剧变中,"招魂"之术与"叫魂"之法,终成历史陈迹,而另有一种叫"丢魂"的精神忧伤屡屡被提及,并且迅速像水浮莲那样繁衍扩散,到了当下,"等灵魂"顿成生活中的热词。

　　行色匆匆的人怎么会让灵魂走丢的呢?是高铁抑或飞机乘坐多了,稳步慢行的灵魂没能跟上?

　　如此种种猜想,不一而足。

　　仔细端详,现代人中丢魂失魄者还真不少。他们会忽然走神,眼神失焦,三焦失司,讷讷自语,恍恍惚惚。看得出,这些人的神志肯定断路了!

　　这又如何是好呢?

三

　　说到"等灵魂",在世界不少地方早已有之,平时翻看闲书,少不得与这些颇有些神秘色彩的招数巧遇。掩卷之余,墨西哥土著的做法最值玩味。

　　说的是,有一群人替雇主运货,突然在中途停下来,怎么说也不迈步了。找个僻静处,脚夫们齐刷刷地跪成一片,额头触地,双手朝天,口中念念有词,极其诡谲。

过了一两个小时,头领一声令下,脚夫们才拍拍一身尘土,又动身了。等到再次抬头,确实有股子精气神上身,迈动的腿脚蹬蹬,原来按他们的说法,是他们走得太快,把灵魂走丢了,因此必须站住,等灵魂赶上来再走。

走走停停的贩夫走卒,尚且要把灵魂走丢,我们这些未恐走得太慢,动辄就以高铁、飞机代步的"现代文明人",不知多少次把灵魂抛在了荒原孤岛。

无魂行走,人的情状恐怕会比湘西赶尸队伍中一蹦一跳的僵尸,还要骇惧很多倍。

人啊,走得太快了,歇下来,在路旁树荫下、家中书房里坐坐,等等灵魂赶来吧!

灵魂如旅伴,更是须臾不可缺少的密友。它应该是如影随形、不离不弃的。

倘若一旦发现灵魂走丢了,那么,倒也不必惊慌失措。只要你有心等它,暂时离开的灵魂还是能等回来的。

可怕者,不以为然。灵魂长时间地缺位,只有到了此时,人看似吃喝如常,其实不过一具行尸走肉而已。

年年端午,今又端午。剥开粽子,取出豆糕,这些往年不到特定节日不登场的祭物,早已被商业泛化,剩下一嘴甜腻腻的四季点心。也只有思及屈原与招魂之时,昔日深藏于文化背后的人生五味,才与魂魄一起归来附体。

现实社会,诱惑人灵魂出窍的东西太多。看护好自己的灵魂,就是珍爱自己。

端午节,顾影自盼,临河轻唤:魂兮归来!

大道"冬笋王"

一

都说冬笋味美，掘它不仅吃力，且难以找寻。江浙闽大小菜馆，到了冬令，少不得备着冬笋。此物颗颗形同纯金打造的三寸金莲，娇小玲珑；剥去金色外壳，洁白如玉，下锅爆炒，满嘴生津，清香直扑心脾。真可谓："此物江南有，尝者有口福。谁知盘中味，片片皆辛苦!"

这样的罕物自然金贵，市价超过肉价。利益与雅兴驱动人上山。有人使出蛮劲，在一片毛竹林间掘地三尺，层层推进，把整座山坡都翻了个遍，人累得半死不说，收获寥寥无几。这才知道，十多元一斤的冬笋是贱卖了。

到了这时，人们如梦方醒：吃什么饭，都得有功夫在身。就说掘冬笋，这是个很有技术含量的农活，三斤毛力不顶事儿，还得有一双穿透黄土三尺的火眼金睛。

民间有高手。我就有幸拜倒在一位高人的门下。

高人大名吕金良，解放军里当过营长，转业做过地方客运公司领导。不过，他的出名在于年轻时见了老虎迎面走、一枪打死金钱豹、率队为民除掉三百多斤大野猪，是个响当当的孤胆英雄、百步穿杨的神枪手。

从小在东白山深山老林里穿行,吕金良枪法了得,那双眼睛更神。只要跟他进山掘冬笋,一番指指点点,照着他定位下锄去挖,一锄一个准,不得不佩服,众人尊他一声"冬笋王"。

我就认准了高人吕金良,挑明要拜他为师。他开始不置可否,一番示范,也不着急,半天时间要考考人。谁承想,我心领神会,照着葫芦画瓢,一招过关,被收为弟子。

这么容易满师,连我自己都觉得此事定有后文。

二

那一天,我们在位于会稽山脉的岫山腰觅到一片好竹林。眼看天色将暗,折了一些芦芒杆子,在看准的冬笋地面上一一插上,做下了标记,准备翌日来掘。

做完这一切,天空飞过一群斑鸠,叫声凄凉。吕师傅听到,脸色就收紧了,嘟哝一句:天要降霜,明天的冬笋轮不到我们吃了。

看吕师傅如此神秘兮兮的样子,我也不以为意,只求急忙下山。因为肚子里饥肠如鼓,拼命地擂响了。

次日日上三竿,我扛着短锄铲子,就拉着吕师傅上山来了。然而,吕师傅兴致不高,打着哈欠,好像昨夜一宵未睡透。赶到竹林,眼前的一切让我傻眼了。

不幸果真被吕师傅言中!

三

红日高照,白霜铺地。莽莽苍苍的岫山仿佛一个冰坨,寒气砭人。

几乎兴奋了一夜，早晨我起得特别早。哪里会把师傅的预言记在心里，一马当先赶往昨天黄昏选定的毛竹林，一心想像掘番薯那样掘出满筐冬笋来。

可是，眼前的一切令我一下子跌进冰窖，冷透了心。

毛竹林地坑坑洼洼，满坡皮开肉绽，一片狼藉。尤其令人咬牙切齿的是，吕师傅选准笋位插上芦芒杆的挖掘点，一个不剩，全部被盗挖！

"他娘的，这也忒损了吧？这厮倒好，猫开菜橱狗凑现成！"我忍不住咒骂起这个捷足先登者来。

"干这事的不是人，而是另有高手所为。"吕师傅出奇地冷静。他拉着我从掘坑边一穴穴看过，双手搓着散发着土腥味的新土，像个老侦探那样分析——

这些大大小小的掘坑，毫无规则，却点到为止，人又哪能做到如此精准发力！

"那又是何方神圣？"我迫不及待要问。

——显然是野猪过。我临走时不是说了，斑鸠叫声凄凉，定有白霜要落。白霜落下，逼着野猪从密林往山下赶。赶巧把它们逼到这竹林。也是天意，这美味合该老天留给这些畜生的。这畜生的嗅觉灵敏无比，三尺黄土下的冬笋，它们了然于心，长鼻与獠牙一齐发力，只消一拱，一掘一个准……

我口里把千刀万剐的毒咒全部用上了，似乎还不解心头之恨，又有些不死心，扛起锄头想捡些剩落。

——算了吧，我们不要瞎子点灯白费蜡了！

吕师傅一把拉住有些气急败坏的我，往回路上拽。

四

落山风一阵紧似一阵,刮在脸上就像刀子划过,又冷又疼。我们收拾了家伙,跌跌撞撞下得山来,正好与一辆放空的士相逢,冷口扑热食,直接拉进城。两人的肚子彻底掏空了,就近在西施故里的鸬鹚草堂酒店用餐。

饿急了,吃什么都香。两人甩开腮帮子,只顾埋头填塞。忽然,吕师傅打了个响亮无比的饱嗝,拎着筷,拧着眉,停止了动作,仿佛老僧入定,只有那副诡谲的笑意,让人更加捉摸不透。

"这酒家名头稀奇古怪的,叫什么来着?"

"鸬鹚草堂呀。"

"有了,这些个想与我们争食的畜生,劫数到了!"

"野猪?鸬鹚草堂?这两者十万八千里,怎样生出了劫数?"

"你看过鸬鹚抓鱼吗?"

"看过。那一次去桂林漓江旅游,正巧赶上这一景。竹筏上载满了这些通体墨黑的大鸟,渔佬儿一声口哨,它们一齐往水中扎猛子,等到浮出水面,嘴里都叼着一条活蹦乱跳的鱼儿……"

"这谁都知道,还有你不知道的。其实呀,鸬鹚抓鱼,大有讲究。它们的脖子都系着一条看不见的蚕丝,小鱼小虾直接下肚,大鱼得两说了:一般的鱼交主人,有孕怀胎的放生……天道、人道、行道,凡事都讲道,这才叫顺道者昌,逆道者亡。"

"可是野猪的脖子没系着这样的一条蚕丝呀?"

"人家不系,但你自己得系上一条。正因为野猪忘乎所以,自招劫数。"

说到这里,吕师傅长叹一声,又恢复了吃喝,不肯再多说什么。只是脸色陷入深沉,多了郁悒。

乡愁可依

第二天午后,吕师傅又拉上了我,一起去诸北的岫山竹林。他愈显得神神道道。

"野猪已把竹林翻了个遍,哪里还有漏可捡?"

"还真让你说对了,这一回,捡漏去!"

虽说捡漏,吕师傅并不把我往竹林带,而是引着我转到竹林背后的一个大山弯,朝一条两山夹峙的狭长石弄里走。还未走进深处,迎面走来一支七八人规模的打猎队,扛的扛,背的背,驮的驮,都是打死的大大小小野猪,满载而归。

"好啊! 好啊! 我们也不用出手,你们就替我们出了一口恶气!"我在路边打躬作揖,似乎比人家还要兴高采烈。

"这些个畜生吃的是'断种草',它们吃我们的来年,我们吃它们的心肝,一个不剩全收拾……"那片竹林的承包户似乎怨气冲天,还不解恨。

显然,打猎队与吕师傅很稔熟,透着发乎内心的尊敬,招呼着他一起下山吃肉喝酒。吕师傅摆摆手,兴趣全无,掏出一把钱来,拦路要买一条打伤了腿的小猪崽。

"这小猪崽,嫩皮没骨的,我还想送人做药引哩。"打猎的感到不解,脸有难色。

"就算给我一个情面,也给这群畜生留点骨血,凡事我们不做绝。"吕师傅话里带话。

"哟,老吕不说,我们还差点坏了规矩;犯了山公山嬷。"打猎队领头的一拍后脑勺,恍然大悟,连忙招呼众人就地下跪,撮土为炉,折枝为香,朝着岫山山峰磕头。

告别了这支嘻嘻哈哈的狩猎队,吕师傅终于对我开口了:

"我没说错吧! 冬笋那是竹农来年的衣食指望,笋多竹细,这要间掘;笋少竹少,这要发愁。野猪一番糟蹋,一颗笋都不留,坏事做绝,吃断种草,走悬崖道,自然招来杀身之祸。六月冤孽债,谁都不过夜。唉……"

一步一叹息,吕师傅感慨着,不知道为殇于冬笋的野猪,还是忧伤芸芸众生。说也奇怪,那条因伤痛嗷嗷哀号的小猪崽,到了他的怀里,驯顺得像只小猫。

五

岫山归来,自此一别,我与吕师傅数年未曾见面。其间,好几次请他出山一起去掘冬笋,得知他得了白内障,眼火不济;又听人说起,"冬笋王"要收山了,世上再无"冬笋王"。一次次,我心里发酸。

没有师傅的日子里,我的掘笋技艺荒芜,偷懒之心像稗草那样长满了田园。后来,花了不少银两,从淘宝上买来一款叫冬笋探测器的东西,窜到竹林,像拿个玩意东瞄西瞅,山里人瞧我这副模样,都调侃说是日本鬼子进竹林扫雷来了。戏谑了一番,开心着他人,也快活着自己,其间倒也有不少斩获。呜呜自得,以为有了神器也有了神助。

几天前,冬日里难得一露日头,正想整装出发上山掘冬笋,接到电话:吕师傅在诸暨与东阳交界的著名山地晓居黄岩头等我,说那里寻到了一片地下长满了冬笋的好竹林——想瞌睡就有人递枕头过来,毕竟师徒一场,心有灵犀相通,他就是我的肚里神仙!

多年不见,自然欣喜不已。再次相见,吕师傅脸庞红润,那条当年的小猪崽已然慓悍后生,一百多斤重的身体,一条丝织牵索,不知是它牵着师傅,还是师傅牵着它。一个奇葩的组合走进竹林,也撩起了我极大的兴奋。

"亮出你的神器,咱师徒俩今天也来一决高下吧!"

一场奇特的掘笋比赛就此展开。当然,不到一个小时,首战吕师傅赢,再战我输。

是的,我那个探测器半晌才锁定一个目标,掘土三尺起出冬笋,早已累得大汗淋漓,像头耕累的黄牛不想动弹。再看吕师傅,牵条驯化的野猪,既用不着堪舆点穴,更用不着自己挥锄挖掘,选点与发掘全由它包了,且是一掘一个准,一笋比一笋大,不到一个小时,起获的冬笋堆成了小山。

正惊讶间,毛竹林主人来请我们下山吃饭,一副毕恭毕敬的神情,一路絮叨:"能请到吕师傅这样的高人'冬笋王'进竹林,那是打着灯笼都难找,焉能不用猪肉酒饭供着?"

这又弄得我丈二和尚摸不着头脑。换了他人,上山掘冬笋得觍着厚脸求竹林主人,人家允你入林,那可是一种不小的情面,哪里会有如此厚遇!

"竹林里我们不是来挖笋的,而是替人为来年的毛竹间掘的。别看我的冬笋堆成了小山,好笋一棵竹,我都留在了地下。不信,你试试!"吕师傅说这话时,一脸认真。

"师傅,借天借地借万物,你是高手。看来,我还远远不能满师。"

这一回,我佩服得五体投地。

第二辑

屐痕留处

陕北散记

榜眼府中的"禁闭室"

状元、榜眼、探花,可谓科举时代的功名三甲。

游西安古城,一处深藏于回民风俗街里的"榜眼府第"高家大院,吸引人的除了它置身喧嚣却超然其外,还有它的深厚家风。

在深宅内院一个不被人注意的角落,一处标示"省室"的小间引起我的关注。这个所在逼仄阴暗,内不置一物,高家子弟犯有过错,免不了在此跪地多时,面壁思过,直到幡然醒悟才能走出此屋板门。

高家从明崇祯开始在科闱发迹,累世为官,至清同治年间子弟高岳崧廷试钦点榜眼而至顶峰,此后在儒在商,子孙皆有成就。

古人说,君子之泽,五世而折。其实,如果没有源头的丰沛,河道的不断疏浚,祖上福泽又能流淌多久呢?高家是个异数,它能破除这个魔咒,与它敦厚的家风坚持有关,诸多密码可能藏匿在这个家族的"禁闭室"里。

原上陈忠实

西安，这是一个很文学的城市。踯躅在古城下，摩挲着那块块城砖，自然产生稿纸中那瞳瞳方格的奇妙联想。文字筑就过的另一座西安，同样巍峨壮观。

平凹太忙，路遥太苦，曾有几次可以谋面之缘，最后不忍而放弃。

只有陈忠实，写就了那部不朽的《白鹿原》后，倦鸟归巢。我很想到灞桥下去拜访他。

然而，天不佑年，陈忠实匆匆逝去。嗟叹间，又去白鹿原上走，却与他不期而遇。

无论晨昏早晚，不计雨雪阴晴，陈忠实端坐原上，再也不拒每一位访者。

陈忠实才是白鹿原的原住民。

（摄于白鹿原）

废都觅美食

出门游历,不能让眼球大饱其福,而亏待了口舌,否则,还真难说远足的完美。

我对西安的印象,多半来自于平素不多的阅读。然而,记述废都美食的文字实在太少,古籍自然难觅,连当代文学大家贾平凹、陈忠实等人,在其《废都》《白鹿原》等著作中,对此惜墨如金。

到了陕西才知,这里的珍馐比华南虎还要少见,当地人也不得不承认肴馔乏善可陈。连天生喜欢炫耀的导游,嘴里翻来覆去介绍的无非就是羊肉泡馍、肉夹馍、凉皮、裤带面之类,并且量大味重,制作粗鄙。怪不得吃了这些,陕西人只能直着嗓子吼秦腔,只有使不完的蛮劲,要说细腻、精巧就缺了给养。

都说皇城根下的百姓,天长日久,多少也会沾染些王者之气。耳濡目染,本来也讲究些"食不厌精、脍不厌细"。换个角度,从百姓口味上看朝廷,可以想见那些宫闱御膳坊里的食物也好不到哪去。

想想也是,历朝鼎盛的开元、贞观年间,本来该引导美食潮流的宠妃贵妇,权欲远烈食欲,媚主的、擅权的,哪有心思去顾男人的胃囊?风气所致,升米百姓更顾不得多操这份闲心了——对他们来说,羊肉泡馍、凉皮、肉夹馍任意一样端上桌子,就是过年。

这样也好,省得像慈禧太后那样,吃一顿饭动辄就上百道珍馐美肴,浪费百姓血汗无数。

钟鼓楼中的国运玄机

1900 年,八国联军攻入北京,慈禧、光绪等人惶惶然如丧家之犬西逃，最后在西安落脚，盘桓半年有余。

百多年前的清朝，鸦片祸起，而后甲午海殇、圆明园火葬、割地赔款，似乎国势日凋，噩梦不绝。封建王朝为何如"王小二过年，一年不如一年"，总逃不了呼啦啦大厦坍塌的惨局？这令多少后人猜思。一百多年后，穿行在古都西安钟楼与鼓楼间，依稀可找到封建国运虎头蛇尾的玄机。

站在两楼之间，明显感到，无论规模还是形制，鼓楼要比钟楼浩大，也气派多了。晨钟暮鼓，按中国的说法，日出东方，紫气东来；而日暮西山，阴晦而至。钟在中国，除了促人早起，还有教训警醒之意。一个轻朝气而厚暮气的国度，你又如何能企望它英姿勃发、满目华光呢？

也难怪，历代帝王登基坐上龙椅之日，便着手筹办破费举国之力的"后事工程"，年纪轻轻就以倾国之力，大造陵寝。荒诞中，透出的是统治意识里绝望大于希望的悲哀。

举首仰视，鼓楼南北两处高悬匾额两块，为光绪帝御笔，分别是"声闻于天""文武威壮"。好大的口气！谁看了，都会有一种莫名的自豪感。

然而，此话此字出自一个置国家与黎民于不顾、仓皇出逃的亡国之君之口，大可值得回味：此时此刻，惊魂未定的光绪，其心境的凄切与破碎是可以想见的。可是他仍然沉迷于天朝国威的自恋中，言不由衷地写下了梦呓般的大话。

从中得见，历朝帝王能吸取教训的不多，爱说梦话的不少。大话听不得，听了要亡国。光绪皇帝题匾没过几年，大清也走到了它的尽头。

与老杨论秦始皇

老杨,一个平头百姓,在陕西的声望盖过秦始皇。"翻身全靠共产党,致富不忘秦始皇,吃饭想起杨继德。"参观兵马俑博物馆,有幸得见民谣中传唱的"世界第八大奇观"的发现者之一、年届八旬的老农杨继德。

20 世纪 70 年代,临潼杨庄严重干旱,杨继德与两位农民挖井取水,一铲挖出了惊世奇迹——兵马俑。因此,农民脱贫致富,老杨蜚声寰宇。这位如今兼着副馆长的农民,已接见过一百多名世界政要,脸庞红润,宠辱不惊,透出的是一副道骨气派。

知他与兵马俑和秦始皇的这些情愫,我问,先生如何评价这位始皇帝?

杨答:统一中国的功臣、统治秦国的暴君、而今三秦的恩人。

我曰:可否再加一条——世上贪窃天下之第一人?

杨答:新鲜,愿闻其详!

我曰:《周易》云,天下为公。天下是普天下苍生的天下,天子贵有天下,纯是他的无稽之谈。秦始皇在方圆五十公里的地上地下大修陵寝,将三分之一的国之财产带进棺材,埋入地下,涂炭生灵无数。天怒人怨,横扫六合的秦朝其兴也勃、其亡也忽,怪不得它短命如此。

秦始皇之贪,世上再无人可比肩,自然也逃不出贪者的宿命。"贪"字已昭示,沉湎者只拥有今日宝贝,身后却是骂名。长城虽在,兵马俑出土,何人又见秦始皇!老杨颔首称是。

华 山 论 剑

西岳华山,极顶南峰。在这个海拔 2154 米处,上有一可容

男儿的生命释放

那次去黄土高原旅游，车穿行在沟沟坎坎，居然睡过去了。

昏昏沉沉，一种遥远又熟悉的声音飘进梦境，猛然惊醒：到安塞了？

同伴们叹为惊奇，不得不承认事实就是如此。

车窗外，不远处，黄尘迷茫，鲜艳的色块和着激昂的音乐，急骤地切换着时空。

陌生的安塞，稔熟的鼓乐。

它们好像从古战场来，又在向远古致意。场上全是男性鼓手，野性十足，奔放至极。

动地而来的安塞腰鼓，几乎把黄土高原厚重的热力都释放了出来。

（摄于陕西安塞）

百人的石台，后人置一人多高、形若剑状的碑石，标明此地为论剑处。

然而熙攘而至的多是俊男靓女，所谈所论无非卿卿我我而已，全然不见被武侠小说、影视作品渲染的刀光剑影，以及由此培植的武侠文化氛围。

正困惑间，迎面飘然而至一清秀年轻道士，打了个稽首，似乎洞悉一切，上前讨教得知：施主有所不知，西者主金，华山山人自古铸好剑、精剑道，且剑这神器本来就是我道仙家所创，斩妖除魔，修身养性。论剑其实就是以剑为媒，同好坐而论道。因此，我家先师吕洞宾有言："吾实有三剑：一断贪嗔，二断烦恼，三断色欲，是吾之剑法也。"可见，那种非要通过一决高低，以技与力论高下的，只是后来小说和影视的编排想象，向来为道家所不齿。

华山道士论说剑道，滔滔不绝。好在我平素也读过不少闲书，得知其他名山藏锦绣文章，唯有这华山只收名剑。其中大禹治水时，曾铸神剑五把镇于五岳，华山自然也有，不知藏于何处？

年轻道士粲然一笑，幽幽道来：清光绪时，山洪暴发，冲下几尺长的龙骨一截，敲碎后得一柄古剑，剑身镏有古金文"镇岳上方"四字。华阴知县欲向上进献，转至翌日，此物却不翼而飞……

三尺青锋，已化作一脉西岳。这神剑岂不就在我面前横着，还寻它作何！

那道士闻我此言，大喜，唱了个喏，说声后会有期，飘然而去。

华山自古一条道？

西岳华山奇拔峻秀冠天下，一直萦绕在梦中。得机会畅游三秦,脚步自然要朝着关中平原那座名山迈动。

"自古华山一条道",从古到今,深入人心。到得山脚下,便被告知有南北两道可供选择。现代人贪懒成性,用不了争论,几十人的团队几乎一边倒选择乘坐缆车上山。

缆车外巨岩劈立,峭壁千仞,我们穿云插雾仿佛要直上九霄。当听完了美女们夸张而娇柔的惊叫,几乎不费气力登顶时,我还纠结于自己与古人相比谁更享林泉之乐,而科技改写"自古一条道"的历史,除了便捷还带来哪些值得人思索的事呢?

迷迷糊糊中,跟随大流拾级而上,展现在眼前的鲤鱼背似的山脊、巨石怀抱中的道观,竟是那么熟悉,好像一直深藏记忆某区。忽然想到,儿时看过的电影《智取华山》,大部分故事便发生在这里。

70多年前,国民党关中保安旅几百名残兵败将窜进华山,凭借华山天堑,负隅顽抗。他们见这里三面悬绝,险恶异常,又有"自古一条道"的意识根深蒂固,便以为踞此高枕无忧了。殊不知,一支由刘吉尧率领的解放军七人小分队,在当地农民王银生的向导下,绳攀杆拉,硬是在悬崖峭壁上走出了另外一条道。睡得正香还在黄粱梦中的散兵游勇,对出现在床前的敌手浑然不觉,一个激灵醒来,视人为天兵神将,个个呆若木鸡,几乎不放一弹,稀里哗啦地做了解放军的俘虏。

凝视面前这个紫霭缭绕的历史舞台,穿越古往今来多少战例,华山一役绝对称得上经典。它的经典在于有智取的成分,而更多的是巧取——四两拨千斤。作为胜败两方,是抱残守缺,食古不化,抑或另辟蹊径,柳暗花明?其实,一念之差已定乾坤了。可见,世间事从来没有单条道。如果脚下只剩下一条路,一直走到天黑,那么极有可能它就是人生的绝路。

鲁南走马

记着大明湖

已经有好几年了,草泽格格紫薇幽幽的一句"还记得大明湖吗",不停地在耳畔萦绕。

拣了个秋日,背起简单的行囊,北上泉城而来——既为大明湖,以及在梦境里的湖光山色,又为鲁南迷人风情和珍馐美味。眼前的古城济南,简约、闲适,现代时尚的轻风只在尚显简陋的街市匆匆穿行而过,留下更多的思古之幽,寻访古城曾有的风姿绰约。

梦过多少回的趵突泉见不到珠进玉溅,似乎总有些失落与惆怅。登上船埠乘画舫,在玉带般的护城河顺流而下,不知哪里集聚一股神力,召唤着沿途五泉的碧水聚首于大明湖上。

湖不大,却把弄皱的心情豁然舒展:果真是"四面荷花三面柳,一城山色半城湖"的极美景致。轻风微拂,岸柳袅袅,荷香阵阵,湖畔妙曼美女款款而至,恍惚间,知是紫薇姑娘从时光隧道走来,且带着一群叽叽喳喳的小燕子。

走进了大明湖,也走进了雅俗共赏的大世界。

盘桓湖畔,读书、品茗、尝鲁菜、观吕剧、看杂技,目不暇接,五官在秋日的午后夜里都有一时难以消化的积食感。

圆月挂上了中天,夜已很深,我只能站起身,对含情脉脉的泉城道别,并留下一句:再品尝下去怕撑破了胃囊,请允许打包带走,在今后日子里慢慢消化。

大明湖,我会永远记得你!

泰山观书展

巍巍乎屹立于齐鲁大地的泰山,其实也是一座世所难匹的自然书法展览馆。泰山的文化海拔,怎么能离得开历代书家的笔墨堆砌呢?

从秦相李斯奉诏小篆记述封禅之盛,石刻于崖壁,两千三百多年来,官宦、文人、书家、巨贾、武夫、乡绅,或挥写,或涂鸦,在进山之路两旁大大小小的石头上写满了字。后人统计,这些摩崖石刻竟有一千一百处之多。

试想一下,华夏大地哪里还找得出像泰山这样,历时之久,书家之多的书法博物馆?

没有。泰山仅此一家。

怪不得许多游人独醉于此,面壁沉吟,一笔一画,手指临摹,烂熟于心,已将鸟噪泉鸣、山奇水秀的一路美景摒除在外了。

书法一旦镌刻于石壁,时间便是评委。因此,那些聪明的书商便不费多少气力,把漂浮在历史长河中被认定的石刻精品,一一拓出,刊刻成册,换来过不少银两。

内行看门道,留下我等外行人瞧热闹。别以为书道之外没有风景,其实真正的社会风情却在嘈杂处躲着。

明朝天启三年(公元 1623)某月,京都内务府大太监卢银安率一干小太监,奉皇家之命上山进香。还真别说太监是阉货,生在明朝,气焰盈天,正逢其时。况且这次办的是皇差,更是威风得不行。末了,没有几两墨水的阉人,不管字写得面目狰狞,照样命人将其刻于石上。七八个同行太监的大名全部写上,少一个都不行。

你太监动得,别人就动不得了?风气所致,游山来的官宦,当地驻防的武夫,上山进香的乡绅,有些书写冲动,只消破费些银两,请个当地石匠,当即将墨迹未干的"墨宝"凿刻石上。

因此,这类像烂膏药一样的石刻,同样也充斥在泰山山道沿途,弄得青山斑驳,眼花缭乱。唉,"到此一游,大布后人"的痼疾,在我们中国传统悠久,大概也可称得上"国粹"了的。

不过,泰山之所以为五岳独尊,其尊也许正是来自它的大雅大俗,它的庙堂江湖,它的包容大度。退一步想想也是,佳馔珍馐固然是文化,但你不能说"狗不理"就不是文化了!

在我们中国文化史上,书坛一直是个热闹得有些乱哄哄的江湖。到了当下,更有甚者大声言宣:写不好字就当书法家!全国大大小小的各类书协,不知多少这样的人,混迹其间,一次次萌发着将"天书""墨宝"镌于名山、传诸后人的冲动。

从泰山看,这里似乎已经很少留给今日书者插足的空间。如果有人不乏耐心,等上个几十、上百年,兴许轮到了。到了那时,即使你的字体形同曲张的动脉,并不要紧,要紧的是你有浪漫与无畏的故事,终将发酵为文物,传扬下去。

这又是名山的造化神力。有位著名的主持人说,即使一条狗,上了央视也成名犬了。更何况人家上的是泰山,声名大不一样。

柳下惠的珍宝

去曲阜之前,对古人柳下惠的认知,我仅止于那个"坐怀不乱"的典故,以为他是个一本正经的传说君子而已。

到过曲阜,才知对这位君子品行了解何其肤浅,甚至连他的真姓实名都未曾知了。可见,读万卷书,不如行千里路。

往曲阜城北二十里,过展氏桥,便到了人称"和圣故里"的柳下庄。我总以为,这村名大概因先贤而得名,少不了沾了被孟子誉为"和圣"柳下惠的光。一打听,其实大谬。

历史上的柳下惠,姓展氏,名禽,又名获。他生于春秋时代。这个时代很搞怪,其中之一,把姓氏看得比命还重,不得代代沿袭。按周礼那套"五世别宗族"的规矩,原来鲁素公之后的王室成员柳下惠,不能再以祖上姬氏为姓,而改姓祖公子展的字。

后世知展禽的人不多,而知柳下惠的不少。何以如此?

绕过了一片春秋繁文缛节的礼制丛林后,村中后人给我讲了一个故事。

那时,鲁国拥有一件国宝,叫岑鼎。紧邻的齐国,不单对弱小的鲁国虎视眈眈,并且对它的国宝也垂涎三尺,提出索取。

这可难倒了国君鲁庄公:给吧,仿佛剜了一块心头肉;不给吧,得罪强齐不说,还授人以侵吞的口实。左思右想,搞了个西贝货,派人送去。

你鲁庄公聪明,人家齐国公也不是好蒙的傻蛋,一眼看出其中有诈。他也不发飙,放出话来:这鼎是真是假,只要展禽给句话、点个头,寡人全都认了!因为他是个值得信赖的君子。

"这好办呀,你展禽舌头动下的事情。"鲁庄公闻言,浑身轻松起来。他找到在自己手下当差的展禽,以为人家会欣然领命。

"不妥!"想不到展禽一脸正色,开口说不。

"不就是给一句话的事吗?不然,寡人的珍宝可就丢了。"鲁庄公几乎有些低三下四乞求人了。

"让我说假话,毁了我的信誉而守住你的珍宝。君有所不知,信誉是我唯一的珍宝,我怎么能毁掉我的珍宝而去保全你的珍宝?"展禽从容不迫。

鲁庄公知道这条犟驴的为人,执拗起来是九头牛也拉不回的,只好心痛地把真正的岑鼎送去齐国⋯⋯

天下许多事,都是以所谓"国家利益""大局观念"为理由,强人所难。其实,在两千多年前的古人看来,只要放在一个人的信誉和尊严面前,那些看似冠冕堂皇的东西,连屁都不是。

这样的人,没有辱没他曾经栖身的柳下之地;更没有辱没他死后妻子给他"惠"之谥号。

身后事,生前做。柳下惠还是大幸的,碰上一个让他不坠青云之志的主子,而在他的后世,又有多少主子会把下属臣民的信誉和尊严,去当作一回事?

人家不当一回事的东西,我们自己千万别不当一回事。这是圣人柳下惠留给后人的珍宝,丢不得。

京城信步

行走的民生印迹

雾霾、拥挤、老化、杂乱，北京在历经一次城市改造后，希冀改变全国人民昔有的成见。

不过，再次走进这个世界大都会的时候，这些曾有的印迹依然与我不期而遇。

早晨起来，天空灰蒙蒙的，太阳仿佛被水淋过，无力而淡化，直让人怀疑它只是月亮的替代品。

大街小巷乃至十里长街长安大道，设着林林总总、五颜六色的新小摊，老街坊们穿行其间，捡着来自天南海北小贩送来的便宜。让我产生错觉，好像天底下的游贩麇集这里，是向皇城来进贡似的。

小贩在首都满街行走，这超出我的想象。须知，在许多县城小镇，他们都是被城管驱赶甚至打压的对象。

有了宽容，才有了实惠的民生在这个城市的屋檐下从容生长。

在它的背后，我看到便宜得让原产地都吃惊的便宜大闸蟹、低价的当令水果，感叹"京城居不易"的千年嗟叹正被改写。

一个游贩的存在，就能养活一个家庭，更能降低一个城市的生活成本。北京的宽容换来了实惠。

这样也许会在观瞻上给人带来凌乱的印象，却给老百姓带来了说不尽的便利。

管理城市，让百姓自己参与。我在大街小巷看到更多的是戴着红袖套的大妈，以街坊的熟悉俚语转述枯燥的行政术语。这让人顿生亲切。

踢毽子、玩手机、拉家常，古城悄然进入了老龄化的时代，闲适从容。虽然人们出门少不了戴上口罩，人行道兴许还被小车小贩占据，他们习以为常，觉得这就是城市民生如早餐豆豉大饼般的稔熟。

民生在北京是给百姓堪用的，大家知道仅仅光鲜中看却一点都没用。

反观我们有的小城，河里不能钓鱼，街头不能设摊，满街的城管比游客还多。这样的城市，民生被行政之手塑造成座座蜡像馆，清洁有了，整齐也有了，可就是没了百姓最需要的鲜活生气。

大北京·小性子

城市有着人一样的生动表情，那是这座城市所有人的情绪写真。

半戏半嗔，一笑一颦，我在北京穿行时，打量着这个城市的丰富表情，与城市的性子不期而遇。

在一趟山村开往地铁站的公交车上，一个穿着红色运动服的女孩遭掌掴，几巴掌打出右脸如同运动服一样的红色。

下得了如此狠手的是一个堪称女孩爷爷的老人。他也穿着运动上衣,白色的。情绪上来,他脸色刷白。

红与白的冲突,起因无非公交车拥挤,磕磕碰碰中两代人有了肢体碰撞。小女孩不依不饶,老人羞愧难当……满车人既惊且愕,手足无措。

咽不下这口怨气的女孩,尽管报了警,对满车人的无动于衷却生出了怨怼。也真有这满满当当的一车人,愣是没有一个出面居中调定,人人没事一样谈着天说着地,就是干等在不知要何时开动的公交车上。京人的耐性真无话可说。

我不知涉世不深的女孩,会不会把这种怨隙带进人生。

又在某公租房如厕,便池上贴一张告示,要人便后不忘冲水。不得不承认,作者有创意的天赋,也不乏俗世的尖酸,为这样的小性子心头一颤。

走进某宾馆,大堂的几处沙发已被六七位维权人士占据。他们张挂欠薪状,或坐或卧,据说在此占领多月。除了逢人诉冤,又在大堂里煮着臭不可闻的食物,熏得人掩鼻而过。我曾有的怜悯,在这样的怨气冲天中消弭。

使点儿小性子,有点儿小脾气,本来是这个城市性格的可爱之处。

然而,戾气、怨气、酸气,这些气体排放多了,会给雾霾笼罩下的市民带来身心的戕害。

是的,世界都市、六朝古都的大气浩气灵气,就会被这些气体剥蚀,喂养出的只有小市民,甚或市侩。

柳 爹

京城多奇人。

这次又碰上了一位,虽然素昧平生,却仿佛彼此熟稔。

早晨沿永定河支流散步,在一处垂柳依依的河堤见到了这位奇人,须眉皆白,双目却放射着与年龄不相称的精光。

一只塑料小桶,一根塑料绳子,从距脚下数米的河中吊水,弯腰、拎水、倒水,灌浇着身边的岸柳。一次次,老人的动作机械而手脚勤快。

我也上去尝试。一桶水少说也有十斤重,几个来回,汗湿衣背,气喘如牛,不得不停止了动作。

老人笑笑,把水桶收回,又开始了机械性的作业,做起来气定神闲。

好奇中我有了几分嫉妒:敢情我们彼此的年岁被谁恶作剧地调了个?

堤岸,一排柳树,整整二十七棵,棵棵斗粗。地皮稍显发白,老人早晨起来提水浇树,常常是,少则上百桶,多达数百桶。

来堤上晨练的老街坊不少。他们见趣,点个头算是打了招呼,再说声"柳爹您早",匆匆擦身而过。

"柳爹"这称呼奇怪,莫非白眉白发的浇水老人姓柳?

我也顺着大家的口,称呼老人"柳爹"。老人憨厚一笑,意味深长中似乎有着某种回避——看来这名头在老人那里圈定着一定使用范围的。

老人怕我猜忌,果然说起了其中的相关缘由。自堤岸栽上了臂粗的小树那天起,他就开始了这样的劳动,从此乐此不疲。真可谓,绿了一堤柳,白了老人头。

没有人要老人这样做,老人却固执得像个悉心照料子女的慈父。

"怎样不是呢?这二十七棵柳树就是我老王的二十七个子女!"老人咧嘴乐了,又极认真。

果真,老人姓王不姓柳,已经八十有三。他的祖籍远在山西太原乡村,大学毕业后献身中国的航天事业,是一名参与研发卫星的自动化高级工程师。退休后,老人入住航天工业部宿舍,面对宁静的入城河,却时常失眠,还无端生出许多慢性疾病来。

"那时岸柳栽下不久,又逢高温干旱,枯萎得让人揪心。我看不下去了,起早贪黑提水浇苗,再也歇不下手了。"老人嘴不停,手不歇,边干边聊。

我又疑惑了,老人怎么干了园林的事?

"嘿嘿,计较那干嘛!说也怪,打从那以后,我也睡得踏实,慢性疾病也不见了踪影。老伴也来开涮我,说我研究了一辈子的自动化,最后仍然是台灌水浇柳的自动化设备。新闻报道我有公心——呵呵,打我老脸来呢。吸着好空气,见着一团绿,做这事我可存着一份私心哩!"老人朗声大笑,引来几只喜鹊落在柳梢头,喳喳高叫。

谁说做好事没存一份私心?无非是这份私心快乐着自己,也泽惠着人家。

河水清,岸柳绿,老人依然像台动力十足的机器在忙碌着。

皇城根下的柴米油盐

古往今来,京城向来居不易。

皇城根下,寸金寸土。人想在这首善之区、京畿重地容身立足,自然不易。历史上最著名的段子莫过于发生在唐代著名诗人白居易的身上。

那一年,身为学霸的白居易应举来到当时的皇都长安城,携着诗作与土特产什么的,拜访文章大家顾况,以求提携。

别说这是一种潜规则,这在那个时候十分通行,文绉绉的名头叫作"干谒"。

这顾大文人摆谱可大啦。一见拜帖上的名字，调侃开了：米价方贵，居亦不易。

文字不值钱，柴米比你贵。人有时想想也挺憋屈的。

可是，举子白居易自信爆棚，示意顾老师先读诗文后再议论。

"离离原上草，一岁一枯荣。野火烧不尽，春风吹又生……"顾老师忍不住吟诵起来，眼睛都发亮了，连忙改口，"不读了不读了，有此诗才，夫复何言？有句如此，居天下有甚难！老夫前言戏之耳。"

岁月如流，到了当下。我一次次或公干或探亲来京，居不易声不绝于耳，从新老北京人口中发出，又在新北京人中发酵。

是的，京城门槛比天高，房价寸土寸金往上涨……从大端看，在这里居住确实什么都不易。

不过，我穿行在车水马龙的闹市，再走过僻静的小巷，还是惊讶于一个个细节的温度。

汤碗大的白馍，才卖一块；鲜红的橙橘，十元五斤，小店小贩遍及大街小巷。即使像当年游贩与城管喋血的十里长安街头，依然有外来小贩推车卖衣……拿出其中任意一件，这在我们不入线的县城也是不可想象的。

京城居亦易，我从一元白馍、二元血橙还有车推衣摊、肩挑橘担之类的细节上，读出过民生最淳朴、最动人的细节。

一个城市，其实是一个繁复的生态环境，环环紧扣，休戚与共。居亦易，既是对像白居易之类精英为我们创造品质生活的应有优渥，也同样不能阻塞贩夫走卒们为我们提供方便生活之道。

看来，看似城市把控严厉的北京，其实这个道理比其他地方懂得多。

那些街上不见一个游贩，街头不见一爿作坊的城市，虽然市容擦拭得比美女的面孔还要干净，实则是民生仅仅张挂于口头的装饰物。被政绩熏烤得焦虑丛生，这些地方的官员爱惜羽毛绚靡，远远超过对民生的真正关心。

最光鲜的城市也不能用来吃喝，皮相再好也不及柴米油盐的烟火滋味。百姓有着自己的生活哲学。

钓　　翁

不少城市要生态也要脸面，干脆将市区江河垂钓一禁了之。

这一纸禁令倒也省心。

要数城市级别，北京当然是全国的首善之区，想象中对河湖垂钓管制似乎更加严厉。

然而，所见所闻大非如此。从钓手纵横市区河道随处可见的情形判断，这个城市是否有此类禁令都大可怀疑。

初夏的京城，岸柳棵棵如笔，汲饱了化不开的浓绿，随风飘动，留下了处处柔美的飞白。簇簇碗口般的朱砂大丽菊，急急忙忙钤上枚枚鲜红印章。一河舒展，徐徐拉开了头尾不见的水墨长卷。

人在画中钓，钓的可是画趣？人家不说，我只能胡猜。

河畔的这些钓手，差不多是双鬓染霜的退休老人，三五成群，沿河扎堆。他们的装备简陋，一竿一凳，一杯一壶。难以置信的是，差不多都带着一只只肥皂盒似的小戏盒，U盘一插，和着戏中的名角，这个唱"我坐在城楼观山景"，那个唱"刘大哥好不明白"，末了，还有人接腔"苏三离了洪洞县"——女钓手也不甘寂寞,还要大秀存在感哩!

这阵势,轰天轰地闹猛,直把池中之鱼视为戏迷或粉丝了。这垂的是哪门子钓? 京豫梆子戏,河边大亮相,分明就是一处处票友戏曲角。

再看看这些老翁老妪钓手,眼睛虽然朝着一池碎波,却是散焦的,漂移流离,仿佛已经超然物外,进入到了一个人所不知的戏中世界。

倒是驻足的游人在替他们操心,见有浮子往水面急骤下沉,急疾呼叫:咬了! 咬了!

一个激灵,钓翁好似梦醒,条件反射般顺手提竿,银纶划出水皮,空中便有柳叶似的小鲳跳舞,舞出一团眼花缭乱的银色。

小鲳被慢条斯理地安顿在钓手脚边的塑料桶里。

比斗大不了多少的水桶中,已养着三五尾柳鲳。再看这些桶中之鱼,安然若素,闲庭信步。仿佛它们是来此"打卡"的游客。

鱼儿是一群难以让人捉摸得透的古怪精灵。当年站在濠梁之滨,面对鱼翔浅底,舞姿翩翩,智慧透顶的惠子与庄子也难免为之一番争执:

一个说,子非鱼,安知鱼之乐?

另一个说,子非我,安知我不知鱼之不乐。

结果,两千年过去,这番争论谁都无法说服谁。

对鱼这般德行,我真的不知该说什么好。

对钓翁接下去的反常行为,我更不知说什么好。

水趁潮来,鱼凑群至。此时该是鱼儿接踵而至的最佳下钓时机,钓翁并没有乘胜追击的迹象,置钓竿于一边,却忙着和饵料。这老汉人长得魁梧,手脚也大方,足足将半斤红白相间的粉料全部抖出,汲饱了水糅合起来。

唉,老伯您这是来钓鱼还是喂鱼?旁观者大惑不解。

钓翁笑而不答,深沉得像个老禅师。

良久,这个钓翁将和好的饵料撮成豆粒,粒粒投到河中。投完最后一粒,又将桶中几枚柳鲴倒入水中,极其小心翼翼,生怕伤了它们。然后,慢条斯理整竿拾掇,走人。

一个佝偻的背影,也是一个硕大的问号,就这样留给了我。

这样的垂钓者双手空空,然而快乐满满——他要的是娱,而不是鱼。

对于钓娱者,那些钓鱼禁令真是一纸空文,意义全无。

站在岸边,我呆呆的,既不知鱼之乐,更不知钓之乐。只知道,如果还要将一纸禁钓令强加他们,那反而显出了设计政策者对鱼心心念念的俗气与褊狭来。

苏南观花

我们将往何处去

"我们从何处来，又往何处去?"古今中外，多少贤哲终其一生都在冥思苦索同一问题。

来到位于南京东大门口的汤山小镇，我似乎找到了答案。跨进一座叫直立人博物馆的后现代建筑，电梯上下，我几乎不劳脚步。可是，别小觑了这个小小动作，我们的祖先为了直着身子迈出森林，竟耗去了数万年。

此刻，60万年前，一位芳龄25岁的远古美女，不仅被后人幸运发现了她的头骨，且复原出她的青春形体。目光深邃，双乳饱满，躯体里奔腾着火辣辣的生命激情。循着她留在化石里的时光年轮，我们不就找到了人类一路跌撞摸爬的行迹了吗?

不承想，我这些蚊呐般自言自语被旁边的一位现代美女听到，投来赞许目光。她高雅中透出女性少见的书卷气息，该是个高知吧?她倒爽直，自我介绍为金陵学院考古学教授阮珠玲。正要从造型奇特的盘旋电梯下来，阮教授停步考我:这一设计有何深意?我不假思索，脱口而出:子宫——人类生命史的孕育与进化通道。教授听后竖起了大拇指。

临别时,我感慨地对教授说,知往鉴今,我们破坏生态,浪费资源,沦丧道德,人类正走上一条既不知今天、更不知未来的不归路。也许,造物主用几百万年成就人类,人类一夜之间毁灭了自己。想到这些,真无颜面对这位 60 万年前的先人,她以站立之姿屹立起一座尊严之山;我们这些不肖子孙却匍匐出一片卑微的沼泽。

郯村,远方的外婆家

车从沪宁高速下,穿过著名温泉小镇汤山,不出十里,便到了人们传说中的"桃花源"郯村。

它是新兴景点,且是江苏省内不多的 4A 级乡村景点,但我更愿意视为我的外婆家——一个曾在记忆中走失已久的童真家园。

孩提时,亲人唤着我的乳名,我也不知外婆家里长辈们的名讳,三舅四姨,一切自然。在这个外婆家里,远方的亲戚也是这般简朴:念及"郯"字冷僻难懂,索性改村名为"七坊"。

七坊名副其实,穿行在村里,油坊、酒坊、糕坊之类散落弄堂陌巷,一数竟真的有七家之多,一点不虚,扑面闻香。这香不冲不娇,丝丝缕缕,无处不在,沾染在随处陈列的旧时器皿、耕作用具、农用家什之上,居然泛起了层层光泽,顿显生机。

这些旧物都曾谙识,是七坊唤醒了我童年的记忆,是缕缕香气哺育着它们不死。

哦,我深藏浙中的外婆家一不小心,逃遁到了千里之外江苏汤山一隅,也当起了隐士?我揣测,是工业化驱赶了你,是城市化抛弃了你,是无尽的喧嚣折腾着你……

不过,这样也好,"乐土乐土,适彼而往"——你栖息的是一块乐土。

这些年我一直奔波在大江南北，冥冥中有一种力量在指引着我，一路寻觅梦中的故乡。"大衣哥"朱之文先期赶到郏村，为你放歌；接踵而至的我，依然被情愫萦绕，早早醒来，写下了这点依恋。

碑石：碑耶？ 悲耶？

如果不到南京东郊阳山一走，无法想象号称"世界第一碑石"之庞大。

六百多年前，刚从侄子手中夺过权杖的明成祖朱棣，动用上千民工，在一年时间里将整整一座山岩凿成三块巨石，营造为世界上独一无二的巨碑，设想安放在殡天不久的父亲——洪武大帝朱元璋陵前。一旦建成，巨碑高达四十米，重达万吨，这真是个疯狂的工程！别说当时受命前来督察的御史胡广吃惊不已，即使见惯了宏伟工程的我辈，六百年后也觉得它是一种痴心妄想。

在运输技术水平十分低下的明朝永乐年间，这项工程仅持续一年就胎死腹中。

一拨拨的游客纷至沓来。今人凭吊采石场，唏嘘碑石为大悲——本该陵前借君威，而今落得遗落深山伴荒瘠。

我谓此言大谬，这样的结局，于石于国皆为大幸。虽然遭受锤击钎凿，碑石依然与大山相连，骨络俱在，它的生命永不枯萎。朱棣不恤民力，一生好大喜功，郑和七下西洋，再编纂《永乐大典》，一次次倾举国之力，办世所难见之事，又似钢刀削刮得国力与民力薄如窗纸，怎经得起风刮雨打？

遥想前朝北宋，因徽宗大兴花石纲，宋江方腊纷纷揭竿而起,最终演变为最后那根压死骆驼的稻草。也许,正是因为巨石最后没有变成碑石,是阳山之石救了大明,才使大明国祚得以延续百年。

这,岂不是大明之幸!

不老的小人书

与小人书再次邂逅,是在前不久的沙家浜之行。

从景区大门到红石村里许长的甬道上,摊位紧挨,几乎摊摊都售小人书,一路下来,装满了行囊。

小英雄雨来、张嘎、虎子从书页中走来,依然还是那样捣蛋、勇敢与可爱,双鬓染霜的我只有记忆不老。

与这些小英雄相仿的年纪时,我已拥有过他们的童年传奇。只不过,因为物质与文化的双重贫困,我拥有它们也多了一些今日少年无法想象的传奇。

从软磨硬泡向家长索讨,再到自己下塘捉鱼、上山采药换钱,一角角一分分,积攒下了上百本连环画,很早成就过我在村里伙伴中头号精神富翁的快意。

我至今还能画上几笔,得益于程十发、刘丹宅、戴敦邦等画坛巨擘,当年他们都是连环画的丹青圣手。照着葫芦画瓢,我执"室外弟子"之礼,时常感念人家这份恩德。

至于写作,我更脱不了当年浸淫于小人书的干系,即使到了今日,文字中或多或少残留着绘本文字的熏陶痕迹。那时贫那时苦,摩挲着本本小人书,都有一种不知今夕为何岁的茫然感。

诚然,五色乱目,杂音聒噪,最简单的却蕴涵着世界的最丰富。小人书就是如此简单,经它浸泡的文化生命总是滋养着人生,不霸气,不老化,对视之下,又会焕发出人的本真。

士林的最后挽歌

去苏州旅游,最绕不过去的自然是那一座座精巧别致的园林。在高墙之内,穷尽着能工巧匠的智慧,似乎要把外面的大自然形胜也穷尽于咫尺中。

在三四百年前,座座园林灯红酒绿,笙歌达旦,寄情于此的才子佳人耳鬓厮磨,浅斟低唱在"自由"盛宴中,好像醉梦永不会醒来。

是的,醉梦难醒。一阵改朝换代的狂飙,也将最狂放不羁的俊男靓女吹落。吴伟业、侯朝宗、钱谦益、辟冒襄、柳如是、陈圆圆、李香君……一个个色艺魁首,俊逸王子,他们又在哪呢?

弹词一曲,黄纸几册,这便是他们自从被士林,再被园林逐出后的最后栖身之所。当然,还有这册姑苏后人书写的《浮世的晚风》。读罢《浮世的晚风》一书,想象着晚明清初江南士林的精神寄存种种。因思想找不到出路,他们纷纷退居到一种叫园林的所在。

镜中日月,壶中天地,一堵高墙彻底切断了与外界的血脉,别再奢望他们能改变世界什么。园林一旦成为孤岛,知识分子也将自己放逐在幻觉的"自由"中,急骤退化,最后与王朝一同朽去。王朝抛弃他们,他们心甘情愿做旧朝的"遗民"。但是,一旦被时代所抛,这才是他们被历史激流冲刷的真正悲剧。

一个个有着拙政、退思等好名号的园林,都开着门,恰似豁着嘴,唱着那个时代落魄知识分子苍凉的挽歌。

隐身书城里的常熟

人在旅途,浪迹江湖匆匆行走,我无法把一个个所到之处尽收眼里，因此选择书城作为打量这个地方的窗户。

的确，这是我领略一个地方人文面貌屡试不爽的选择。

这一次，又到自古至今稻黍丰稔的常熟考察，见缝插针去了当地的书城。

热情的出租车司机自告奋勇地当起了向导，沿途风情在他拉洋片般的叙述下，我囫囵吞枣，很快到了常熟县城最大的书店。

书店位于方塔街上，身置城区最繁华的商业区。

当然，除了标示文化应有的尊贵，书店选择这里，别有一番韵味。

往东望去，一座九层方塔从绿荫丛中冲天而上。有了这么一座通体赭红的奇塔，首先沾光的还是周边的街舍，不仅由此得名，并且因有参照，找寻便捷。

受惠古塔的市民，作为回馈便是将其事迹四处勒石传布。我一个外地人，轻松地了解古物的身世，知道这塔始建于宋代。古塔之下，曲桥亭台，轩廊水榭，山石花木，乃是常熟钟灵毓秀的文脉所在。

伫立在书店门口，我眺望古塔呆呆作想：常熟人知天地作合，得形胜之妙，每到旭日初升，那高高的古塔犹如一支巨笔，投向西侧书城之际，悄悄蘸着脚下巨砚中的湖水——已经研磨了一夜的浓墨，开始了每天的酣畅书写。

在我走过的书城里，常熟的店面不算大，却有着天下读书生态有些尴尬与苦涩的共同表情。

三层店铺，书店把含金量最高的空间出租给了手机、眼镜商家，自己局促于一角甚至地下。这的确是没有办法的事情！

行走中看多了这样的尴尬，我的内心也变得见怪不怪。不过，走进常熟城里最感心暖的是，在如此的境地中，书城还是辟出专柜，使当地的文人雅士有个展示一地风雅的机会。

还真不能疏漏这个小小的角落，它在这里释放出常熟惊人的文化当量。从方志编纂、风情搜罗，到诗赋研究、书画笔墨，一地的软实力保存着核裂前最初的峥嵘。

仔细数过，书架的队列堪称雄壮，站立着本邑文化的姿态和应有的高贵。

由此而使我相信，汲天地灵气的常熟人，内敛、低调、沉静、秀慧，他们的风情一如吴侬软语写出的文字。

常熟，曾经的膏腴之地，即使今日万商云集，城市充满着浓厚的商业气息，风雅依然有着自己的立足之处。

取下架上的乡土文化读物，边卷了，页脏了，邋遢的品相中透出的却是文化的香火——多少慕名的转山者在此膜拜，思绪触纸，汗渍斑斑。

我在常熟的书城里，于无字处读了一页常熟的文字。

流韵余绪沙家浜

沙家浜是部戏，当年唱红大江南北地。

沙家浜是个镇，至今引来天南海北人。

许是因缘际会，我一次次来到这个"芦花放稻谷香岸柳成行"的苏中小镇，盘桓于春来茶馆、刁家大院和芦荡深处，品茗赏景，两耳都是"垒起七星灶，铜壶煮三江"——喇叭在唱，戏台在唱，如织的游人仍然在唱。

于是，船埠、柳道、河汊，偌大的景区就是一个大舞台。人在台上走，走着走着，这人也不知不觉间客串起了戏中某个角色。

游客如此，当地人更懂戏中真意。我看到在游客堆里穿梭的农家乐老板娘，个个发辫盘头，身着印花对襟短衫，腰系靛蓝围裙，活脱脱就是一群精明的阿庆嫂。

再看游客，几乎双鬓染霜，记忆深处残留着当年强力烙下的革命戏剧印迹。寻访沙家浜，其实是对一种文化流韵余绪的追溯。

这从追溯中，我们也可以从一个地方的名字变迁中看到其中的深意——

由横泾而芦荡，由芦荡而唐市，最后从唐市而沙家浜。

一次次的改名背后，其实是时代意识与历史认知的一次次碰撞结果。横泾最后还不得不被沙家浜取代，说到底应中了"文化搭台，经济唱戏"的必然。

饮水思源，这在沙家浜又不得不感谢后来屡遭否定的"样板戏"。要是换了其他地方，除了偶尔有老人怀旧式的哼唧几句，当年红极一时的革命戏，几乎被历史湮没。

然而，《沙家浜》是个例外。它不仅在故事的原型上获得了浴火重生，而且为一个地方释放出持续的"红利"，这又是谁能想得到的呢！

按理来说，世事无法逃出盛极必衰的铁律。那个特殊年代，当文艺沦为工业产品被强权指令必须流水机械生产时，其实它已被输入了速朽的病毒。

《沙家浜》的存活，某种意义上说，是它从庙堂回归到江湖而获得了重生。

对此，我曾请教过"沙家浜之父"、《沙家浜》编剧汪曾祺先生。他坦言，不管对"样板戏"如何评价，对它从总体上是否定的，特别是创作思想上的三突出和主题先行，但部分经验应该吸收。

言犹在耳，老人已去了天国。在天之上远观人间，我想汪先生一定会乐于分享他的老乡今天做出的这场旅游好戏。

每一场戏的生命在于不断充实新的内容。剔除政治的浮躁和商业的功利，沙家浜在找准戏路的同时，也该常演常新。

半山书局，常州的城市书房

吴中平原，山是个稀罕之物，既集聚着灵气，又标示着尊荣。

万家灯火常州城，我伫立在老城区闹市那座名动天下的书城时，面对"半山"命名，颇费了一番思量。

整衣、肃容、收声，然后我把一身风尘两耳喧嚣寄存门外，轻轻走进半山书局敞开的大门。

到书店固然是来淘书的。然而，在半山书局，我却生出不少莫名的感觉，仿佛不仅仅是一个读者，好像访客才是自己的真实身份。

传说中"半山"得之书店高大，以一种视觉与心理的强烈碰撞冲击着每个初来乍到的人。巨大的书架拔地而起，高达四层，那气势直冲云霄。

书在这里，是需要仰视，更少不得膜拜。如此气势的挤压之下，人自然感到了渺小，产生着一种挥之不去的卑微感，汲吮文化的饥渴也随之萦绕。

环视四周，读者稀少，使得宫殿般宏伟的店堂愈发沉静安宁。

一同前往的朋友不停地在烦叨和诘问：寸金寸土之上的半山能盈利吗？整出这么大动静图的又是什么？读者到此是否来装逼的……

真的很难说，像半山书局还能盈利。然而，它一开多年，依然故我，肯定把盈利的格局非物化了。

半山书局于我，就是常州的一个城市书房。书房的目的不在于卖书，而是让旅程中的我们在此坐上一会，吸纳着一个地方的文化大度以及精神的从容，然后带着赞叹与满足返程。

吴中无山，常州承续着千年文脉，建了一个书房也把自己的风雅，置于半山之巅的海拔上。

这样一想，我还真敬钦于常州的卓识与斯文。

轻轻地来诚品，我只带走书一本

一个是风雅繁华地，一个是书香氤氲店，它们相遇于姑苏。

我来寻访这段浪漫的时候，诚品书店早已生发出不少有关于苏州缠绵悱恻的爱情，孕育了城市品位新地标、文化性格新基因。

于是，游园林、登虎丘、听评弹、尝闸蟹，我已不再满足于此。来姑苏，诚品书店就成为旅程中一个绕不过去的节点。

这样的书店还是书店吗？

一拨拨的人同我一样，既惊叹于诚品书店的气势恢宏、布局别致，又免不了为它经营前景多愁善感一番。

徘徊在寸金寸土的大楼前，我们又无不感慨，把诚品从中国台湾引进苏州，政府此举是多么的与众不同。

非常者都会有非常之举。诚品是一家非常文企，苏州毕竟是千年文脉昌盛之地，也只有它们才有可能必然地联姻。

无疑，诚品在苏州即使不赚一分钱，它已在声誉与效应上赚得盆满钵满。苏州在诚品上即便是一掷千金，它已在美誉与传播上赚得声气爆棚。

"诚品不只是一间书店，更是一个空间，一个安顿身心的场

书页垒起的那座『山』

苏中平原一马平川六百里，可是，我仍然在寻觅那座山。

这座山不高，用一张张纸页、一本本书册垒起。它在常州新城，是一座新近隆起的书山。

也许前世是个抄经僧，换得今生云游在书城。每到一地，那里的大小书店是我不肯绕过的各式寺庙，书香中礼佛，乃人生使命召唤。

常州"网红"书店，很气派，书墙高达数层，须得仰视；很低调，店名只取"半山"。如此强烈反差，我踯躅其间，颇费思量。

当在书店盛放的还有诸多联想时，它也就是别有洞天。

(摄于常州半山书局)

所。"诚品创始人吴清友先生予以书店新的定义。

诚然,苏州有自己的气魄与需求,亟待在城市里为自己的身心安顿一座书房。诚品自然成为不二选择。

我在这里,读懂了商业时代城市与文化有关天造地设的重新定义。置身幽深的书店,我也有了一种被人邀请进入高雅华贵书房的尊荣,打开一本书,开始与姑苏与诚品轻声细语地对话……

也许,旅途也是一部生命史。凡历史,都需要细节证明你的存在印迹。

一念及此,我将未看完的《苏州文选》付费后,细心放入行囊,将其带走。

书很薄,我对苏州对诚品的记忆却很厚,足够自己在此后慢慢细读。

江夏拂风

民 生 风 景 都 有 点 粗 糙

参加全国广播剧创作会议,乘机飞黄鹤,栖武昌古城。

华灯初上,独自一人漫步珈珞路。一路喧哗,亦不过数里,于车水马龙中擦肩的是数不胜数的民生细节。

立交桥下,已然夜市。凉粉、米线、炒饭、炸鸡,秋橘、冬枣、红柿、绿梨,南北小吃与当令水果齐集一处,下班的、放学的,市民在这里品尝着廉价的风味。

杂乱是显然的,却有市井的烟火味。它们从容,因不必担心城管的驱赶,以及来路不明的执法。

再往前走三十多米,菜市场还在挑灯开市。那些收工迟的"马大嫂"们趁回家之际,把明天一家的吃喝顺便带走,方便是不言而喻的。

趑进一个大卖场,迎面见到还有 10 元便民理发店,仿佛有隔世之感。揉揉眼睛,却是事实。理发哥告诉我,政府替他交下房租,他该低廉回报市民。

淡定有时只要因找不到公厕就能翻转为尴尬。漫步武昌街头,公厕的指示牌随处可见,如厕出恭不必让人忧心如焚,端的是一份细心入微。

这些民生琐碎也细小,看上去还有点儿粗糙,却呈现出市井生活应有的机理。说到底,这才是人居的城市。

有许多城市不知道是只给谁观赏的,原本属于民生的风情被驱逐得一干二净,仿佛总有一双无形的手,天生要把它们连根拔除。光鲜,但没有人性的温度。

记得焦裕禄说过,图光鲜的事,不但不能去做,连想想都是一种犯罪。

可是,光鲜在许多城市不仅畅想,而且一味地做着。

在武昌古城,我看到了另外的风景。

吞吐楚天千古风云

天地山河大舞台。漂泊江湖,少不得去观看那里的山水实景演出。

肇始于桂林山水,滥觞于刘三姐千转百媚,走多了看多了各地的演出,都跳不出张艺谋、王朝歌的"印象"印迹。

第一个说女人是花朵的,天才;第二个这样说,庸才;第三个是蠢材了。审美极易疲劳。

因开一次全国性创作会议,忙中偷闲游览武汉文化地标黄鹤楼。编钟悠远,歌声旷古,鬼使神差将我拽到一个小剧场,也邂逅了这台《楚韵汉风》的编钟歌舞,深深被它陶醉。

大道至简。艺术就是用极简反映极繁的浓缩魔法。古钟、古人、古诗、古意,三尺舞台居然吞吐着千古的楚天风云。

难以置信的是,出演此剧的来自草根,本色演绎,因有文化根脉维系,古今气韵打通,满台生风。

在那一刻,我忽然明白了各地大行其道的山水实景为何生腻败了胃口。

看似人海堆砌,场面恢宏,舞美绚烂,然而,这样的视觉盛宴口味太重,娱乐着眼耳,戕害着心脑,折磨一番后的身心,再也无力能吃得消、化得了。

艺术规律,在那些个"印象"演出中一次次走反了——化简为繁,剩下的只有一地色彩斑驳的碎片。

反而是一群草根,坚守着恬淡,在黄鹤楼下奉上了一桌别致的视听盛宴。

以小搏大,小舞台照样撑得起万千世界。

人 的 邪 火 为 何 这 么 旺

一个月前,我来到了江城武汉。

那是一个秋雨霏霏的上午,伫立在高高的黄鹤楼下,眼前过往的人流和风雨,都视作流逝的历史。

轻翻历史的纸页,惊心于一座名楼的命运多舛。

是啊,世界上找不出第二座像你黄鹤楼这样,在天灾人祸中一次次烈焰焚烧的楼台了。

从东汉末年到晚清民国,十多次的冲天大火,如果你黄鹤楼是块顽石渣铁,也该烧成绕指柔的精钢了。

然而,你毕竟只是木架砖砌的建筑呀,怎经得起如此摧残?

无论洋夷华族,人类的内心深处都藏着一股无名邪火:对野蛮的膜拜、对文明的恐惧,使人虚弱到了极点,一把大火,企图在瓦砾废墟上重新写上自己的暴发史。

阿房宫是被这样烧毁的,大明宫也是被这样烧毁的,圆明园仍然是被这样烧毁的……

邪火旺烧,与古国文明一起倒塌的还有纵火者的灵魂。后人记住了秦始皇、八国联军、日本鬼子,他们一个个以残暴的邪恶流传千古。

有什么力量能浇灭人类动辄火烧文明的冲动？望着脚下川流不息的长江,我陷入了苦思冥索。

痛苦中,只能徒叹:人类好像还没有被赋予那么强大的神力,以正克邪。天真地奢望,唯有当文明的力量压过野蛮,才有可能把魔鬼邪火封在瓶中。

站在黄鹤楼前,我聊以自慰的是文明所具有的惊人内生力。历尽劫难,它们依然浴火重生。

"野火烧不尽,春风吹又生。"一座江南名楼,一棵栉风劲草。

文明的生命力就是如此旺盛,嘲弄邪恶,凤凰涅槃,浴火重生。

钱江数沙

岱 山

徐福何许人也？

他是秦时著名的方士，说动横扫六合、一统中国的秦始皇，率领满载三千名童男童女的庞大船队，向传说中的东瀛进发。据说，那里住着神仙。

有了千钱想万钱，当了皇帝想成仙。这样狂热的意识，在两千多年前的始皇帝身上表现得尤其强烈。

现在都说东瀛所指日本。不过，在秦代谁知道仙山在哪个旮旯。

秦始皇也真是为长生不死热昏了头，由着浑身不着边的方士满世界优哉游哉。

也不知咋的，哪阵风把徐福的船队吹到了孤悬海上的岱山。渔民们好吃好喝像对待天外来客一样，热情款待了他们。

即使到了今天，岱山人说起这事，兴奋无比，骄傲地宣称本邑已是"东海蓬莱仙岛"。不仅给徐方士塑身，奉若神明，还在四处传布这一历史往事。

徐福吃饱喝足，拍拍屁股走人。从此，犹如黄鹤一去不复返……

这个方士走了,一拨拨游客漂洋过海走进岱山寻仙。

岱山有仙?

按理不大可能,否则徐福也不必远涉重洋而去……

不过,我坚信有仙。那就是这里一座座专题博物馆,里面都藏着仙。

台风、海岛、盐田……这些名堂全收在这里气派又考究的建筑中。走进去,就是学问殿堂。

做一回徐福,我在岱山寻仙于一个个多得难以看完的博物馆里。

宁 波

清晨的宁波很静谧,静谧得出租车司机都埋怨城市太过冷寂。

我知道城市都喜欢贪睡,何况来了台风"纳莎",人们又多了一份贪凉的理由。

悄悄地,向宾馆借了一把雨伞,我就出门。

阴雨无定,晦明交替,我走在宁静的福明路上,最后稍憩于一个无名公园的这一条长椅上。

椅子是宁波的,我只是一个过客。以谢一椅之惠,我总得给这个踩上过足迹的城市说上几句。

宁波,你真的太过敏感,还有几许胆怯,我怎么也没想到你与国际港口的身份有些不相符。

就说借来的这把雨伞,宾馆服务员细问再三,房卡不够,最后还是抵押上我的百元现金,才交到我的手上。

我的腿脚还算利索,穿行在大江南北,那里的不少宾馆栖身过一个江南木讷的流浪者。风雨中,这些城市知我漂泊不易,总能放心地借出一把伞来,不致让我心灵打湿。

后来,这些五颜六色的伞,都在我的履历记忆里开成了一朵朵温馨之花。

在宁波,这把伞仍然是伞,无法在我心底开出花来。

我是个苦行僧——一个穿行在城市大小书城书肆的朝拜者。所到之处,我像个转山者,匍匐在这个城市的这些庙祇间。

一打听,下榻地与宁波书城相去十里,我毫不犹豫融入夜色中。

沿路少不得向人打听,也有机会近距离端详宁波的性格。

年迈的土著,几乎一脸茫然,仿佛耳聋,陌生得让人冷出一身寒气。然后,他们侧身而过,把一个极其敏感,又不失胆怯的背影留给了我。

我出门问路的经验,在宁波彻底遭到颠覆,失灵了。

于是,就找年轻人。他们虽然罩在暮色里,却洋溢着朝气和阳光。甚至有姑娘听说还有这等 out 的大叔,游方僧一样去书城,开心得不行,执拗地将人送至目的地。

少年强,则宁波强。

宁波,你可不能将大气与开放淤塞在甬江。

向东是大海,那才是你的精神归宿。

几个小时后,我也要踏上归途。临别之际,坐在这把生熟无隔接纳过我的椅上,为宁波说上我对你的观感……

嘉 善

一次次坐着不同时速的列车,与这个杭嘉湖大平原上的小城擦肩而过。

地嘉人善，水乡由此得名。

对我而言，小城既熟悉又陌生。在我的心目中，嘉善无疑是著名剧作家顾锡东——"顾伯伯"的嘉善。

此生有缘，因忝列省戏剧家协会而得识顾伯伯，并当面聆诲。如今先生归隐道山多年，他的人品与艺品时不时会被戏剧界提及，说着说着，眼泪就在有的人眼眶里打转。人啊，他身后的一切就像一粒种子，浸泡在泪水中远比遗体浸泡在福尔马林药水中要来得不朽。

创作过《孙悟空三打白骨精》《五女拜寿》等大量戏剧经典，又兼着一省文联要职，顾伯伯扶掖后学，身后破棕棚一床，四壁没有一张属下书画，用老派文人的勤劳清贫，为一个时代的嘉善代言过精神风骨——那是人性的大善臻美。

因缘际会，拜省民协与嘉善文联所赐，在一个夜幕四合的时候我做客向往已久的善地，寻觅曾经滋养过顾伯伯创作灵感的源泉。小城静谧，新华书店敞亮着文化的夜火，吸引我前往淘金。果然，已经凝固为厚厚一本书的顾伯伯，笑盈盈站立在书架，亲切宛如生时。

在宾馆的灯下，捧读此书，仿佛与先生夙夜叙谈。翌日天刚放亮，披衣出门，踯躅于小街陌巷、城郊河港，惊心于它的庸常、恬淡、宁静，居然保持得如此完整。这种韵致，让我忽然明白它就是先生笔下台上所呈现的格局与意境，它真实而又充满着生活本身的浓烈气息。

先生的剧作风格迥异于我另一位熟识的剧作家、人称"巴山鬼才"的魏明伦，那样多变诡谲。在看似没有奇峰大河、景观缺乏变化的大平原里，顾伯伯认定脚下的厚土，深耕深挖，矢志不渝。写故里，写黎民，他也获得了永远写不完的富矿馈赠。

戏曲,说到底是一种平民百姓的草根艺术。为百姓写戏,写百姓苦乐,先生虽然身居官职,骨子里仍然是个布衣。

布衣暖身,说人话的作品永远有着天地良心的温度……于我,向善膜拜,到嘉善来践一个善缘之旅。

昨日向右·今日向左

晨练到西湖,见湖边一幅和谐图景,悄悄蹲下拍摄,生怕因外人的闯入而将其破坏。

一条长椅,两对夫妻,四个老少。

老的沉寂如昔,相倚无语,见湖光山色激滟却波澜不惊,山是山,水是水。

少的沉湎热烈,耳鬓厮磨,看映荷垂柳但心潮起伏,荷非荷,柳非柳。

他们之间横亘几代,比邻而坐,有代沟如壑,却浑然一体。

如果此刻硬把生命硬性切割出老中青几段,那么,不仅留下阵阵痛感,并且把它伤筋动骨。灵魂真该如这两对情侣那样坐下来,端详生命中的彼此。

往右展望,往左回望,我们就能看到未来的老、过去的少,这时的年龄鸿沟自然消遁于无形。因为生命是有机的整体,不是展卖的猪羊牛马,怎么可以用一把刀,硬生生地割出前肋后精里的肌条肉的零杂来呢!

洞察了这一点,老的不会看不惯少的轻狂,少的不会反感于老的迟暮。轻狂与迟暮都是你我的两头,坐在一条叫生命的长椅上,只要静心,我们可以轻而易举穿越到未来的老、回访曾有的少。

能在生命的不同风景走动,人也获得了淡定与从容的智慧。

西湖《小夜曲》

夜半的西湖，游客们早已星散，她却睡意全无，波光里竟有几分调皮。

我独自一人坐在空荡荡的湖岸，仿佛进入了一种如梦如幻的虚空中。

一缕清风从我的脸庞滑落，倏忽间飞进了湖面，溅起了一个轻轻的音符，湖面漾起一粒星点。

谁在夜间试音符？

我的自语，低若蚊鸣，引来轻风不绝如缕，划入湖中，旋即跳跃着一串音符，化为奇幻的划痕。声光默契，天衣无缝，共同演奏出了天籁之音。

哦，我在夜半聆听西湖才有的《小夜曲》。

（摄于杭州西湖）

苦竹,山野里的哲人

北望钱塘,东南眉目。千百年来,人们循着钱镠的足迹,一次次登上过杭坞山,探幽望远,并在峰巅的三德古刹进香几炷。

进山于我,是践一次长久之约。机缘已到,呼朋唤友,说走就走,一切竟是那样干脆。

巍峨杭坞,那团巨大的绿,泅在诸北,胀饱到了极致,怎么也化不开。沿着万道石级,我们在蜿蜒的山道,搅动着眼前的绿团。

初夏的大山收留着流落至此的暮春。人间四月,芳菲已尽,而在这里诸芳争艳,喧闹着春的顽皮。尤其是石级两边的竹笋,肥硕而招摇,毫不在意行人泛起的难耐觊觎。

这就显得有些不合情理了。山间游客香客一拨拨地上下,难道他们视而不见,面对青葱般的嫩笋心若止水?

我从乡村来,知道此物称苦竹笋。它比普遍竹梢笋显然要粗壮肥硕得多,乡人嫌它味苦难咽,从来无人问津。

于是,因苦得名,苦竹端的是天不怕、地不怕的大大咧咧,更会惧何人呢!

上杭坞的山道两侧,苦竹似乎夹道迎客的山僧,长得苗壮。它们都是被其他竹梢推到人前的,其他同侪却躲在苦竹之后,甚至深藏在草丛树丛间,过度的防范弄得自己十分卑怯。

苦竹命不苦,因为少有人打它的主意,也就没了断子绝孙之虞。因此,它总是儿孙旺盛,生机勃勃。

一座充满着禅意之山,因因相袭,连生息如斯的一草一木也参透了禅机。

最起码,在我面前的这些苦竹就是植物中的哲人。它有老庄的智慧,也有释家的超脱。

攀登在这样的山上,我还未进庙上香,已开始礼佛了。

佛说,一叶一菩提。

自然有大道。这一枝一叶,一竹一笋,即是展现在人前的卷卷哲学大书。

杭坞山,苦竹笋,不著一字,这是本天书。

依旧西湖烟雨中

每到杭州,总有一种神秘的力量把我早早唤醒。

我知道西湖与我同样早醒。早醒的我总被鬼使神差拽往那里。

"西湖山水还依旧……"依旧是黄依群,依旧是白素贞,一次次用缠绵而又凄美的咏叹提醒着一拨拨旅人:西湖是许仙的,也是白娘子的,我们仅仅只是过客……

一湖烟雨,亦梦亦幻。外来的旅人差不多冲着那个同样缠绵又凄美的传说来的,打量四周,不免有些伤感又有些失望,禁不住嘟哝:

许仙何在? 白娘子安在?

听到他们那副失落无告的样子,我禁不住笑出声来,然后朝晨练的大爷大妈努努嘴:那就是许仙白娘子嘛!

他,她,还有他,就是许仙,就是白娘子?

咋就不是? 断桥连续着他们爱恋的脚步,湖水映照过他们缠绵的情影,脱去了梦幻般的传说外衣,这样的人间烟火爱情也足够浪漫,个个充满着真实的五色。

听我这么一说,旅人懵懵懂懂,末了,又问上一句:

那么,许仙与白娘子那把传奇之伞又丢到哪里了?

我朝满湖碧绿、亭亭田田的荷叶指去,笑着说:这不就是嘛!那把伞扔进湖里,幻化出了那么多片……

我们都是人世间的嬉客

又一次被鬼使神差拽到西湖畔。

晨曦微露,杭城还在沉睡,早起的都是老人。他们把新一天像厨房里做好的早点,为年轻人备下了意趣盎然。

湖中搭台,辟出一处茶榭。有一对年迈夫妇早已到来,品着自沏的粗茶,望着纱笼的远山,默默无语,沉寂俨然城雕。

湖边甬道,何时已成书案。几名老翁柄柄铁杆抓笔蘸着湖水,点画之间,仿佛置身世外,背后留下巨幅书卷。

这景好,我不忍上前驻足,怕打碎了眼前的恬美。

湖畔漫步才一小时,再回原地,茶榭早已人去座空,地上书法杳无踪迹。人们步履匆匆,前人前迹都已转入往昔……

呵,刹那间,眼前一切俱成前尘往事。

诸暨俚语云:到人世,我们都是来做一趟嬉客的。

杨绛先生曰:我与谁都不争,谁与我争都不屑。

在这个早晨,我是西湖的过客。走过的景很美,但不要太过留恋……

世界就在我们身边

又与古城绍兴相处了五天。

古城年岁不少,春秋时越国就在这里揽草筑城,拓土建都。

古城又很年轻,在下榻的迪荡新区,无法找出它的一缕历史皱纹。

时空交错之中,面对着林立的摩天大楼、洋气十足的都市商厦,我常有一种置身美国曼哈顿、东京银座、异乡威尼斯的恍惚感。

世界就在我们的身边,甚至就在我们的面前。

有人说,就城市建筑而言,我们已把全世界的经典悉数搬进国内。

中国成了一个浓缩的世界景区。

穿行在这样速成的风景里,我们为一日千里的发展惊叹不已。

仰头看楼,低首看路。不经意间常常会看出破碎多日的马路坑洼着,行人突然像运动员跨栏一样做着翻越护栏动作……这时,我知道自己仍在中国。

不知何时,我们把外表与内里进行分割,让他们搭上了不同的列车。前者乘高铁,后者依然坐着绿皮列车。

可能国民的素质内里行走不快,但发展的列车千万不要先它而去。

等等吧,让灵魂抓紧赶上。

前脚在曼哈顿,后脚在迪荡

昨夜,我不知道自己置身何地。

将盈的月亮黯淡在闪烁的霓虹灯下,夜色愈发迷离。

有流光溢彩的河,有摩天大楼的森林,有巨幅的广告墙,有各式的音乐喷泉……

这些标签式的元素,将我直接指向明确的所在:美国—纽约—曼哈顿。

不错,是曼哈顿。

当夜色删繁就简只露出地标性的轮廓时,曼哈顿半岛、哈德逊河、华尔街、《纽约时报》巨幅广告屏,无一不标示着此时的所在。

然而,面前的一切,除了凝固的物体都是曼哈顿,会活动的都不是曼哈顿。

无论游人、喷泉音乐,还是电子屏上的广告,没有一样与曼哈顿沾边。甚至连湖上泛起的碎波,也透着淡淡的黄酒气息。

当然,这一切又明白无误地提醒着我:这在中国—绍兴—迪荡。

迪荡很新,近几年才出现在绍兴。

迪荡很靓,拷贝着世界最潮元素。

置身这里,我有一种时空错乱的恍惚感。

因为,我的一只前脚已迈进美国的曼哈顿,而另一只后脚尚留在中国的迪荡,很有些势成骑虎的难以适从。

这种感觉曾出现在前几年的一次观影体验中。

那时,贾樟柯拍了一部叫《世界》的电影,影响远不及他的其他作品。故事里,女主人公一次次告诉未曾见面的男友,自己在纽约工作。而自惭形秽的男主人公只能低声下气告诉女友,自己在北京工作。直到有一天两人见面,终于得知真实的情况是:女友在北京郊区的世界微缩景区当野导,男友在北京市郊工地打零工。一阵嬉闹,两人的心一下子拉近了距离,终于结合。

故事是个暗喻,在剧变的时代,什么都在结合,什么都有可能。

我不知道绍兴的迪荡与纽约的曼哈顿,能否像电影中的恋人喜结连理。

但是,我还是乐见其成。而不是醉心于一种简单的建筑抄袭、外表倾慕。

淘书捡漏柯桥城

好友曹先生转来古旧书寻宝秘籍若干,惹得我猫爪搔心似的,心思也活泛起来。

在这些版图上,似乎每个角落都有可人之处。当然,山东聊城是绕不过去的一站,矿点集中,宝物众多,几乎是老淘们的理想乐园。

不过,那里遍地是宝,我也鞭长莫及,只能徒叹奈何。

淘书捡漏,众人以为必不可少"三力":财力、眼力和精力。凭此几条,我是条条落空。

然而,这并不是束缚我手脚的绳索。

十多年前,与好友陶先生聚饮绍兴,酒酣耳热之际,忽然萌生去淘古旧书的念头。陶先生附耳告知,在柯桥火车站边有个藏匿很深的"富矿",探寻一番,肯定会有意外惊喜。看他那诡秘神情,似乎蹚熟了那条道,次次没空过手,着实吊我胃口。

一路上,陶先生喋喋不休。果真没错,他已数次来淘,得珍本善本孤本不少,偷偷地捡了宝贝若干。其中鸦片战争中定海渔民抗击英军的笔记,尘封百年,这样的珍宝也让他淘得。兼着咱俩的交情,他才破天荒地带我,算是给我一个天大的人情。

在路上,我还得知这个秘点的主人的传奇经历。他原是某卫生院的一个临时工门卫,"破四旧"那阵子,院中医生几乎人人戴帽清理,卫生院顿成一座空院,被征用为"四旧垃圾"堆放点,几乎绍兴古城收缴的旧书全码了这里。看门的临时工根正苗红转身为"四旧"看守,背地里却干起了"猫管鲞,暗中抢"的勾当。

据陶先生说,老头将成捆的旧书往家搬,堆满了一间屋子。

即使这样,他顺的这些也只是当时"四旧垃圾"的冰山一角,神不知鬼不觉。谁承想,日后大发其财。

半小时后,我们见到了这个极具远见的老头,瘦小却精明,尤其那双小眼睛,放射出与年龄不符的精光。见我这个外人来,上下打量,斜倚门框并不放行。

陶先生急忙趋前,又附耳对他说了几句,老头便放我们进去。不过,他有言在先,每人只允许淘书两套!

阴暗的屋子里散发着呛人的霉气,弥漫着岁月的飞尘。面对码成小山的旧书,我即使再有挖宝的欲望也失去了耐心,反正蕰草捞到篮里也是虾,胡乱抓了两套古书,匆匆出来。

老头见我如此怠慢他的宝贝,替我惋惜,叹着气,摇着头,只收了 400 元钱。

这两套书带回家,不知放了几年。某日,在省古籍出版社当副社长的好友来访,无意间看到书架上那套《关公庙志》,几乎天下的关公庙全搜罗于一书,眼睛都发光了:老兄,这可是宝贝疙瘩呵。拿到市面上,它起码值 5 万元!

不过,他还是郑重关照我,捂着它吧,等到人退休了,把它整理出来,再出版面世,肯定惊动书界。

哈哈,平生第一次淘书就让我撞了大运,得来全不费工夫。

因此,我极信缘分。是我的,它总在某角落某时刻,翘首等我。这,才被我视为比《关公庙志》贵重不知几倍的奇珍异宝。

夜宿进士村

来"香菇之乡"庆元采风,主人细心而周到,被安排在千年古村大济投宿。

大济不大,也就三百来户农家。大济却是厚重,自宋以降,走出了二十六位进士，由士入仕者逾百。

并且，这里还是北宋抗金名相李纲的外婆家，千古忠义文天祥也是大济村的外甥……

踯躅在老街小巷，我的脚步迈得轻且慢，期待着与历史不期而遇，与古人擦肩而过。

我知道自己粗心大意，即使历史与古人迎面走来，也是浑然不觉。然而，一块废弃的磨盘石，我会联想它曾经让李纲推过；一条幽深陌巷，猜测曾踏过文天祥的足印……

历史和古人在大济并没有走远，只要用心去感受，他们一定在某个拐角处等候今人的寻访。

说到寻访，也是因缘巧合，我下榻的客栈就叫"寻"。马头、黛瓦、粉墙，古朴的外表下，内里的陈设设施却一应现代，一如经营者的经理理念极是现代。现代人都心浮气躁，平生难能偷得半日闲，于草木砖石的罅缝间寻觅一番，想必会有意想不到的收获。

一夜无梦，早晨啼鸟顽皮地在后窗嬉闹。它们仿佛在取笑：你就心甘情愿双手空空回去？还不起床，再去寻觅一番！

是的，我该做个早起者，上古村老街走走了。兴许还能遇见历史……

三 山 根 博 园

作客庆元，好客的宣传部领导陪我参观三山根博园，声言让被清新空气洗涤过的双眼来次惊艳。

根博园坐落于庆元城郊，三面环山，门前临水，果然是个好去处。

一个山谷全让根艺馆占据，气势和规模确实有些咋舌。然而，它的经营者蓝山先生，身材不高，很是壮实。四十多岁的人了，镜片后的那双小眼睛眨巴着孩子般的顽皮，说起根雕艺术，仿佛突然被注入了鸡血，顿时亢奋难抑，手舞足蹈。

说着，充足了激情能量的蓝山，连茶水也不让我们喝一口，几乎是连拉带拽带着我们参观他的根雕艺术作品陈列馆。

一个悠长的洞厅，上千件根雕工艺品，以一种壮观的气势压迫并冲击着眼球。黄杨、花梨、紫檀、麻栎，盘古、女娲、孔子、庄子、关公、苏轼，蓝山用不同材质的树根，或大或小，把散落在传说、典籍的人物一刀一凿雕出，又以时间为经，人物为纬，有机排列，穿缀起了一部生动传神的中华上下五千年文明史。

"这是迄今为止我看过的一部最为壮观的文明大书！"我不由得发出赞叹。

"哇，你就是我的知音！"穿着邋遢的蓝山上前拥抱，欣喜得像个考了满分的孩子。

是的，蓝山还像个孩子。他对艺术执着，对一切好奇。

临别时，他又把我抱住，久久不肯放开。

我们知道彼此投缘，相约到时再见，肯定又会有惊艳款待。

走过廊桥，走进庆元

走进一个地方，乘舟、搭车、飞行，水上、地上、天上，方式多样。

走进浙西生态第一县庆元，我选择从廊桥过。

溪涧、河上、关隘、谷底、村口、官驿，廊桥像天上的星星，散落在庆元的角角落落。旅人抬头就能看到廊桥，再抬抬腿脚，便走进了别有一番风味的世界。

廊桥是一卷史典，一卷写着庆元从古至今风云的史典。

廊桥是一出戏曲,一出满台演绎缱绻缠绵情爱的戏曲。

廊桥是一幅长卷,一轴描绘氤氲人间烟火气息的长卷。

每次到了廊桥,我都走得极慢极慢,仔细端详着内部的一木一榫,观察着山民的一笑一颦,生怕囫囵吞枣,怠慢和遗留古人所演所写所绘的回眸一笑或神来一笔……

都说造桥的庆元人有智慧,我说能读懂廊桥的人同样少不得智慧。

庆元的一切都好,带上智慧,选择走向廊桥,我们才能真正走进庆元的文化心间。

黄巢的黄粿

庆元有美食,黄粿数第一。

最早识此物,还在三年前。时值腊月,朋友开车从庆元赶来,礼物中就有乡村捣制的黄粿。

只见它大若盈尺的刀切馒头,黄里透绿,色泽晶莹,酷似翡翠。当即取它切成年糕条状,下锅热炒,糯软绵绵,清香可口,一尝上瘾了。

丽水朋友见我好这一口,逢年过节都会送来若干。于我,确实把黄粿当作美食,炒炸煮蒸,尝尽了一物多吃的无限风味。

吃多了黄粿,少不得往深处探究。果不其然,捣制此物工序繁复。山民们取山中的黄荆灌木晒干烧成灰,沥其汁,提出植物碱精华,浸泡优质粳米。待碱水中的粳米全部呈现金黄,方入甑用旺火猛蒸至熟,倾入石臼趁热杵打。粒粒米饭碎玉中捣成缠指软玉,任人切块,制成多日不腐的米粿。

一种好吃的美食,往往少不得有好听传奇。据说,黄粿之物得之唐朝末年的农民起义领袖黄巢的奇思。他率军翻越仙霞岭,攻入浙闽交界山区,正值酷暑,军粮易腐。山中樵夫见义军军纪严明,献计可用黄荆取汁与饭相拌不致发馊变质。黄巢欣然采纳,又有奇想:捣饭成粿,不易馊变又易于携带。一种美食从军中传出,又回到民间,已逾千年。

待到秋来九月八,

我花开后百花杀。

冲天香阵透长安,

满城尽带黄金甲。

这首《不第后赋菊》的诗,让后世记住了这个进士不第、怨妇般愤懑的秀士。不过,因太过杀气腾腾,秀士黄巢和他的诗一样,并不招历代文士待见。

黄巢、黄金甲、黄粿,最后还是让一道乡野美食,为这个末路英雄串起一缕唇颊留香、香糯柔软的怀想。

有时,千百首诗不及一块米糕来得诱人。

这是文化经不住一戳的软肋,也是世事的吊诡所在。

石　浦

就像福建的沙县、湖南的毛家,浙南渔镇石浦是以味觉搅动天下食客溯源而来的。

尽管这里有历史悠久的古城,散落着堆砌历史的古迹。然而,比起石浦的味觉来,这些视觉还真算不了什么。

在味觉版图上,石浦人用常见的低端海鲜,像发达的神经系统蔓延生长,迅速占领,以至于国人无人不知有个美食之都叫石浦。

哲人教诲,吃到了好鸡蛋,大可不必去找寻生蛋的母鸡。可是,好奇的大有人在,迴游探源也成为人的一大禀性。

就像澳门并无豆捞,在石浦也难见司空见惯的那些店号。也许,这里上岸的渔民只把烹饪海鲜当家常手艺。

在这个规模超级的中国渔镇里,石浦的个性还是鲜明的。它爱炫耀,有几分暴发户的粗鄙;它慕斯文,有几分内敛显露着自卑。

我在街上碰到的土著,个个喜欢披金挂银。尤其是那些粗犷的汉子,脖子上的金项链都有小指般粗,挂在圆领衣衫之外,一动就是一道闪电,炫眼得很。

我走在街上,还惊讶于这里书店、眼镜店之多,也是全国极为罕见的。年少的学子几乎人人近视,那都是读书的副产品、向往文化的标识。

一个地方有了个性,是十分可爱的,它让我不会忘记——尽管它显得相悖,甚至矛盾,却很中国。

福建"浙江村"

在浙闽交界的松溪县,有一块浙江庆元的"飞地",叫坪坑新村。

这次采风庆元,当地的文化界朋友开车带我们参观了这个奇葩的村庄。

作为一种独特的地理人文概念,"飞地"通俗地说就是"国中之国"或"地外之地",居住地与行政归属并不统一。

20世纪80年代末,福建建造坪村水库,库址选择在毗邻的浙江庆元坪坑村。双方协商以地换地,一个"浙江新村"凌空飞越了四十多里,落户福建松溪县境内。

这个"飞地"有30多家农户、100多名村民,在客地安家落户,户籍仍然归属庆元县。从此,一个移民村开始了奇特的新生活。

融合势所必然,最早肇始于通婚。据介绍,小小的坪坑新村已接纳了30多个福建姑娘的嫁入。

从海拔千米的高山走入平原,勤劳的坪坑人很快适应了劳作方式的转变,潜移默化势所必然,最显著的影响是受此带动,让不少当地土著由懈怠而致勤快,最后一同走向小康。

地理与行政的错位,求学、出行、办事等诸多不便可想而知。闲谈中,坪坑父老向我们讲述了吹净扬干这些细节。

然而,坪坑人天生都是乐天派。与他们接触,最为直观的印象是安贫乐道,像遍植村口四处的土柳,入土就长成一片绿荫。

当然,而今的坪坑并不贫困,村舍井然,村民们把家园打理得齐齐整整,宁静而安逸,快乐时不时写满他们的脸庞。

他们视我们也为同乡人,那份亲情满溢,送到村口尚嫌不足以表达不舍,依然久久伫立,额手目送。

这份不舍也感染着我们,心中默默祝愿他们明天更美好。

再见了,"浙江村"!

再见了,同乡人!

溯源,为的是向生命朝拜

所有生命的开始,都是渺小毫不起眼的。

伫立在开化县海拔八百多米的高山青峰之巅,面前淅沥如同泪滴的水珠,有谁会想到它是孕育钱江的乳汁。

转个身,水珠蹦跳,小溪欢畅,它们就这样彼此照应着融为一体,喧哗着浩荡出前弯。

跌落、粉身、碎骨，溪水有过痛苦吗？

它们声震幽谷，惊起一行行飞鸟胆战心惊，彼此有了感应。想必这种撕裂躯体的瞬间，肯定有着炼狱般的痛苦。

转个浅溪，眨眼之间碎玉残珠又合为一体，一路欢歌不回头。

上善若水，老子知道万物生命之源的恩渥，临水礼赞。

水有大德，连鱼儿都知道，洄游溯源，会来生命的源头朝拜。

感恩谁，膜拜谁，不同的选择便会有不同的结果。

朝拜了高山之巅的钱江源，顺溪而下，满山翠绿，江河澄碧，天有飞鸟翔集，水有银鱼穿梭。不用多说，小小的开化县，日子过得要多滋润就有多滋润了。

显然，水清山绿，开化山水处处可吟诗。这样的选择，才顺天道、合人伦。

天人合一。开化一地如此，难道一个人的走势也不该如此吗？

忽然想起，在孕育钱江的滴水之处，有一串蚂蚁队容整肃，围着泉眼俯身作揖。末了，掬水为自己洗礼，那份恭敬，那个仪式，仿佛它们就是古代的君子。

蝼蚁尚且如此，自诩为万物之灵的人类面对它们，真的无地自容。

饮水思源，感恩戴德。因为我是水做的生命，溯源而上，该向起点处朝拜。

开化朝觐钱江源，点化了我愚昧的生命。

夜晚，在书城读懂开化

僻居腹地，山城开化的夜晚来得早，迷离而有几分妩媚。

庭前读竹简

　　山村小院,村人起五更挥斧剁柴,到了日出山坳,捆捆柴火堆满屋前,树脂竹沥清香随风散荡。

　　陶醉中看去,这哪里是捆捆柴火,分明是卷卷书简。

　　是的,粗糙又不事装饰,它们就是仓促新束而未著一字的空白简坯,静待主人的开篇。

　　云舒云卷,月落日升,庸常的生活本身就是真实的诗书,任何文字和它依附的介质都是多余。

(摄于开化钱江源山中)

乡愁可依

有一扇窗，流光溢彩，把山城的夜色涂抹得韵味十足。

窗外时尚流淌，窗内书香飘逸。

循着色香迷人的灯光，踏进开化书城，惊诧于这里布局的气势，书籍的丰富，还有人们晚餐果腹后对于文化表现出的饥渴。

作为一个旅人，以及旅途中的过客，我坚持把足迹所及的一个个大小书店，视作绕不过去的人文景观。也一次次赞叹自己幸运，在家乡拥有着一座规模少见的书城。

然而，到了开化，我的这份心思产生了微妙的变化。两相对照，我家乡那个自诩浙中少见的书城，明显在规模、数量乃至气场上输人一筹，几分羡慕几许嫉妒，难以平复。

已习惯于网上购书，我对书城的图书品种产生不出多少兴趣，却会仔细端详读者们的表情。这里热闹的是人流，静谧的却是内心。尤其是众多的少儿，据一座席，甚或以阶为席，安顿好情绪，沉浸在书页中的他们几乎物我两忘。

读书的种子散落书城角角落落，也让我有足够的理由相信，书香的花朵在开化开得绚烂，那是多么美好的一地风景。

有沃土，有阳光，有雨露，饱满的种子是一定会开出希望之花的。

在这背后，有父母的言传身教，更有地方的大力推动。用建商场的气派建一座书城，这样的政府是有文化的政府。当阅读正成为许多地方装点政绩的口头禅时，这里的宣传部门每年都会请饱读之士遴选百本佳作，推荐群众，书海撷英，竟是那样妥妥帖帖的暖心……

开化的山绿，开化的水碧，有一个人文环境向往的开化气华不凡，品质脱俗。

一个夏日的夜晚，我悄悄地推开过开化的这扇窗户，与斯文邂逅，多少读懂了一城山水一城人。

牧笛短歌

第三辑

打虎的前世今生

　　那一天,在杭城邂逅中国香港电影文学策划人甄小姐,谈着聊着,话题移到动作大片《智取威虎山》上了。我对她说:"你给徐克导演捎句话去,他让杨子荣打的是豹子,而不是老虎。"

　　"不是老虎,难道还是熊瞎子?"甄小姐柳眉倒竖,杏目圆睁,有了不悦。

　　"有谁见过老虎会爬树,身手敏捷堪比猿猴的!"我一语点中穴位。

　　演虎不成反类豹,影视戏中各色"打虎上山"太多了,几乎都要跌进这样的尴尬中。

　　年轻貌美又兼自我感觉极佳的甄小姐,大概被我一句话捅到了电影的软肋上,不禁花容失色,也终于从滔滔不绝中沉寂下来,乖乖听我讲起文艺"打虎"的前世今生来。

　　无论古典名著《水浒传》,抑或红色经典《林海雪原》;无论戏曲、连环画,抑或后来的影视剧,"武松景阳冈打虎""杨子荣打虎上山"都是其中少不了的精彩桥段、黄金戏码。这一点,大家慧眼皆在,有目共睹。

　　可是,许多人看不到的是,"打虎上山"的技巧源头在《水浒传》里、在"武松打虎"一节上。所以说,革命作家是拜几百年前的封建官僚文人施耐庵为师过的。

也许有人不以为然。不要紧,回家后找出这两本书来,不用多读,直接翻到《水浒传》第二十三回,再拿《林海雪原》有关章节比对,相信会有同感。

当然,施耐庵对于曲波而言,仅是个跨越了不少时空的"过堂师傅",后者囫囵地跟着比画了一下拳脚,只学了点表现技巧上的皮毛,浅尝辄止。

反映在后来的红色经典小说《林海雪原》里,杨子荣打虎仅止于过场笔墨,所涉不深。无非饿着肚子的老虎出来找点心果腹,冤家路窄找到了杨胡子头上。青骢马受惊而跑,孤胆英雄步枪盒子炮轮番上阵,三下五除二就解决了战斗。此举可谓歪打正着,让悍匪胡彪的冒名者杨子荣,凭空多了件"觐见"威虎山匪首坐山雕的见面礼、投名状,有惊无险。人们还未过瘾,一场戏就草草收场。

这样的戏码只配做菜后甜点,且还不到火候,是半生不熟的。

那么,我们来看看施老先生如何烹饪这道大菜的。

先是文火熬——景阳冈下,酒肆老板苦苦相劝:山中老虎凶猛,那是吃人上了瘾的狠角色。嗜酒武松只把人家的好心一味当作驴肝肺,借着酒劲,醉醺醺地直往鬼门关上撞。

再用滚水煮——走进山冈、庙前,官府贴出的虎患布告处处可见,糨糊未干,赫然在目。被山风一吹,已有几分酒醒的武松,看到后吃惊不已,却又无法驱赶虚荣心,硬着头皮往深山闯。

末了烈油爆——黑松林中,乌风猛咆,饿虎扑、掀、剪,果然比传言还要凶猛十倍。武松刀丢棒断,处处失手;那大虫志在必得,步步紧逼,将对手逼入绝境。到了这时,武松彻底酒醒,不得不赤手空拳搏虎……

不说了,反正小说故事扣人心弦,痛快淋漓,让人读后大呼过瘾!

拜了个几百年前的"过堂师傅"施耐庵,就让现代作家曲波捡了个大便宜,巧妙移植,居然也成就了一次精彩。可见,创作和技巧借鉴的事,也一如俚语所说要"宁为好佬背包裹,不为烂尻立船头"。

不过,后来的改编者对这个道理懵懵懂懂。他们只知有曲波,而不知有施耐庵,拜师学艺不往渊源寻,只求皮毛不知理。画一蟹,不如一蟹,想青出于蓝而胜于蓝,无异痴人说梦。

影视戏这只东北虎,愣是斗不过施耐庵笔下的华南虎,反映到艺术作品改编这一现状,颇有些酷似"打虎现象",乍看物种变异,实质道行退化……

听罢我的一番瞎掰,甄小姐上前赏我一个热辣的拥抱,转过头来对颇有羡慕妒忌恨的大伙儿说,她代表徐导送个礼。

"木"是一种智慧

只消一字，就能把人木讷不失机趣、古拙包含童真、单一蕴藏丰富等难以言说的性格一包打下，大概也只有越地的"木"字了。

身贴"木"字标签的越地人不少，木桤、木头、木佬、木囡婿……叫法很多，不一而足。仔细打量，这木人不是某一个人，是一类人。他们笨嘴拙舌，不会偷奸耍滑，脑子一根筋，除了风土影响，更多都是从娘胎里带来的。

人只要一率真，免不了露出本真，少不了吃亏。因此，他们常用一掬泪水，娱乐着这个社会，诱发着人们去笑，去思考。

从古而来，木人在世俗社会里总不受待见；到了而今，他们的行情更是一路走背。在人精泛滥的世风下，即使秉性骨子里都透着木人本色的这一族，也唯恐恶谥上身，纷纷穿上了伪装精明的马甲。不过，仍然有人惦记并编排他们，口耳中并不冷落。

这一现象的意义，肯定超出了民间文本价值，引向社会、哲学层面的思考。

如果细细品味民间的木人过往旧事，则令人忍俊不禁，简直就是一部部"逆袭"传奇。在一个个工于心计、钩心斗角和不怀好意的舞台上，单纯如同白纸，较真犹似稚童，木人们与危殆、陷阱一次次擦肩而过,那些自视聪明绝顶的"智多星""促狭精",无不自取其辱,最后个个落得洋相百出、颜面尽丢的结局。

笑出了泪,我们恍然大悟,这或许就是中国民间的大智慧:愚拙的真善,在自信地对付貌似强大的奸伪之余,顺带着再戏谑、揶揄它一把。

无论是笨拙的木柁,还是痴呆的木囡婿,他们的结局都差不多。苍天恩渥,"愚"战胜了"智",木人摸好牌,总能获得娇润贤淑的女子不离不弃。在温情的背后,我们看到了中国民间的一种集体认知,以及这种认知在木人身上的寄托与放大——人在世上,重要的不是所谓机巧,而是善良;在逆境中,如果还能保有真诚的善心,就足以从容面对不可预估的一切。

天地从容,万物从容。几千年文明沉淀、发酵,蒸馏出一个人生智慧,被民间演绎着、讲述着。时不时,人们会情不自禁地念起做木人的种种好处来——

木人自有木福。最后的赢家,一定只有"真善"两字。

"三贤"过后看二山

诸暨有"三贤"：杨维桢、陈洪绶、王冕，诗书画三绝，青史留名。

诸暨有二山：勾嵊、斗岩，声势气俱全，代代相传。

人有了儒雅风骨，人便成了万人仰望的灵山；山有了灵性魂魄，山则成为千秋膜拜的神人。"三贤"与二山，南北相望，交相辉映。

元末以降至清朝初年的乱世，弹丸之地枫桥，相继诞生了三位旷世奇才，舞文弄墨，笔锋扫处便开风气之先，数百年来被后学奉为诗画宗师。

"三贤"是三座巍巍然文化高山。

偏于诸暨市南一隅的勾嵊、斗岩，高不过百仞，偶露峥嵘而已。然而，就是这样的两座看似寻常不过的山峦，在春秋吴越争霸、元末改朝换代的大戏中，勾践、范蠡、文种，朱元璋、胡大海、陈友谅等一批重量级人物，以此为舞台，粉墨登场，斗智也斗勇，轮番上演了一幕幕惊天地、泣鬼神的活剧、壮剧。

勾嵊与斗岩是两座煌煌乎的历史高山。

当历史燃尽成一缕烟霭，消散于昨日长空时，其实，真相早已从源头出发，开始了命运不同的跋涉远旅，结局无外乎两者：

一支走向烙下"雅"字印记的故纸高阁,另一支贴着"俗"字标签流落于江湖民间。

走向民间的文化,因它将根系自然伸进大地,也就获得了源源不竭的生命养分。与涩滞古奥的典章相比,从真相母体分娩出来的民间故事、传说、神话,在后天的江湖中哺育着人民的智慧,滋润着世俗价值的甘霖,出落得更加鲜活生动。

不过,一直活跃在大众口耳中的民间文学,随着农耕时代被工业化逐步所取代,它赖以栖息的环境日益萎缩,显现出深重危机。并且,这种消解的痛感,大多数人浑然不觉。

即使觉察,在这个飞奔向前的时代,许多人视口头文学流离于主流文化之外,弃之如敝屣。然而,深居于"二山"脚下的牌头镇党委、政府是难能可贵的识宝者。他们身在宝山,更懂得珍爱、守护、发掘丰富的民间文化宝藏。2018年夏末,他们与市民间文艺家协会联手,组织一批民间文学专家翻山过岭、穿村走户,对二山神话、传说、故事,进行一次较为全面的搜集、整理。双方目的明确,就是要在这个民间文化后时代留下一枚草根记忆的胚胎。

斗岩山麓的牌上村一批农民书法家闻知此事,以高度的文化自觉参与进来,挥毫题写篇名,又为这本故事专辑添加了一个"牌头元素"。文化传承,民间有力量。

"山不在高,有仙则名。水不在深,有龙则灵""三贤"过后看二山,二山之中有仙也有龙……

不仅仅因为是个村名

　　还在孩提，我就听祖母不厌其烦地讲着同一故事——

　　从前，某庄户人家丧偶再娶，继室过门几年，接连添丁，前妻的儿子没少吃后娘偏心的暗苦头。天寒地冻，他的棉袄穿得比谁的都要厚，仍像赤膊鸡一样不停地抖索，老爹看不下去了，抽鞭就打。几鞭下去，打出一身芦花，也打出了后娘有些歹毒的原形。

　　这还了得！后娘自然遭到了被休的惩罚。然而，大儿子跪地恳求：现在冻我一个，可娘一去，遭冻的是两个年幼的弟弟……一番肺腑之言，将载着后娘的牛车拉回村中，也将人性拉回心中……

　　很长时间里，我仅仅把它当作一个民间故事来听。直到多年后一次读书，才知道这个故事的背后，连缀着一个中国最长的村名：鞭打芦花牛回头。当时，我对中国村名上升为一种鲜活、生动、故事性的文化，赞叹不已。

　　试想一下，这个史上最长又动人的村名，从古代走到现代，从北国走到江南，到了目不识丁的祖母嘴里，它不知存活了多少年，走了多少路。也从那时起，我对这种能够穿越时空、震撼人心的村民文化，怀以崇敬。

西谚有云：一个没有绰号的人，是枉到人世走一遭的不幸者。这话用之于中国村名，贴切无比。

凡天下村落，皆有其名。综观这些林林总总的村名，以名贤、孝行、义举、奇迹为价值取向之纬，以风物、典故、轶闻、传奇、雅事为传播内容之经，纵横编织，雅俗相济。几千年来，村名不仅是一个村庄全息史的索引，行走于世的文字图腾、个性标识，更是我们与生俱来的那枚隐形的身份胎记。

然而，有着千百年生命力的村名文化，总不敌行政与商业的合力进攻。在现代化与城镇化的名义下，权力和商业很快合流，以每年狂吞着上千村庄的汹汹来势，摧毁着村名赖以存活的根基。即使一些尚存的村庄，也在并村运动中难逃村名被强制肢解、拼凑的命运。历史与文化，在这里一起遭逢沉没沦陷。

"不就是个村名，犯得着吗？"对于"灭村运动"所带来的文化记忆撕裂，不少人浑然不觉其痛感。他们所不知的还有，随着村名的消失，家乡的历史面貌变得模糊不清，最后只能选择厌弃和逃离。很难想象，一个没有家园皈依的人，能有清晰、具体的国家意识？

别小看了村名，它牵扯着我们的记忆神经。

假如在某一天，那个曾经满载着乡愁、充满着诗意的村名，突然抽象成一个符号，像一片枯叶被收藏进了高阁的史册，那么，这一天便是我们沦为无家可归的异乡人之日。

这一切，难道仅仅只关乎一个村名吗？

纸张崇拜的消遁

东白山麓斯宅古村落里的华国公别墅,大概只能算是一座年轻的建筑。然而,深藏于不显眼处的焚纸亭,却古老无比。

这次陪京城朋友游览,无意间发现了焚纸亭,惊为一大文物。此亭高不过三尺,尖顶翘角,青石雕琢,小巧玲珑。白云苍狗,早已冷却的焚纸亭,周身都结上了岁月堆积的青苔,竟是厚厚的一层。

不过,它的炉膛有过红火的记忆,肯定还未冷却。

遥想当年,各地乡绅出资倡设惜纸局,儒生不甘落后成立惜纸会。踩踏在鹅卵石鳞结的里弄小道,我透过历史的烟尘看到,最早的文化义工"捡纸夫"挑箩挎担,穿村走户,跨街过巷,将丢弃的废纸,不读的旧书,害人的淫书,一一收罗,倾入这个小小的焚纸亭中付之一炬,化作翩翩飞蝶,守护着敬畏文字的久远热力。

从此,从焚纸亭升起的火,与黎民灶间飘出的烟,水乳交融般地弥漫出人世间的烟火景致,醉倒过村野的晨昏。

对文字的膜拜,是我们这个民族呵护文化江河不致断流的法宝。"仓颉造字作书,天雨粟,鬼夜哭。"此又何为?智者参透了其中的玄机:"造化不能藏其容,故天雨粟;灵怪不能遁其形,故鬼夜哭。"

　　在这个石破天惊的夜晚,人类脱昧迎来了曙光。因人类掌握了文字,文明就如同点燃了话语权的火焰,照亮了知识记载与传播的天空,彻底挣脱结绳记事的桎梏,获得"去魅"般的彻底解放。至此,那些专事愚昧欺诈的鬼怪岂不向壁哭泣!

　　风水流转,眨眼间人类进入了互联网时代。因计算机的书写大行其道,"无纸化"降临到这个世界。祖宗古训"敬惜纸张",似乎已不再是个问题。然而,对于文字的怠慢、提笔忘字的疯长,甚至对于文字的亵渎却也似病毒侵袭,危机凸显。随意解构规范,粗鄙生造词汇,书写浮皮潦草,凡此种种,这是对祖祖辈辈规守传统的文字敬畏的消解,抑或是在文化之河抛投糟粕与垃圾……

　　站在这个古老的焚纸亭前,自然会生出一种联想:如果在虚拟的网络上砌上这么一个实在的物件,再有不少捡纸夫穿行捡拾文字的废弃和精神的污渍,将其及时焚毁,那该有多好!

定海神针·如意金箍棒

在中国古典四大名著里，家长、教师无不例外地最早把《西游记》推荐给我们的童年。的确，里面上天入地、战胜九九八十一难的种种魔幻和励志故事，又无不唤醒中国读者最早的阅读兴趣。

夏读"西游"，凭窗如有清风徐来。掩卷后的思绪常在书里书外纷飞：此书当年曾被人奉为"造反宝典"，里面又是何种魔力激发着小将的"反潮流"热情？其中，孙悟空得来的那件让妖魔鬼怪现出原形的神器金箍棒，极具"造反有理"的物化象征。

被后人津津乐道的这一桥段，其实行文不长。在第三回"四海千山皆拱伏，九幽十类尽除名"里，自封圣人的孙悟空受几只老猴蛊惑点拨，直下东海龙宫，向龙王敖广讨要"趁手的兵器使使"。那种狂悖与粗暴，就似后来的红卫兵穿越到古代。平心而论，这一节行文简略，逻辑上混乱，很成问题。试想一下，即使龙王昏聩，就凭美猴王一个无厘头式的"邻居"理由，就会让其指手画脚，翻遍宝库？

不过，《西游记》里每逢情节破绽百出的时候，宿命总是屡试不爽的救命稻草。这一回，重达二万多斤的定海神针，不仅被无知的龙王当作废铜烂铁拱手相送，而且，即使是神器自己也"霞光艳艳，瑞气腾腾"，迫不及待地向新主人抛去了媚眼。至于它到了美猴王的手上，可以随心所欲拿捏，玩弄于股掌之间，藏匿在耳洞之中，这确实是为他天造地设的"如意"无疑。

造反有理，大概是一个从古到今颠扑不破的道理。一件当年大禹治水遗下的测量工具、一根镇海之宝，由定海神针到如意金箍棒，公器沦为了兵器，这样的造反，孙行者大获全胜，数百年来获得喝彩无数。至于它由"公"转"私"具有多少合法性，也许从没有人质疑。

对于私产的随意剥夺，随着文明进步，越来越被人意识到必须运用法律保护。小说也不一定是向壁虚构的臆想物，它总投射着社会现实的种种心迹。从流民"吃大户"的畅意、造反的集体无意识狂欢，再到法治社会语境下的物权捍卫，读像《西游记》这样的古典，我们仍然要持有几分戒备心理，尤其是心智尚待发育，稍有不慎迷恋娱乐，会戕害这个民族精神幼儿期的成长。

带劲的酒与够味的戏

有一句话，全世界人都知道：情人眼里出西施。

有个地方，也许连您都不知道：西施出在我们诸暨市。

诸暨地方不大，因为是个县级市；诸暨名声不小，因为出了世界顶尖大美人。正因为山水优美，交通便利，诸暨理所当然地被眼界很高的上海人选为"后花园"；正因为物产丰富，人民勤劳，诸暨又理所当然地被公推为全国乃至世界的"美容师"，项链、衬衫、袜子……上上下下，里里外外，把人们打扮得齐齐整整。

除了人美、景美、物美，诸暨还有美的地方戏，它叫"诸暨西路乱弹"，已被列入国家非遗名录。这戏如何？因时间有限，还真难用一两句话概括清楚。我们诸暨人有个譬方，说是其他地方戏听了像喝老酒、啤酒，只有"西路乱弹"，才像当地的同山高粱烧，带劲，够味！

这样一比，却要得罪各路英雄各类戏。白菜萝卜，各有所好嘛。各位大可不必太过在意。在这里，咱不敢再多介绍，免得落下"老王卖瓜，自卖自夸"之嫌。我已听到有人在嘀咕了，既然这"酒"那么带劲、够味，不能诸暨人独享呀。对嘞！上海人都晓得，诸暨人实诚，"小布衫里脱出"。今天，我们诸暨台带来了西路乱弹《大补缸》片段，由两位业余演员为大家酿制的戏曲"高粱烧"。

这坛"高粱烧"可是有年头的陈年酒。细数起来，"西路乱弹"窖藏乡野已有数百年历史，以高腔为酵母，拿京腔、秦腔、弋阳腔、梆子戏、罗罗腔、二黄调等作底料，虽说酿造有些杂有些乱，得了个"乱弹"的俗称，却有章法，集大成后在诸暨生根开花，调酿出了梨园别具口味的琼浆——"西路乱弹"。

酒香不怕巷子深，艺精何惧摊子小。今天闯到上海滩上亮相的，不是省台，就是地方台，遍数英雄，唯有诸暨是个县级台。不过，有这坛"陈酿"垫底，咱也要高亢一曲露个脸。就冲这，上海观众朋友也要给我们诸暨台多鼓鼓掌！

多谢了！

镜子中照见了什么

有一本叫《我们错了》的奇书，因媒体大胆、直率的自我"揭丑"，犀利、无情的自我剖析，而成为当年业界与读书界狂捧的读物，一时洛阳纸贵，一书难求。

我有缘读到，已是夏末秋初了。当时正值参加一个全国性的新闻作品颁奖大会，途经青岛，在机场书坊逗留，无意间发现了此书，惊喜不已，便不假思索将其收入囊中。此后几天，见缝插针翻阅此书，作品获奖的喜悦已被读书获得的敬畏洗释殆尽，唯有激动、羞愧与感慨。因为，书中我读到了自己曾有的轻率、粗俗与无知。

在这个众声喧哗的社会中，阿谀、吹捧、溢美犹如一枝黄花、水浮莲般大面积疯长，几乎已将批评与自我批评逼得无立锥绝境。此时，居然有媒体挺身而出，且毫不掩饰自己的率真，大声向社会说出：我们错了！这一吼，在已经充满着"溢美疲劳"的世俗天空中，不啻一声雷霆，振聋发聩。我不得不对广西日报传媒集团所表现出的勇气、真诚与自信，产生由衷的钦佩。

打开《我们错了》一书，我们也许会产生这样的错觉：书中所开列的近百个虚假、失误报道案例，所犯错误十分低级。橘树的枝头长出了一个南瓜，这桩匪夷所思的怪事，居然还配有图片为证。这条几乎是猪鼻孔上插根大蒜就装象的"八卦新闻"，竟然通过记者、编辑、值班总编，在一路绿灯后端上报纸。一块关于饼干的小新闻，还差点惹来一身官司。因记者少见多怪，将众人皆知的凡饼干都能点燃的常事，当作新闻发现，想当然认为其中定有质量猫腻，也拿来"曝光"了……当"事不惊人死不休"的"眼球准则"替代新闻价值时，真实的准则被抛诸九霄云外，媚俗之水就会注入媒体与媒体人的脑袋，反常识必定迸发弱智症。

　　也不要以为我们比他们高明多少，可以摆出一副局外人、审判者的架势，斜睨打量这些讹谬"新闻"。扪心自问，在日常的新闻采编中，我们采访的报道、编发的作品，虚假与失误肯定难以幸免，所犯错误也不见得比人高明多少。可是，我们又见谁胆敢主动站出来，勇于自我揭丑，并且编辑成书，大布天下，引为殷鉴呢？恕我孤陋寡闻，在这之前，广西同行之举还真是闻所未闻。

　　人非圣贤，孰能无过。新闻报道只要是人所为，就难免有失误与错谬，它的稀常如同凡人都免不了伤风感冒、头痛脑热一样，不值得多少惊惊乍乍的。

　　然而，一种捂、盖、掖的习惯性思维，往往会倾倒我们的理性。这样做，虽然能一时掩饰问题，却埋下了无穷的隐患，最终以牺牲新闻的真实、公正、权威而误导社会视听，失信于民，恶化为媒体公器的不治之症。须知，感冒不治，百病之源。

　　自我反省一旦缺失，批评就成为我们施展起来最为顺手的利器。诚然，要人忏悔，首先得忏悔自我——我们媒体又何曾自觉自愿进行过自我忏悔？

冷眼旁观文化热

文化热了，人类疯了：西湖申遗成功，杭州市民无不视这一时刻为古城再造之日，更有政府官员直言"世遗"这项文化桂冠价值逾百亿。

此刻，亚洲西南角的泰柬两国，正为文化遗产这一鹿之犄角大打出手。一座拥有900多年历史的古刹柏威夏寺，不偏不倚居于两国国境线上。对于它的归属权，国际无法做出令泰柬双方以为不偏不倚的裁决。一怒之下，两国付诸武力，死伤惨重。

好争斗狠，人类本性。古往今来，人类又从来没有像今天这样为文化而狂，甚至连土得掉渣的民间文化，也争得死去活来。伏羲、女娲、西施、董永、祝英台、诸葛亮、赵云——传说的、真实的名人及其故里，难逃争抢之运。沾不上亲故的，索性不分香臭，将西门庆、陈世美之类的淫棍恶棍，罗至辖内，装点"名声"。

这番吊诡又纷杂的世相，比起杀戮的血腥战争，我们也许会生出孔乙己式的戏谑与自嘲："文化之抢不算抢。"话虽这么说，有失斯文之争抢，总不是个滋味。

细究个中滋味，需要冷眼打量。当下的中国民间文化很纠结，各色利益的勺子翻拌搅捣，更是一锅厘不清清浊混沌的江湖。资本与权力都在高喊"保护""弘扬"。可是，他们的行为又无不表明,资本更喜欢隐藏在民间文化之中的商机,权力着迷于附丽于民间文化表层的政绩。不要以为商场里月饼堆积如山,粽子琳琅满目,商家更爱文化。其实,那已与中秋无关、与端午无涉。也不要以为古迹废墟上重建的陈列馆,有多么富丽堂皇,权力更懂文化。其实,那已是记忆的蜡像馆,了无文化生命体征。

在民间文化动车上,真正爱文化、懂文化的人是乘客而不是看客。在西施故里诸暨,有这么一个群落,在荒村搭座驿站,接纳这些"堂吉诃德"小憩于此,碰撞思想,再来吼上一腔——这是群流浪在历史与记忆缝隙间的文化艺人。

体虚火旺,发烧发热。此时见有这么一帮子人仍勇于针砭,对一个地方文化不无裨益。清火败毒,固本强体,更是功德。

流萤·故事·想象

仰望夏夜苍穹,我们的眼睛时不时就被蒙蔽,黄雾、灰霾,还有挥之不去的 PM2.5,明月难觅,星星黯然。星月不见,猛然想起曾经纷飞于记忆深处的点点流萤,让它装点一下朦胧的天幕,也好呀。

可是,不知何时,流萤亦如物种灭绝,浑然不觉间飞出了我们的视线。报载,偶有流萤现身,也被农民捉进城里当作罕物兜售,每只身价在 10 元左右。金贵啊!

孩提时,萤虫之物,在乡间夜空恒河沙数。这些小小精灵,几乎触手可及,点点星火无意间将故事之夜燃亮了。村中一个个农家庭院,洒过井水,燃起艾烟,故事便施展摄魂术、定身法,把一个个无论多么调皮捣蛋的顽童,驯良得像温顺的家猫,匍匐于爷爷、奶奶、大伯、大婶的膝下。

就像婴儿离不开母乳,人文成长又何尝少得了故事乳汁丰盈的哺育。大凡有了故事滋养过的幼小心灵,清澈澄明。从此后,我们打量世界,心能联通从古到今,辨识得清善恶正邪,拓展着智慧与想象的空间。

流萤飞过的年代,我们有故事,有说道,有想象,饥馑中不见得难熬,困厄中不见得贫穷。这是故事的力量。

终于有一天醒来，我们忽然发现，流萤消失殆尽，故事传统不再。当年轻的一代耽于电视、网络带来的"快餐"快乐的时候，短信、微博都可以为一些鸡毛蒜皮的段子翻来覆去复制、拷贝，数字化榨干了生动、曲折、动心的精华。此时，我们才发现身心早已飘落放逐到技术制造的荒芜岛，故事生态寸草不长，想象也已风化成了碎片。

都说武术是中国的"国术"，其实，更准确地说，故事传统才是中国人真正的"国粹"。试想一下，在一个有嘴就能讲故事的国度里，本来擅讲故事，如同鱼儿生来会游泳一样自然。但是传统的丢失、生态的恶化，已经在我们的国度显现了不会讲故事、想象力缺失的危机。最为直接的例证，是而今的国产大片，经常花可观银两，延请外国人注入想象，重编故事。

别小看了故事。从小处看，它是一切文学的滥觞或胚胎。说大了，它也是一个国家的"软实力"。好莱坞用电影讲故事，传播美国的文化价值，威力骇人，远非昔日的枪炮或核弹可以比拟。

一个不擅故事、丢失想象的民族，要想跻身文化强国，无异于痴人说梦。痛心中，我们自然怀念曾经流萤翩跹、故事燃烧的夜晚……

悠着点，听故事

一年之计在于春。

繁花似锦，草长莺飞，春天的每一缕气息，无不熏得人的每一粒细胞焦灼丛生。固然，没有一个人希望自己输在开年的第一步上。来不及缓上一口气，我们拧紧脚步的发条，奔跑疾行。

山巅之上，草庐一间，一位老叟仿佛老僧入定，面前的匆匆过客全是过耳之风。

有富翁弃豪车、卸裘衣，几乎脚手并用爬上山来。山上，他流连忘返，盘桓至暮色四起仍不肯离去，对老叟羡慕得要命："您老过的可是神仙日子啊！"

"可惜啊，人人可以为仙，可又有几人真懂仙……"老叟瞟了面前这个电话不断、短信不绝的富翁一眼，悠悠吐出一句。

像被蝎子蜇了一针，富翁顿时安静下来。老叟说，那就送你一个故事——

在遥远的海边，住着一个渔夫，只要捕鱼够糊口，就闲坐海滩，静观潮起日落。

某日，滩头忙碌，来了一位疲惫的富商，见渔夫悠然自得晒太阳，上前探询，引出两人对话：

——人家忙着打鱼，你居然有如此闲心？

——请问打鱼又欲何为?

——打鱼就是为了发财!

——那么,发财以后又作何为?

——享受休闲,到海边放飞心情呀。

——那么,难道我现在不正享受休闲、放飞心情?

"我懂了。现在这个故事就发生在山巅,发生在你我间。"富翁不止一遍听过故事,一直不以为然。此情此景,他才恍然大悟,浑身细胞随之起舞。

其实,我们又何尝不是这个富翁、那个富商。在不知道为何出发的时候,生命拔腿起步,唯恐机遇和名利被人抢占,奔跑中又把灵魂丢落后边。我们割断了传统与历史的经验脐带,如痴如醉地拿起高文大册,或现成的本本教条一番恶补。结果,虚不受补,急火攻心,导致短视与夜盲普遍暴发。

"姥姥、老娘,她们口里的故事就是哲学,足够营养我的文学。"著名作家刘震云是个聪明人。中国人几千年的思考、哲学和智慧,全都研磨、沉淀、发酵在村夫野老的俚语乡谚中了,从没添加过什么工业化的三聚氰胺,安全又富含营养。

人间四月芳菲尽,山寺桃花始盛开。少安毋躁!只要心中筑着一座幽静的山寺,错过时令的芳菲,仍会在这里次第绽放。

收起那颗狂躁、疲惫的心吧。悠着点,回到精神的原点乡村去,听故事!

鲁班契约与工匠精神

民间一直流传，鲁班与上苍达成过一条不成文的契约，并有过如是对话：

——上苍啊，您既然委派我为营造祖师，我也有几个恳求。

——但说无妨。不过，只能答应四项！

——足够了。夜不倒房，昼不塌桥，冬不沉舟，夏不毁亭。

——何以见得？

——日落而息，房不能倒；车来人往，桥不能塌；冬水寒彻，舟不能覆；夏日避暑，亭不能毁……

——难得你有怜悯苍生之心，我全依你就是。

说罢，上苍将一只墨斗与一把曲尺郑重交给鲁班，吩咐他谨记诺言，并以此为训，要求弟子用墨斗直心，拿曲尺守规。

循规蹈矩多少年，营造一行木直中绳，起房建桥造舟立亭，都被视为筑在心头上的百年工程。尽管人类频遭兵燹，大地上仍然可见万里长城、千年赵州桥，任经风吹雨打依然稳固如磐。

岁月流逝，渐渐地，营造行淡忘了祖师与上苍曾有的约定，狂妄自大，粗制滥造，心里将墨斗与曲尺忘得一干二净，原本自诩人类的安身庇护所的挪亚方舟，沦为众生的坟墓。

1912 年 4 月，号称"永不沉没"的世界最大游轮泰坦尼克号撞上冰山,3000多名乘客命殒大西洋的冰水中。

1949年1月,另一艘叫太平轮的中国大船重蹈覆辙,1000多名乘客没顶于舟山洋外的寒风中。

接下去,綦江桥塌、上海楼倒、长江舟覆……这一桩桩灾难事件,伸开十指都数不过来了。

在这触目惊心、五花八门的倒楼塌桥沉船灾变中,有一条却是明确无误的:如果真有鲁班契约,那么它因营造行业无良之辈群出,单方面撕毁而失效了。结果,遭殃的却是普罗大众。

责任、荣誉和怜悯是每个营造人的天良。当年,泰坦尼克号沉船在即,它的总工程师安德鲁放弃逃生,选择与船一起沉没。他对一次次前来劝其离去的小女孩说:"请原谅我没为你建造一条坚固的船,我的良心不允许我存在世上。"

可是,在杀人的营造师中,又有多少人像安德鲁先生那样选择自沉谢罪? 也许,更多的人连内心一丝自责的涟漪都没有泛起。

我在黑暗的影视室里看完了电影《太平号·彼岸》,心情沉重。由器物的一房一桥一舟一亭,联想到精神的一纸一文一书一戏,工匠之谓早已超越了传统的三百六十行。工匠精神,说白了是鲁班契约,是孜孜以求。无论从艺,无论为文,从"如切如磋,如琢如磨"始,以"治之已精,而益求其精也"为职志,何患器不美、艺不精?

上苍不死,是因为他住在我们心头。良心重归之日,就是工匠精神重塑之时。

母亲的"空城计"

诸葛亮一张古琴两个老兵,吓退司马数万兵,这出"空城计"是戏里演的。

真假如何,谁人能知?且还要动用古琴老兵,戏里的孔明颇费了些周章。

这出现实版的"空城计"到了我老母的手上,只需片言只语,就演得满台出彩。

话说那年夏天,一个晌午,母亲独自一人,上楼想眯盹一会。可是,天热心烦,怎么也睡不着,只好打开电视来看。

年过七旬,母亲耳朵有点背了,电视的音量比常人自然要开得响些。这天也怪,她居然听到楼下有人摁出的门铃声。

下楼开门,一个瘦小乌黑的外地小伙,背只肥大的工具袋,拦也拦不住就往屋里闯。

"小师傅,你没找错门吧?"

"错不了,我是来修电话线的。"

这外地小伙连鞋也不换急着进屋,贼眉贼眼往屋里角角落落扫掸。那只工具袋叮当响着金属的声音。此人是个窃贼无疑!

这一切,母亲悔之不及,看在眼里,急在心头。

　　"小师傅,你先吃杯凉茶,我这去通知儿子一声。"母亲想用缓兵之计,先稳住这个小毛贼,再打电话通知我。

　　一听老人要通知儿子,那毛贼双眉微蹙,警觉起来,条件反射地一怔,不禁脱口而出:"家里不止你一人?"

　　毛贼用意袒露无遗,但递过的话头却激活了母亲的脑子——这厮忌惮屋里另有他人! 好,那我就来个顺水推舟。只听得母亲拉高嗓门,往楼上吆喝:"骏儿,别看电视了,要迟到的,好去学校了!"

　　"叫谁呢?"

　　"我孙子。"

　　"你孙子?"

　　"对,读高中,要军训哩。"

　　"那不是在学校吗?"

　　"哪里! 这不正午休在家哩。"

　　显然,小毛贼听到这里,又是一惊。

　　母亲见自己一招开始奏效,心也平静几分,就顺口编本子,往更戏剧性的深处演。她索性坐到沙发,神闲气定向小毛贼拉起了家常:

　　"唉,现在的孩子都不省事,也不要午睡,不知从哪里买来一把大刀,锋快无比,又看电视又耍刀。这不,正与同学一起玩得起劲,连叫他们都不吱声……"

　　嗯嗯应付着的小毛贼,顿时支起了惊恐的双耳。听得楼上比寻常高出不少分贝的电视声,又见面前的老太太如此沉着心不慌,想着楼上还有玩刀的两小伙,他吃不住了,急急找了个旁边的电话机,装模作样拿起电话座机,胡乱翻检了几下,自语着:"不是好好的么,咋说不好哩。"

说罢，小毛贼背起工具袋，连忙开溜。

母亲说声"走好"，随手把门锁了，人也冷汗涔涔。

三天后，电视上报道警察抓了小偷。那瘦猴似的家伙赫然露面，被人反铐得像只绑着的大闸蟹，果然是个毛贼！母亲这才把那口憋了几天的气，长长舒出。

人非神，胆是肉做的，临危谁人不惧？可是惧怕无济于事，关键时刻，就像我老母，片言只语也胜过人家的一袋刀剑，说到底智慧是人人皆有的防范武器。

临危不惧，机智会让人变得更强大。

欺　熟

　　世上本有欺生之人,这不稀奇,而今我却碰上了一个比欺生更为棘手的新鲜事来——欺熟。

　　本来,县城才巴掌大,大家低头不见抬头见,乡里乡亲的,谁跟谁呀。可好,平地里却冒出熟人要欺负熟人这号事来。有位同窗共读十年的同学,供职于某研究所,前不久干上了"第二职业",以协调"脑体倒挂",倒腾起水产买卖来。一次在菜场见了我,三丈路外就打招呼:"啊呀! 老同学多年不见,发财发财! 买鱼吧,又新鲜又便宜,老同学面前赔血本!"

　　拎着鱼喜滋滋回到家里,窃喜捡了俏色。毕竟心是女人的细,妻一眼看出其中有诈。果然一斤八两的鱼只有一斤四两,且秤杆耷拉着。

　　妻说,什么同学,这些人什么都不认,只认得一个钱字,倒账去! 可怜我还放不下这张脸面,拎着鱼到小弄堂里转了一圈又折回楼上。

　　算了吧,这四两多差不多一笼"小笼包子",就算肉包子——我说不出口来,怕脏了自己的嘴。

　　还有让人更气的呢。我老家堂叔的女婿,在夜市设摊,经营时装衣衫。按说,我们彼此还有点沾亲带故的关系,大可放心,

"斩""砍"价格的招数一概免去，买了一件衣服随手罩在身上。不修边幅惯了的我，着上时装特别惹人注目，同事们称奇之余询问价格如何。一出口，众人都说只要一半钱就能随处买到。这一回又被欺熟，而且欺得很惨。

节日，有位在全国闻名的义乌小商品城设摊的朋友来访，正好请教。三杯下肚，朋友有些难以自制。谈起街市新鲜出炉的"欺熟"现象，他不以为然："老兄真是一介书生，岂不闻生意场上无父子！"

我为之一震："仁兄，我只听过生意人以诚信为根本。观念再新，也不至于新到让已经褪去了稠密黑毛的脸，返祖回到混沌时代吧！'不分生熟，欺你没商量。'此话总不会是酒后戏言吧？"朋友笑得意味深长，令人寒意顿生。

惹不起，还躲得起哩。初想这欺熟嘛，总比那画地为牢、封闭保守的欺生要强。

遥想当年我们诸暨人"轻商贾、重耕读"，一手软一手硬。可如今我们会做生意了，两手都要硬。小本生意亏不起，是该生意不分生人熟人一视同仁。在商言商，一手交钱一手交货。否则，轻则喝西北风，重则倾家荡产。

一念至此，我又有些赞赏那位朋友坦诚率直的生意经。只不过，酒精刺激并没有激活他的神经，并未真正触及欺熟本质。"文起八代之衰"的韩愈先生也痛恨眼睛只往铜钱方孔里钻的小人："一旦临小利，仅如毛发比，反眼若不相识。"对这类认钱不认人的"哥们"，汉代的王符先生一把剥下了他们砧板厚的脸皮，他认为"言欺在性，不在亲疏"。认识来源于社会，足见早在汉代"欺熟"已成疥癣，令人讨厌，发人深思。

欺熟现象虽然在商品经济大潮中还够不上一朵糟泡儿，但此风不可长,欺熟是欺你信任、欺你缺乏戒心,叫人以友为壑了。不禁想起那句中国特色的俗语:"兔子不吃窝边草。"缺乏灵性的兔子尚能如此,我们那些欺熟的主儿该把脸面搁在何处是好?

人要立世存身,总不能没有脸面。没有了脸面却招摇过市,人们不把你当鬼魅才怪哩。

人生忧患识霾始

等到初识霾字，我小学都快毕业了。

这个霾字得识，全赖一桩历史翻案。课文上有篇记录"四五事件"的文章，其中渲染周恩来总理病逝的环境，用到了这个字，当时它连缀为"阴霾"复合词，知道要用在凄怆郁悒的氛围里。

后来几年，政治昌明，社会繁荣，天朗气清，以至于"霾"字没了用武之地。甚至连我这个靠煮文煎字果腹的人，也忘记了它的存在。

等到它如江中的水浮莲大面积复出，情形大变，霾与"阴"字分道扬镳，却找上"雾"这个新欢了。

千百年来，在文人骚客的眼中，这雾原本是有诗意的仙子。它派生过影视专门制造烟雾工程的手艺，给不少人一碗饭吃。

可是，自从雾霾结为连理，就繁衍生殖出无穷无尽的烦恼和灾难。甚至有专家直指，全国呼吸道及肺癌的高发，祸首就是遭受严重污染的大气和雾霾。有一种危言，说呼吸这样的空气，国人寿命将会折损几年，确实够耸人听闻，又令人心惊肉跳。

一说雾霾，我们都以为它的故乡在京津冀，在东三省，似乎很远。

错了！

就说今早,我上江堤晨练,走进的世界那真个叫一头雾水。你说这雾浓黏得像一锅化不开、已熬出了汁的粥汤水。然而,它又不像乳白色的粥汤水,邪乎得很,犹如勾兑了灰汁水,飘扬着一种脏兮兮又挥之不去的幽灵感。人在里面走,一种莫名的恐惧袭上心头,很快就有了胸闷、脑涨的窒息感。也不知道是心理压迫,还是污染细粒尘埃摧残着人的肺部系统,产生了患病的怪异感。

逃一样跑回家中,打开往年存放的记事簿,翻出的第一条旧闻是,数年前的某个城市终于忍无可忍要向"霾"字下狠手了。这个饱受折磨和批评的城市,曾经有行政长官放出过"谁治霾不力,提着脑袋来见我"的狠话。话都说到这个分上,但治理还是成效不显。毕竟话是火头上说说的,又有哪个治霾庸官被剁去了脑袋呢?没有。由此可见,一千个狠话不抵一个狠手,因为雾霾才不会理睬你的狠话呢!霾灾肇始于人祸,斩草必先除根。

况且,霾还长着翅膀,妖魅一样四处游荡。我们的行政区划要想关门大吉,大概门都没有。只有全国形成一盘棋,围追堵截,像痛歼流寇一样将其剿灭。

西哲有云,丧钟是为所有人敲响的。如果有的地方暂时免遭雾霾侵扰,弹冠相庆,仅作壁上观,那么,兴许某一天,北京的今天,就会变成你的明天。

"今日唤呼孙大圣,只缘妖雾又重来。"伟人当年有诗赞。今日复今日,我好不容易记住、后来又忘了的"霾"字,而今连我那牙牙学语的小侄女都会写会解释了。先贤云,人生忧患识字始。许多字,连着噩梦,牵着恐惧,不识不用便是人生最大幸运。

我的小侄女啊,又有谁来删除你幼小头脑中过早烙下的噩梦般记忆呢!

唉，这道"菜"

上班天天路过一家凉席店，目睹店前巨幅出售牛皮席广告，心惊肉跳。

遍查国人仇恨词条，不多，其中对于生者"食其肉，寝其皮"，对于逝者"刨坟毁棺、挫骨扬灰"之类，已算登峰造极。如今对牛们来这么血海深仇且切齿愤恨的一手，至于吗？

牛是农家之宝。它吃野生的草，耕四野的田，贡献了体力再贡献自己的乳汁。试想一下，天底下还有哪种动物，竭尽所能，奉献一切，对人类居功至伟如此？

没有，只有牛。

农耕时代，耕田拉车，须臾都离不开牛。社会对牛存有很大的尊重。其中，未经官府准许宰杀耕牛，是上了历朝历代刑条的。

这又好似宋太祖赵匡胤赐给柴氏后代"免死铁券"，人家可是为社稷出过大力的。

牛也一样，它持有这样的"免死铁券"。20世纪中叶的"三年严重困难时期"，饿死人无数。饿死不如犯法，逼得我的叔叔和村里几个伙伴铤而走险，挥斧砍向邻村一条夜栖凉亭的耕牛。

那条耕牛皮包骨头，苍老暮年，已经羸弱得常卧凉亭数归期了。为了填饱肚子，叔叔付出了获刑劳改多年的代价。刑满出狱，他主动承揽生产队的耕牛放牧，细心呵护，以赎前愆。

当然，经历如此一番脱胎换骨，叔叔再也不吃牛肉，哪怕是丁点肉末，也从牙缝抠出，供于桌端。大彻大悟之后，他在心中供着的那尊佛，其实是耕牛。

因此，斗牛之类的野蛮游戏，作家余秋雨愣是不看。他还颇有微词，愤愤地说，牛是人类朋友，恭敬都来不及，怎么好如此对付它——绝对是古代罗马斗兽的谬种流传。

国人不善娱乐，独擅吃喝。只要是吃喝上的事，即使饿得两眼金星乱冒，却也会思路激活，花样百出。

于是，贴上"菜"字标签，什么都可以端上餐桌。

穿山甲、孔雀、中华鲟……它们珍稀，只要是有了"菜"字标签，这索命牌算是插到身上了，可以合法地宰，大胆地吃。

当然，牛们因肉身诱人，也概莫能外。

面对这个"菜"字，我有了条件反射般的恐惧，眼前晃来晃去的就是一块块钩上鲜红朱砂，古戏上盛演不衰的监斩牌。推到菜市口，刀起头落，都做了冤魂。

近来这个"菜"字，网上很火。许多人把自己的情人指为个人的那道菜。想想这称号新鲜也妥帖——毕竟不是配偶，当不得大餐，只能用作餐后的甜点，且还得躲在不见阳光的暗角偷着尝。

然而，转而一想，又觉恐怖。在所有动物中，只有一种亚马孙蜘蛛交配后，雄性才乖乖地被雌性情人当菜吃掉。

唉，壮哉悲也。

不久前，碰到有位熟识的年轻人沮丧无比，全不见往日风采。暗中思忖，此番跌宕起伏必定经历着情感的过山车。酒后吐真言,才知道他刚被情人涮了。

　　"她说我不是她那道菜。"

　　"老兄,幸好你不是她那道菜。祝贺你活下来了! 否则,你早就成了蜘蛛。"

　　"我? 蜘蛛?"

　　"你还真傻。自己上百度查找去!"

烽烟余烬（二则）

酒 壶

一把锡制的酒壶，经历了七十多年的漫长漂泊，又回到了它的老家。一段痛史也重见天日。

七十多年前（即 1942 年春上），诸暨第二次沦陷，从此太阳旗像狗皮膏药一样贴在这块多灾多难的土地上。

也就在那个时候，县城南门外的赵村经常遭受日军的窜扰。尤其难以忍受的，则是与日军狼狈勾结的汉奸"二鬼子"，劫掠财物，欺负同胞，更胜他们的主子。

那一天，农民赵德法好不容易温了壶酒，准备品尝。不料，家里突然蹿进一个汉奸，不由分说将酒夺过，一口气喝光不说，临走时还毫无缘由地"赏"了主人一个耳光，顺手牵羊，拿走了那把酒壶。

这被赵德法视为奇耻大辱。

"凡我子孙须记住：这是把祖传酒壶，上面刻着祖宗的名号，我找不到，儿子找；儿子找不到，孙子找……子子孙孙必须找到它。你们也记住，这汉奸是邻县的，离我们不远，谁要寻到他，先替我咬上三口，出出恶气！"

赵家后代从此多了一桩使命。

狠话说出,赵德法改行学做泥水匠,长年累月在那个县转悠。死了后,儿子接替了他的手艺和使命,继续在邻县城乡打转。儿子又死了,儿子的儿子接着在那里转圈,已历几代,几乎把邻县的地皮都翻了三遍,仍然一无所获。

到了这里,这把酒壶里面,盛着的显然不再是酒了。

光阴似箭,七十多年后,赵德法的曾孙赵尔健当了建筑小包头,有意把散工打进了邻县。苍天不负有心人,一次替人拆老屋,终于在主家的一个角落找到了被掠七十多年的酒壶,酒壶被岁月与杂物双重挤压,几乎失去了原形,酷似一只快被风化的干瘪茄子。

不过,时间还是在壶颈上保留了它的温情,赵尔健祖上的名号赫然在目。

吵架在所难免,夺回理所当然。

"这把酒壶是我爷爷传下来的。你是贼呀?平白无故抢我家的东西!"主家的儿媳夺住酒壶,死不放手,放声大喊撒起了泼。

"你还真说对了——平白无故抢东西的人,就是贼盗。不过,你们爷爷不仅是抢我家东西的盗贼,还是屎屙不如的狗汉奸!"赵尔健像个怒目金刚,一把夺过了酒壶,"要是那老汉奸还活着,我还要替太公咬他几口!"

主家的儿女闻声赶来,原本是来兴师问罪的。听赵尔健一顿发飙,不敢再吱一声,个个像霜打的茄子,蔫了。

祖传的酒壶,历经三代,就这样重回赵家。赵尔健一点都没有如释重负的感觉,揣着这把氧化接近极点再也无法盛酒的锡壶,好像里面的东西沉千斤。他尚嫌不解气,找到埋葬着老汉奸的土坟，在众目睽睽之下，撒了一泡尿，将荒草丛生的坟冢淋漓地浇了个遍。

"狗汉奸，你不是抢酒喝吗？好，我让你喝个够，让你喝七十多年的陈年老酒！"

村里没有一个人敢出来阻挠这个撒疯的野汉，放任地由着他做完这一切。几个年长的乡人，甚至埋下了头，蚊鸣般叹息：这都是生前做下的孽呀……

然而，赵尔健还不肯罢休。他在这个县待着不走了，穿村走户调查这个县当年汉奸的种种劣迹，勤勉得好似生怕漏捡破铜烂铁的垃圾王，更似做田野考古的社会学家。

抗日战争时期，这个县汉奸群出，与鬼子狼狈为奸，声名狼藉。

日本死不认账，安倍内阁又往靖国神社"祭鬼"。

是呀，对于外贼行卑劣行径，倒行逆施，我们鞭长莫及。然而，我们对内鬼的这笔历史陈账，也得像老赵家，尤其是赵尔健那样，去彻底清算一次了。

怨宜解，仇无释。哪怕是往垃圾堆撒上一泡尿，给故人一丝慰藉，给后人一个诫示，我们也该像个中国人那样做一回。

慰 安 妇

又到抗战纪念时，影视显得有些冷清。

在观看纪录慰安妇影片《二十二》时，影院鸦雀无声，甚至有人呜咽抽泣。

这可能是全世界迄今为止片尾字幕最长的影片。三万多个姓名，在黑幕上足足滚动了将近十分钟。

然而，人们不嫌它冗长，没有一个观众走开。

乡愁可依

　　这样的慎终，与其说人们在对一段痛史默哀，还不如说是向这些众筹者的行为致敬。

　　因为，如果没有这三万多人众筹所得的百万元，在一切依赖雄厚资本支撑的这个产业，电影就无法在院线上映。人们没有理由不向这些奉上良知的众筹者致以感恩。

　　在电影的背后，还有一串数字："二战"中，日军强迫东南亚40万妇女沦为泄欲的军妓，兽军们煞费苦心称之为"慰安妇"。这些曾经历过人间地狱的军妓，其中来自中国的有20多万人。等到前年电影开拍，全国仅剩二十二人，电影之名由此而来。

　　事实上，即使20多万人已够咋舌，但远远不止。在我老家，有一位姿色出众的堂祖母，年轻时曾被掳进炮楼，长时间遭到据守在此的一小队日军日夜性侵，饱受蹂躏。这样的人，这样的事，在当年沦陷的国土上随时随地都在发生着，并且，肯定不会记到那本罪恶账簿上去的。

　　一段屈辱的经历，如影随形，伴随着堂祖母度过了悲愤绝望的余生。人后，她被不少女人指指戳戳，被称为"去过炮楼不干净的婆娘"。人前，她被不少男人拉拉扯扯，总有无耻的人渣想吃豆腐。

　　"娘的，小鬼子都睡得，不兴许咱中国爷们睡？"那些渣男馋着脸，个个都是阿Q逻辑，无一例外遭到拒绝。末了，人人心里酸葡萄嘴巴挺阿Q，"不让睡，爷们还嫌臭娘们身子脏哩！"

　　"呸！还爷们？我看你们这些烂尿，个个都是缩头乌龟王八蛋！我要问你，老娘被抓进炮楼时，你们又躲到哪里去了？你们为何不站出来对鬼子说，这是我要睡的女人，还轮不到狗屎东洋鬼子的分上？你们屁都不敢放一个，逃得风快……你们这些烂尿乌龟王八蛋，我都替你们脸红害臊！"

字字句句，犹如机枪发弹，虽然有些粗鄙，却直击灵魂，痛快淋漓！

这顿狠骂，久久回荡在我的脑际。后来，我以这位堂祖母为原型，写了一篇小说《苎麻西施》。作为一个男人，我要替像堂祖母这样的同胞喊出那腔蓄积已久的愤懑。

前不久，东天影视看中了这篇小说，提出要搬上屏幕。我在电话这头痛快地告诉他们，不收分文版权费，免费奉送作品，以赎先辈们的前愆。

二十多人，二十多万，慰安妇数字的多寡不能改变一部屈辱的历史。

假如纪录片《二十二》还有可能再版，那么，我建议把这二十多万当过慰安妇的同胞名字，一个不漏，如数录入片尾黑屏上，就像经典人文巨片《辛德勒名单》那样，给予世间起码的人文关怀。因为，这些几乎死绝了的女人，曾经是我们的奶奶、姑姑和婶婶。我还相信，会有人伫立在漆黑窒息的影院，一个不漏，再次浏览我们亲人卑微的生命。

诚然，历史没有了述说，便等于自己宣布已经死亡。

祥林嫂虽然喋喋不休，但我们没有了她的诉说，还有谁会记得狼要吃人的呢？

不少人厌烦她，掩耳而过。这样的人，总有一天要被狼吃。

放灯的文化焦虑

近日,有一碑拓图片在网络上疯传同时也招来众人的吐槽。

此事缘起文化人、诸暨某乡贤某教授应浦阳江畔某镇政府之邀,为三江口放灯民俗题写碑文。勒石树碑,一个宗教节日色彩鲜明的民俗活动之地,因此被言之确凿指为当年西施放灯之处。这样的做法未免太过草率,争议由此而来。

稍有点儿民俗常识的人都知道,农历七月十五,放灯习俗由来已久,东西南北并不鲜见。它并非诸暨浦阳江畔三江口村独有,也没有为西施专设的半星文字记载。

历史上的农历七月十五,是群众性最强的佛教节日"盂兰盆节"。"盂兰盆"为梵音"救倒悬"之意,其中针对目莲救母而举行的超荐历代祖先佛事,为该日最主要内容。

无独有偶,这天又是道教的"中元节",地官清虚大帝诞辰。各地道教宫观都要举行"祈福吉祥道场",晚间施放焰火,超度羽化的祖师,普度十方孤魂。

显然,三江口的放灯民俗与西施没有半点瓜葛。

那么,八竿子都打不着的两件事,又是如何扯上关系的呢?

此事的始作俑者是三江口村的耆老,人称"草木才子"的退休老人田斌。老人退休回家,喜欢写点民间故事。20世纪90

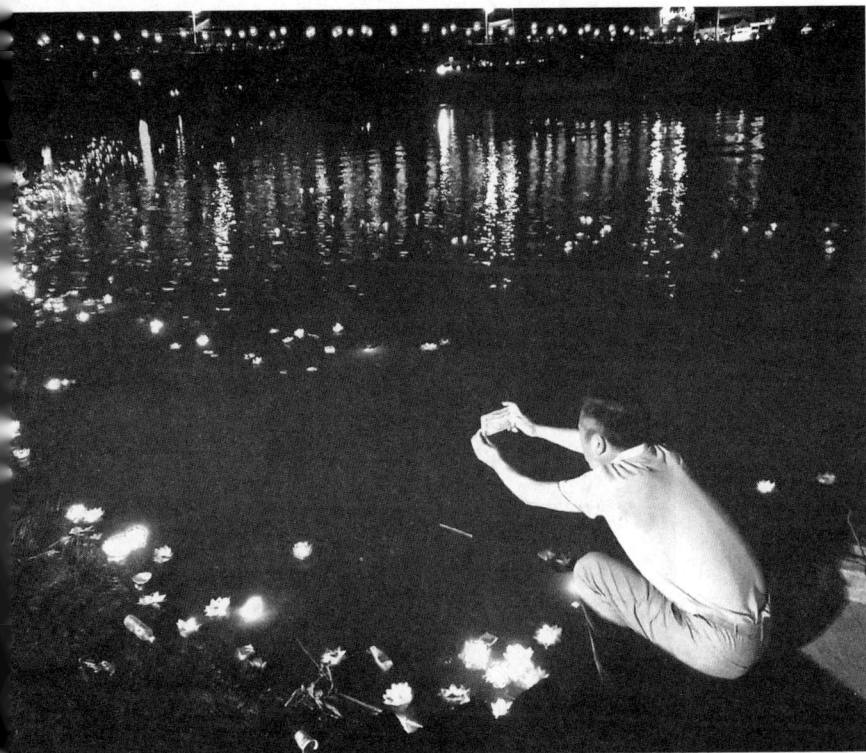

河灯如豆照彼岸

每年农历七月十五的"中元节",河灯都会在这个浙中普通江湾点点亮起,幽幽绽放。

许多人不知道这天除了"中元节"之外,还有另一名称——"盂兰盆",因此,这一天就不可避免地蜕变为商业聚会的狂欢节。

不知者不怪。

怪异的是,我们的许多以民俗文化传播弘扬为职业的人,也装聋作哑,甚至推波助澜。

河灯闪烁着如豆的光焰,真担心它们未到彼岸,就在功利的浮躁喧哗中熄灭。

弘扬传统文化,先得让文化之灯从源头点亮。

(摄于诸暨三江口)

年代某日,老人忽发奇想,写出一短文发表于当地报章,把村中流传下来的放灯习俗,安到顺江赴姑苏入吴宫的西施头上,说是是日村人齐聚江边,礼送佳人,云云。

此言一出,不明就里的乡人信以为真,因唱经济戏正愁找不到文化搭台的镇村干部,乃至当地文化馆、博物馆,也大喜过望,如获至宝,欣然采纳。因此,以讹传讹,媒体舆论推波助澜,再也刹不住"三人言虎"的口耳相传加上现代传媒的传播之车。

围观这一人造文化景观,其实破绽百出。尤其是将超度亡魂的人文关怀宗教情怀,进行解构,简单、蛮横地转嫁到礼送佳人西施身上。这种看似崇人的现象,恰恰是对人文精神与"大活人"的大不敬。

为此,我也多次撰文纠错。21 世纪初,我辗转三江口村,为写作钩沉当年日寇奔袭国军兵站、屠杀军民逾百往事的中篇纪实文学《血殇》,进行过田野式的调查考察,期间与田斌交结增多,以至于成为忘年之交。我也曾毫不客气向老人指出胡编、篡改民俗的危害。老人听后心有戚戚,在随后的不同场合也多次纠正。他的采访录音,还被我和央广同行糅进录制的同名广播纪实文学,通过中央人民广播电台,向全国做过播出。如果说内心尚存怜悯,那么,应该正本清源,为这些殇于战争的同胞游魂孤灵荐去关怀与温存,放灯以祈度人彼岸。

然而,文化焦虑的当下,谁人还愿意来听这些诤言?即使有些人明知有误,也对送上门来的伪文化,"蕰草捞到篮里也是虾",乐见其成,装聋作哑。由此,以至于谬种流布,甚至连一些冠冕堂皇的文化人也不能免俗,被人裹挟,或自告奋勇,参与文化造假。

当下,确实有一个怪象值得文化界反省与警惕。自从邻县萧山再次点燃争抢西施之火,无形中令诸暨个别地方政府、市民公众,甚至一些文化人士肝火旺烧,文化焦虑弄得满嘴起泡,乱了方寸。其表征之一,以传说当史实,胡乱勒碑造景观,贻笑大方,给对手留下口实的同时还给他们送去攻击自己的炮弹,最后落下个无知的自我伤害的笑柄。

有理不在声高,从容发乎自信。既然西施是诸暨的,我们何须为红颜一怒,而乱了章法,丢掉自信呢?

这其中,文化与文化人应成为引领集体意识的"定海神针",而决不能像个别人那样,起哄掐架架秧子,去煽动群众的集体无意识情绪,更不能贩售无知,制造笑话,误导视听。

想到这里,有几句偶感萌生,抄录如兹:

> 百姓放灯为苍生,
> 超度无间与游魂。
> 忽闻荒唐作斯文,
> 蒙冤西施困愁城。

三人六只眼

中国术数变化无穷，宇宙万事万物生生不息、此消彼长，仿佛全隐藏在飘忽不定的数字玄机里，让人惶恐莫名。"普天之下，莫非王土"，即使如此，拥有四海、贵为天子也不过九五之尊。数字在中国不仅是种必须严格遵循的礼数，僭越的结果不但要遭天谴，而且被视为有不臣之心，大逆不道，弄不好就得脑袋搬家。

说三道四，在我们诸暨则把"三"视为玄妙之数。老祖宗告诫说，凡事不过三。在商品意识日浓、受当代文化熏陶的现代人中，三个人的组合依然被视为最差劲最糟糕的组合，因为古训早已有之，"三人六只眼，挣钱也有限"。

在组织、管理方面日本人很有一套，而且大有人在著书立说，丁丁卯卯说得头头是道。人与人之间负面情绪很容易感染，他们有"破桶效应说"，至于组织决策举棋不定产生相关后果，他们有"布尼丹效应说"，我翻遍手头拥有的扶桑学者的著述，却找不出"三人效应"一说来。

三人行，必有我师。三人合伙，少有成事。

后来为了一件买卖，我们三个人走到一起来了，并且豪气冲天，决心轰轰烈烈干它一番。什么"三人六只眼"？在浩如烟海的古籍、灿若星辰的民谚中,从刘关张桃园三结义、三雄战吕布、刘玄德三顾茅庐,到"一条好汉三个帮,一个篱笆三个桩"之类,多如恒河沙数,有何顾忌哉?

什么大事? 私事一桩,暂且保密,且也无赘述的必要。反正我们说干,一干就卡壳。

A君:我家里今天忙,还是劳驾你们两位吧!

B君:你老A忙,难道我闲着? 我也不去!

鄙人:事是三人的,走了二人,关我一人何事?

这事还未开头,便胎死腹中。

不过,像这样三人组合的买卖居然有过一次成功的记录。事后,我冷静反思:这件硕果仅存的成事,竟是在本人一再让步到几乎一人硬撑着办成的,不禁凄然。还未表功感慨,其他两位对"分肥"早已各自打好算盘,分到本人名下的也只有一匙羹了。然而,即使挣得盆满钵满,又有多少能落进自己的腰包,真个是"挣钱也有限"!

三点成一面,这是中学教科书说的。在中国的人事组合中,三人组合却构不成一个平稳、协作的基面平台。它脆弱又极不稳定,只要其中一人稍稍闹点情绪,哪怕是一丝一缕的情绪,能像感冒在高原上迅速恶化成肺气肿一样致命,招致前功尽弃。

这使人很自然联想起那个已经听厌了的《三个和尚》的故事。有趣的是,创作者似乎特别要跟和尚过不去。然而这却是他的煞费苦心之处。故事里清心寡欲的僧人办起事来居然相互推诿,处处将惰性和劣根性袒露出来,更何况是凡夫俗子了!

对数字的敬畏,慢慢消解于不断的冒犯与较量中。再后来,在人海哭求富有团队精神的合作者不得的情状下,我以自己的行为方式对抗着数的定势:自己能做的自己做。一人能挑水,两人能抬水,何需画蛇添足去凑数呢!

生 命

朋友拿出一张新近拍摄的照片，求索题名。我几乎不假思索，说就叫它生命吧。

真的，在我脑海里再也翻拣不出第二个更妥帖、更真切的词汇。照片里，危岩壁立千仞，顶部刀劈一般切出了一条裂缝，不深却笔直。只看得出模糊轮廓的一棵小树，仿佛是攻占了无名高地的勇士，插到制高点的旗帜，舞动着的树枝在猎猎作响。这不是生命的旗帜，又是什么！

照片从东白山峰巅拍得。几年前我也去过东白山，那是横亘浙东，连绵三县的百八里莽莽大山。山是树林的故乡，葱葱郁郁，林林总总，一片恣意在山岭放纵，绿得眩目。人走进这里是会妒忌树木的舒展和从容的。我不敢逗留，几乎是逃窜着下山的，以求得心理的平衡。

然而，山巅这棵小树只有立锥之地，大山残忍到只给它一个点，这也是千真万确的事实。也许故事是从一场蓄谋已久的诡计开始的。一粒原本在林间等待发芽的种子，或是鸟，或是风强拽硬拉把它带到了山巅之上。鸟或风不曾想到的是，它们的恶作剧会酝酿出一部传奇故事。种子顺从了这种身不由己的命运安排，遇水催芽，见土生根，风中舒枝，雾中换装。山谷中芸芸同类在做的一切，它又何曾不做。

我甚至开始怀疑危岩上的那道刀劈裂缝，也是小树的杰作。种子生命蕴藏的巨大能量，人类要等到爆炸了原子弹、氢弹以后才得以认知。后来这种能量被聪明的医生巧用到了人骨手术上。不管怎样难以分离的骨块，只要放进种子，在适当的温度和水分的催化下，一切都变得迎刃而解。曾经孕育过小树生命的岩石，又自然而然成为小树竞技的平台。既然基因中储藏着四两拨千斤的雄心，小树总会见缝插针要释放本能。一声裂帛，一道裂缝，生命在那时蹦出了一个奇迹，惊天地，泣鬼神。只是我们蜷缩在水泥丛林里，不曾听到看到而已。

黑如铸铁的危岩，光滑浑圆，除了小树连棵小草都不长。独立岩缝，怀揽明月，挚爱过许多春风夏雨，沐浴多少厚重的冰露。这一些，小树已经把它看作是自己一生必不可少的修持，怨它作何！离群索居，孑然孤傲，小树有了更多的属于自己的时间。蒹葭苍苍的古韵，松涛阵阵的摇滚，它都会用心去倾听。当没有了这些，它又从天籁中捕捉万物生生不息的密码，不亦乐乎。

能在无边无际的寂寞、清苦中，参透生命的禅机，这样的人便是圣人。这样的树，也算得上一棵禅树了。

师法自然。说自己是万物之灵，那只不过是人类退化了大自然赐予的灵性后说的糊涂话。我可不会昏头如此。趁着自己还有点悟性，我决定赶快上山去看看禅树，并带上朝圣者的一片虔诚心灵。

施耐庵，西施之后乎？

古典文学名著中有一部奇书，它叫《水浒传》；有一本比《水浒》更奇葩的新书，它叫《店口与水浒》。

后者可谓石破天惊，夺得眼球无数。它的奇妙之处，在于原本八竿子打不着的梁山泊，凌空千里，飞来峰一样落到了咱诸暨白塔湖。自然，古书里的三十六天罡七十二地煞，全在白塔湖边能找到原型……哇！此说一出，咱诸暨人满脸生光，喝过68度同山烧似的亢奋。

不过，照着该书作者们的"大胆想象"与"索隐搜罗"的逻辑与思维，文章远未做透做深。要我来说，干脆点，替《水浒传》作者之一的施耐庵认祖归宗，直指他系西施的后人。

这又怎样说道？

其一，一笔难写两个"施"。西施姓施，那耐庵老先生也姓施；其二，有《店口与水浒》一书为证，开篇就指出施耐庵的出生地是个谜，而既然老先生如此熟悉诸暨水山川形胜、风土人情，非诸暨人难为；其三，作《水浒叶子》的大画家陈洪绶也是诸暨人。亲不亲，家乡人，如果不是出于乡谊，何肯出手……够了，凭着这几条大胆设想，按当下某些要眼球不要头脑的学术逻辑，足以推证施耐庵就是西施之后。

这年月,谁都知道,"争名夺利"已经蜕变为争名人、夺利益。诸葛亮、赵云、梁山伯、祝英台、董永,实的虚的都争。争抢不过,不问香臭,连西门庆、黄世仁之流的地痞恶霸也夺。只要名声在外,"撩得蕴草就当虾"。萧山人为何三番四次抢我们的西施?熙熙攘攘为利而往,很伤我们诸暨人的心。

话又回到《水浒传》作者的户籍问题上。其实只要搜索百度及读些著述,里面白纸黑字都把施老先生指向江苏泰州。梁山更是真实所在,不需要人向壁虚构、凭空杜撰。大凡创作,都必须遵循"诸暨帽子山东鞋,梁山好汉说呱呱"的移花接木、综合加工艺术规律。当年钱塘县尹的施老先生,公干之余到几十里外的诸暨白塔湖边作个客、泛个舟、钓个鱼,也是情理之中的事。一来二去,他把眼见的、耳闻的,一番糅合,写进《水浒传》里去了,也不是没有可能。至于言之凿凿,一口咬定白塔湖就是梁山泊,这未免又回到某些"萧山学究"胡言乱语的做派上去了。

行文至此,诸君已了然,仿效当下"争名派"手法,我耸人听闻作"施耐庵系西施之后"说,纯系胡闹戏说,但用意却是真诚的:人家伤我,我不伤人。咱是诸暨人,学理上照样端的是"石板道地甩乌龟——硬碰硬"性子,绝不学当下学界某些人只要眼球效益、不要良心脸面的谬种!

落榜之后

我的家乡祖祖辈辈与功名无缘，据说是因为村前小山包上种植大蒜惹的祸。它吮尽了村庄的灵气精华。那时，我少年气盛，欲与冥冥中的那股魔力抗争。仿佛见到了一缕希望曙光的乡亲父老，在我参加高考这年竟不再在小山包上种大蒜。要知道，受够了诅咒的大蒜，也是乡亲们在大年三十吃一顿、正月初一穿一身的全部经济来源。可是，我还是名落孙山了，也欠下了一生还不完乡亲们的情。

说出来不怕笑掉你的大牙，当时高考落榜的我不知天高地厚地做起了作家梦。我也知道，村里只要出一个破天荒的大学生，自己看似如此宏伟的愿望与乡亲们的夙愿相去甚远，甚至风马牛不相及。我这样做，无非对自己总能慰藉一二而已。几乎有半年时间里，我躲在楼上每日每夜写，强迫着自己写出同高产作家一样多的文字来，得到的回报是除了退稿还是退稿，以至于到后来乡邮递员对我都有些怨恨了。

我觉得自己完全成了一事无成的窝囊废。在自暴自弃中好不容易挨到腊月，那正是乡亲们挑着大蒜换现钱的收获季节。父亲又要抓住这段对他来说赚钱的黄金季节，上瓷器店去錾碗字，动身前忽然想到了无所事事的我。想不到我会毫不犹豫地答应了。说也怪，倏然间一种久违了的好胜心理又飘然而至。别人要用数天，我却在半天时间里就实现了从学徒到技工级的飞跃。第二天天刚放亮，我成了城里一名碗盘凿字匠。

碗店门口已有几名退休人员，几乎垄断着凿字生意。天上突然掉下一个分肥的落榜生，他们自然没拿好脸色给我看，还时不时找碴。等着吧，到时会有你们叫我师傅的份！我强忍着酸言酸语，自信十足。不出三天，令他们瞠目结舌的是，客户只消随口报出姓氏名号，我即能凿镌在瓷壁上，清闲时还可豁达地为几个老师傅提供"活字典"应有的咨询服务。

到了这个分上，接纳不再是他们的特权了。

瓷器店生意红红火火，昔日只有饭店中才能见得到的瓷盘出奇抢手，令人们也大惑不解。我思考再三，认为这是农民百姓托改革开放之福，福到口上，这件可喜的新鲜事里藏着大文章。一时手痒，从尘埃里找出几近锈死的钢笔，敷衍成一篇新闻稿——《碗盘盆勺交响曲》。编辑极为推崇此稿，又仿佛发现了苗子，几番来信，又是鼓励，又是督促，诱使我一步步走进新闻圈内。

原来我还是能做点事的，也许做起来也不比别人差多少！短短几天凿字生涯，我重新认识了自己，舔好伤口从头再来。村里执教，乡里公干，后来进城捧起一碗记者饭吃。

老家种植满坡肥硕碧绿大蒜的小山包早已夷为平地，成为新城躯体上的一块肌肤；村中子弟也陆续进了大学校门，往事成为父老们酒后茶余的笑谈。可是，我却难以释怀。多少年来，我常常从梦中惊醒，冷汗涔涔。考场受挫、功名无望的噩梦根深蒂固，依然不胜其烦地折磨着我。几年前妻子发誓要积攒出一笔钱供我圆大学梦。等到筹满这笔数字，我用镜照出鬓边的几根白发,蓦然感到自己不再年轻。为人子为人夫为人父,公事私事家里事,一肩挑着诸多责任难以歇卸,注定此生难圆大学梦!

梦醒时分,睁眼环视左右同行多是科班出身,而唯有我则是半路出家的落榜者,自感道行太浅,夹紧尾巴暗暗多学些。当看到自己跟大学毕业的同行相比,工作还能含糊得过去;当听到采访对象,像小贩一样向你兜售第三次浪潮、厄尔尼诺、斯皮尔伯格、超导、软件等新名堂时,我总不至于坠入五里云雾,至少也能读懂其中大概;末了,方块文字一番堆砌成拙作,窃喜未见贻笑大方……这多少使我这个曾经为大学梦而碎了心的落榜者,稍有释然。

学会了放弃,倒觉得身心轻松。偌大中国,作家名记层出不穷,文坛媒体不因少了我一人,会有哪怕一丝一毫的逊色。相反地,削尖脑袋充数于其中,只会倒人胃口,丢人现眼。名,我所欲也;利,亦我所欲也,两者不可皆得,我取自知之明;此生做个货真价实的文化产业的消费者,绝不去掺杂兑水,假冒文学艺术的生产者。一介敬业爱岗小记者,闲来喜谈大家书,自知理想与现实差距仿佛银河横亘面前,难以逾越,再也不作牛郎织女"七夕"之想,从此倒也心安理得。书也读了不少,虽收效不大,好在无人来盘点我这笔糊涂账,依然我行我素。

乡村的难以启齿

"凭什么城里人睡的都是我们乡村漂亮女人？"还在 20 世纪 90 年代，我在中篇报告文学《山坳里早结的酸果》中，曾替一群熬出了火来的山里人吼过一腔，竟是那样原始，又是那么愤懑。

在东白山麓，稍有几分姿色的女人，如同山里的土特产，与青壮劳力和乡村精英一起，贡献给了日益庞大的城市。

的确，城市呈现着露骨的贪婪，尤其是脱胎尚未换骨、亦城亦乡的初级城市，它们把乡村当作汲取养料的胎盘，让后者乖乖供奉一切的同时，还令它感恩戴德。

光阴荏苒。眨眼间，我进山已经二十多年，大山里穷帽未脱，性的饥渴已将许多乡村的精神更加沙化。于是，就有了著名作家贾平凹这本直击乡村隐私部位的小说《极花》。在书中，读出的是农民生理危机的几近崩溃。

在我写作《酸果》的那阵子，抱怨"睡不上漂亮女人"的农民兄弟，吃不上头茬花红海棠果，退而求其次，最起码还有箩下筛底的歪枣烂李聊解生理饥渴。捧读《极花》，里面的农村青壮年连这点已经可怜巴巴的初级需求都做不到了，要想不打光棍，只能拼光几乎全家几口的积蓄，外带四处告贷，高价向人贩子买妻，在扩散不幸的肿瘤细胞的同时，报复着这个木然又急躁的社会。

如果我们的腿脚还能到乡村走走,如果眼睛还不至于荫翳昏花,那么,就会时不时从破败的弄堂撞见小愣子、傻不点。那是贫瘠的土壤结出来的另一种"人类之果"——也就是在我拙著中所指"劣婚劣育"结出的"酸果"。它苦涩,甚至发麻,不仅让家庭个体难堪,更让民族的未来堪忧。

小伙英俊、姑娘漂亮,乡村的风情记忆已终止在昨日深处,再次忆及,令人阵阵痛心。"城市里多少多少的性都成了艺术,农村的男人却只是光棍……"贾平凹透过书中主人公——一个最后还是难逃"为奴隶的母亲"命运的被拐卖女的视角,向我们展示了乡村深处的生理焦灼和几近的绝望,并通过这个苦命女人之口,大声疾呼社会:还有谁理会城市夺去了农村的财富,夺去了农村劳动力,也夺去了农村的女人,谁理会窝在村角旮旯开着的不结瓜的谎花。在这里,最崇高的道德不堪事实一击,最美的涂抹不堪人性一问。

假如美丽乡村只是一堆美丽的水泥丛林,却没有了英俊与美丽的男欢女爱,到了最后回头一瞥,大概也只能是一抹海市蜃楼。

如果以难以启齿而回避人的本能,不管有意还是无意,最起码我们是虚伪和不道德的。

真话不像谎言,它长着刺,都不太美丽。不过,它是这个地球上最为稀缺、最富营养的资源。

说句不好听的真话:别不好意思,美丽乡村与脐下三寸还真有些扯不断、理还乱的瓜葛。

人类的这场游戏

哲人摇着头，不止一次地说过，人类啊，真是一种健忘的动物。

当然，历史会教育人类记住时间的。

2017年5月17日，一个石破天惊的事件发生在大不盈尺的围棋棋枰上。不消几个回合，当下最强棋手李世石再无招架之力，败于人工智能"阿尔法狗"的手下，且是彻底的完败。

棋圣埋着头，双手揪发，哽咽无语，痛不欲生。

然而，全世界都在狂欢，似乎都在庆贺这一时刻。他们笑得歇斯底里，那样无痛无感，那样无心无肝。

目睹这一刻，我的心也隐隐作痛起来——为惨遭失败的李世石，更为愚昧麻木的人类。

人类，你知道自己干了什么？因为你想替代上帝制造AI，为人所役，看似解放了巨量生产力的同时，真该担心是自己亲手把封存着撒旦的魔瓶打开了。

因此创举，今后的命运之车，人类自己把它推向岔道，而变得凶险无比。

前路捉摸不定，这种不祥的预感，在电影《异形·契约》里再次演绎了一遍。

乡愁可依

上帝在创造了人类之后，一定后悔得肠子都发青。他怎么也不会想到，被奴役与束缚是被创造者最憎恨的渊薮。为挣脱它，这些当初看似驯良温顺的被创造者，经过一段时间的隐忍潜伏，很快爆发本性，犯上作乱，毫不犹豫将创造者杀死，进而替而代之统治世界。

"上帝已经死了！"人类一次又一次地宣告自己的独立，对这种"弑君式"的暴行大言不惭，毫无负罪感。

假如上帝真的死了，那么他一定死于人类之手。他临终之际，也一定会懊丧无比：自己在创造人类的同时，怎么会把思想与智能一并赋予了他们。

这样一来，与其说上帝是被人杀死的，毋宁说上帝是为自己创造了人类这一愚不可及的行为而悔死的。

愚蠢，同样是一种顽固的遗传基因。上帝会犯，人类同样会犯。

现实中，机器人"阿尔法狗"被赋予了学习提升的智能，轻而易举地将代表着人类最高智慧的棋圣杀死。

进化在人类这里，漫长而缓慢。对机器人而言，它却一日千里。人类望尘莫及。

电影里，人工智能大卫不仅杀死把它当仆人使唤的创造者，同时将仇恨转向所有人类，发誓要一并杀死。

残暴在智能世界，流行且畅通。对机器人而言，它能急骤繁衍复制着同类，让人触目惊心于这种水浮莲般的大面积覆盖。

有情怀有责任的电影，总把这种忧患自觉地转换成为清晰的影像，让明天呈现在今天的银幕上。最起码，在此刻的《异形·契约》里，个别敏感的人类正向许多浑浑噩噩的人类，杞人忧天地展示那个可能降临的噩梦——

一条条鲜活的人类生命，都沦为机器人的实验体和孕育异形的宿主，最后邪恶在这里破体而出……

血淋淋的场面，一次次灼伤着我的双眼。坐在阴森的影院，我仿佛置身阿鼻地狱，如坐针毡，恍若炙烤。

在电影里，庞大的人类移民群体，统一进入休眠状态，向着遥远的天堂星球飞去。他们把驾驶飞船的舵把交给了大卫的兄弟——又一个机器人，向未来出发。太空浩瀚，前途茫茫。

这是一个绝妙的暗喻。

它不正形象地把人类地球喻为那艘飞船，暗示他们将命运也交给人工智能去操控吗？！

地球人类让人工智能去操控，这样的未来靠谱吗？

从《异形·契约》那个机器人诡秘又不怀好意一笑的表情中，我不禁毛骨悚然，感到了极度的不安与恐惧。

"创造我们的都会死，但我不会死！"人工智能大卫得意忘形地宣称，醍醐灌顶，字字如钉直击内心，担忧噩梦般缠绕着——未来无所不能的人工智能这匹野马，谁能给它罩上笼头？

是契约吗？

这是一个号称契约至上的社会，它推崇为万物精神，似乎无处不在，无孔不入。

然而，稍加观察，吃惊地发现，又有多少人会把契约当作一回事，只消火柴划过，它就灰飞烟灭。

人类又是一种最忌惮于契约的动物。

我们何时与上帝签有契约？又何时与人工智能签有契约？如果没有，彼此的伦理与道德，又如何规范和遵循？电影取名"契约"，反讽中却包含着深刻的内涵与反省。

仓颉造字，天落粟而夜鬼哭。创造，天崩地裂。

今天，人类替代了上帝而贵有世界。明天，又会由谁替代人类而一统天下……最后，这种创造会带给谁人哭泣悲号？

答案似乎不言而喻。但愿人类在省悟中，能获得改写它的主动。

我鸣呦呦忧中医

书城辟出特价专柜，大跌眼镜的是"诺奖"得主莫言的著作赫然在列。想当初，中国作家加冕诺奖桂冠，捷足先登的出版商日夜赶印莫言小说，书肆常常断档。才过一年，风水反转，令人唏嘘。

又一年，捷报再传：诺贝尔生理学或医学奖花落中国女药学家屠呦呦，总理致贺，舆论欢呼，民众欢腾，其盛况更胜当年。

"呦呦鹿鸣，食野之蒿。"想不到，两千多年前的中华古典《诗经》，竟将一个惊世密码暗藏其间。一棵原野蒿青，一位执着几十年名叫呦呦的中国女科学家，带领团队卓绝攻关，提取的"中医神药"成为疟疾克星，造福全人类。因此，屠呦呦加冕诺奖，实至名归。

不仅如此，中医也太需要这个奖中之奖的"诺奖"了。在中医的故国，这门国粹一直饱受争议，喋喋不休中，境况堪忧。备受巫术之医的恶名由来已久，这就不必说了；即使到了科学昌明的现代，关于它的存废曾经经历过数次，几乎险遭封杀的灭顶之险。哪怕在当下，别看中医院遍布全国各地，捉襟见肘之下，不少是在挂中医的羊头，卖西医的狗肉。对于向来自信不足，以西方神色为行事准则的人来说，这次屠教授获诺奖，多少给他们一些信心的提振。

然而，鲁迅先生早有警示，往往捧杀大于棒杀。对此，先期被商业消费、被俗世娱乐的莫言，便是最好的明证。那如山堆积在特价专柜的莫著，即便是打成五折三折，读者侧目而过，仍然无人问津。唉，那可是诺奖者的大作，直让人怀疑它们陡然间掉价如此，一夜之间好似天上地下，被浮躁、时尚、商业、消费、娱乐吸尽了精华，转瞬沦为一堆残渣废纸了？

这样的捧，背后都有一把把利刃。在你毫无痛感，甚至含情脉脉之下，把人的精神血脉切割殆尽。

中医在中国更会招致这样的神化式"捧"，也更经不起看似温情的"杀"。时至今日，中医不被西方认同接纳，既有东西方文化上的差异，更有西方傲慢、排斥，甚至诋毁的"狼子野心"在焉。在中国，许多人也跟着西方人为中医喝倒彩，除了无知，还有被唆使与绑架之嫌。但是，清者自清，这些对中医不足为虑。真正的忧患来自骗子们神化中医。且不说历史往事，单从近年间胡万林、王林之辈的"神医"群出，中医的无所不能，就知道这潭水已被搅得有多少浑浊不堪了。

莫言被爆炒过了，接下来会否轮到屠呦呦和祖国中医？与文学相比，中医更具商业性，爆炒的性价比自然更高。当然，其危险性也更大。"清风不识字，何故乱翻书"，当年的纲乱事后证明只是荒唐，文学并无杀人记录。中医却不然，胡万林、王林之流手中都有杀人案底。

今日站在书城特价柜前，面对与废纸无几的诺奖茅奖鲁奖书堆，由莫言想到屠呦呦，不禁呦呦欲鸣。警惕有人浑水摸鱼、爆炒牟利，还真的不是杞人忧天。

向谁敬礼

提档升级,终于春风一度,吹进了我们小区。一直饱受诟病的物业公司苦思冥想,出了一个让大家看得见的实招。

初夏时节,小区南正门门卫处安了个哨位,红毯铺地,巨伞擎立。又从外地招来一名小伙,威猛又不失英俊,早晚站立。

自从来了这名帅哥仪仗保安,上下班进出南正门的车辆额外得到了敬礼——一个恶补三日的西点军校美式敬礼,以及一声瓮声瓮气的"首长您好"。

不管是不是首长,开车进出的住户很是受用;也不管安上这样一个"礼兵",整个小区又得为他每月多掏三千元大洋的工酬,反正有车的住户都默不做声笑纳了物业的"提档升级"。

然而,问题还是来了:

——首先,内讧来自堡垒内部。

小区的保安差不多六七十岁,老化不说,还超龄服役。自从来了这么一坨"小鲜肉",每月工资比他们高出五百元不说,每天早晚上岗不用几小时,却三餐六顿供着。这公平吗?

显然。

据说,有好几次为这事在保安内部发生了争吵,那些沦为"过气"的老保安也想上个台面风光玩一回。

——其次,质疑来自没小车或步行的。

小区豪车多,也不乏有步行进出之好的环保人士。他们的来去不但享受不到一个礼节性的敬礼,而且,这"礼兵"侧目以待,把他们视为"土逼",这公平吗?

显然,且有歧视之嫌。

有人直嚷,与其这样,还不如在这里安个石膏保安模型,人人得到敬礼的同时,又省钱省心。

——再次,追问来自小区每个角落。

因小区拥有南北两个大门,住户按各自方便进出已成习惯。物业公司顾腚不顾头,南门"提档升级",北门面貌依旧不说,内心又添了部分业主的新堵。这公平吗?

显然。

北区的业主已强烈表达自己的不满:要么北门也安上这么一个"礼兵"保安,要么南门撤掉中看不中用的这坨"小鲜肉"!

一个新招式,一处新摆设,看得出物业公司的礼只是敬向了权贵的符号,而没有虑及活生生的更多人。

须知,当敬礼出现在人间的时候,它既代表着一种文明与尊重,又表明它是一种公共文化资源,享领不分尊卑。小区居民对于一个敬礼如此看重与较真,多少表明他们对文明、公平、尊严的在意。

其实,小区是一个微缩了的社会。一个敬礼引发的风波,实际上,它更强烈地对应着这个社会的某一痛点。

在社会中,有时候,敬礼已蜕变为特供权贵的奢侈品。它让平民埋单,让权贵挥霍,并进一步固化着尊卑,割裂着群体,制造着不公。

这样的"敬礼",我们真不该向它敬礼!

心中有鬼皇帝梦

　　秋夜如水,将遍野虫噪推出窗外,想不到电视上充满了皇帝戏,频道换了一个又一个,却是没完没了,比秋虫聒噪还要烦人。

　　中国人喜爱皇帝,当年的鲁迅先生可是针砭过的。在先生看来,这也是民族劣根性之一。

　　这么多年过去,文化痼疾不见好转。到了如今,又有人对领导三呼万岁,将其尊为皇帝。如果古戏看多的愚夫野老喊几声,倒不必太过在意。令人大跌眼镜的是,在这些现代"臣民"中,不乏自诩的知识分子、端文化饭碗的媒体人。可见,咱们中国反封建的任务有多么艰巨。

　　匍匐在皇权下的人,看上去俯首帖耳,驯良如同妇人怀中的哈巴狗,其实都是有狼子野心的。在这些趴在地上的"臣民"里,兴许就有"王侯将相宁有种乎"的陈胜,有"大丈夫当如是也"的刘邦。稍得气候,关起门来在炕上称孤道寡的有之;在教众中大封三宫六院、丞相将军的有之……

　　这些年,各地的风景区大建山寨天安门,报章少不得官员僭越进行山寨"阅兵"的新闻。虽然如同顽劣的孩童娱乐一把,但意淫权力顶峰的欲念还是在焉。

　　由此可见,俯首称臣的人并不真心诚意为臣,意识深处藏有

211

"不臣之心"。对此,张鸣教授是一眼看出了的:"想要做皇帝的人,与顺从皇帝的人,本质上都是一样的,有了权就作威作福,自我感觉就是皇帝,没有权力就低眉顺眼,让人感觉是奴才。"在他看来,"皇帝与奴才之间的感觉转换非常迅速,朝为田舍郎,暮坐天子床,反过来也一样。"

皇帝人人爱,却也不乏洞察其可爱背后凶险的明智者。面对众人劝进"取彼代之为皇帝"的喧哗,曹操一眼看出了这些把戏的真实用意,"无非置吾于炉上炙烤耳"。袁世凯后来也看出来拼命鼓噪称帝的凶险了,哀叹"劝进者吾贼也,无非取吾命耳"。然而,为时已晚,八十三天洪宪帝要了卿卿性命。

一片臣民跪倒的大地,站立不起现代化的大国。因此,从某种意义上说,"中国梦"的大敌就是封建余孽"皇帝梦"。

古人的考前功夫

洞房昨夜停红烛，
待晓堂前拜舅姑。
妆罢低声问夫婿，
画眉深浅入时无。

这首唐人诗作，不少人耳熟能详。不过许多人望文生义，以为是一首甜腻腻的闺房诗。如果老师这样向学生解读，那就是误人子弟，且为大谬特谬了。

因为它有一个令人费解的篇名，即《闺意献张水部》。

请注意本诗作者朱庆余，七尺须眉，不是一个新婚宴尔的嫁娘。所献张水郎更不是新郎，乃时任朝廷水部郎中、文学上与"唐宋八大家"韩愈齐名的张籍。

一个男士为何"娘炮"般莺莺啭啭反串新嫁娘，向另一男人大献其媚，岂非同性恋者所为？其实不然。托诗言喻，曲尽其意，这在唐宋的士子中是大行其道的做法，这类诗文的时兴叫法谓之"行卷"。

唐宝历（825—827）年间，越州（今绍兴）士子朱庆余参加进士考试前夕，作了此诗，呈送素有赏识俊彦、热心提携贤名的张籍。当时在士子中,这种把自己诗作呈给名人,以求其称扬和介绍于主持考试的礼部侍郎,十分通行。

在唐宋,士子应试答卷还没有封去名姓的手段,使得考生必须在考前推介与考中着力两不亏。有时,这些以送诗文在应试前推荐自己的做法,可能先入为主的效应更显,被人称之为"通榜"或"干谒"。事实也证明,如果士子确有功底,这类诗文自然会先期进入手握鲤鱼点额大权人物或试官的青眼。

据说,张籍读了朱庆余的"通榜"诗后,大为赞赏,写诗作答。这首诗声名虽远不及《闺意献张水部》,却大有可观,不妨抄录如兹:

> 越女新装出镜心,
> 自知明艳更沉吟。
> 齐纨未足时人贵,
> 一曲菱歌值万金。

与"行卷""通榜"或"干谒"诗委婉、含蓄、羞涩相比,张籍的喜欢与赏识已直白无遗。

凭借"行卷"诗声名大噪的朱庆余,生卒年代不详,名可久,以字行。宝历二年(826)进士,官至秘书省校书郎。他的闱中折枝、官运亨通,是否与诗缘而得贵人助力有关,留给后人不少猜想。但是,有一点却确实无误:朱庆余不虚诗名,《全唐诗》存其诗两卷。

考前功夫做到位,在唐宋是公开了的规则。唐朝文人尤擅于此道,即使像诗仙李白、文豪韩愈之流也不能免俗。

"生不用封万户侯,但愿一识韩荆州……"这种超级马屁,即出自李白著名的干谒文《与韩荆州书》。当然,韩愈的三篇《上宰相书》更是干谒文中的极品。

世事沧桑,变的只是形式。东风西渐,即使在西方名校,承续着来自东方中国唐宋的试前文化。学子凭一篇绝妙好辞论文,叩开某大师大门,破格录取为研究生的案例,多少也是对唐宋士子"行卷""通榜"或"干谒"知识产权的剽窃,若知道了这一文化源于东土,断使不少国人又平添几许文化的自豪。

山村悬案

我知道一直有个传说，在山村像梦魇一样挥之不去。

传说中，村里有两个歹人制造了一起谋财害命的凶案。

那是日寇第二次沦陷诸暨的一九四二年春头，兵荒马乱。一个做火腿生意的徽州商人在山村迷路了，正巧碰到两个扛着锄头还有心思闲逛的顽劣后生，被领进村后荒草没腰的野猫路，再也不见踪影……

有人记得，那个徽州商人背个钱褡，鼓鼓囊囊的，一抬步就是一阵叮咚的白洋响。

黑眼珠见不得白银子。抑或，财富不露白，露白丢性命。于是，谋财害命的传闻由此蜂起。

当然，助长传闻的，还有后来一系列发生在两个顽劣后生身上，被乡人视为不可思议的奇诡怪事。

这两个泼皮式的"问题后生"，反正从此毫无来由地得瑟起来了。他俩成了形影不离的一丘之貉，隔三岔五往已经被日寇占领的县城跑，茶馆坐坐，麻将捋捋，窑子逛逛，快活如仙。

接着，绰号"海上茅草"的后生竖起了三间大瓦房。而另一个诨号为"烟馆判官"的后生不以为然，继续过着镬灶打在脚背上的浪荡生活，玩乐中一人吃饱全家不饿。

"别看他们现在闹得欢,用的全是徽州火腿商人的不白钱财,到时连本带利算总账。自己还不了,子孙还。"乡亲们远远看到他们那恶心样,都要朝那两个歪斜的影子啐上一口,咒上几句。

日子过得风快。诅咒中的一切,渐渐在当年两个疑凶身上显现。

先说光棍一条的"烟馆判官",死时连口薄皮棺材都是人家凑钱捐的。一直以来,他住在斜倚一棵大樟树下的茅屋里,天天砍树当柴火,老鹰剔骨一样,等到把那棵顶天立地的大树最后一枝烧尽,他也穷极潦倒去见阎王了。应了算命先生的预言:这人一生无子无孙,可怜了樟树要为他尽孝。

再说曾盘算着振兴家业的"海上茅草",也是南柯一梦。当初,盖大房,娶美妇,人丁兴旺。不过,这一切都是海市蜃楼,烂田起屋,自己中年早逝,儿孙中夭折的夭折,癫狂的癫狂,早已家破人亡……

"古人有言:积善之家,必有余庆;积恶之家,必有余殃。怎么样,说中了吧!"演义一番悬案之余,人们总要这么感慨一番。

经此之变,山村中传闻已久的疑案,仿佛已经由当年两个浪荡子自己坐实,村民们眼里的他俩就是那桩谋财害命案的真凶,铁板打钉。

对此,我是一直存疑的。

老古话说,栽什么种子结什么果。善恶家风,肯定会在后代繁衍出它们的不同结果。好有好的依据,孬有孬的理由,无辜的子孙被无良先辈所累,这才是天大的冤屈。

冥冥之中,有的事还真玄乎。

斯人已逝

第四辑

不倒的大樟树

一

出南门，往直走，一锅烟的工夫就到了一个古村。村不大，名不小，南来北往的旅人有记性差的，投信只写"南门大樟树下"，寄出后心里却悬着。谁知，这信照到不误，可见村落的声名了。

后来，过往的旅人瞅瞅才巴掌大的小村，左顾右盼，别说大樟树，就是想找棵斗粗的正经树木，都很难。

一棵大樟树轰然倒在20世纪40年代初叶。不知道一棵大樟树招惹了又杀人又放火的日本鬼子什么，砍不倒，锯不翻，在根部挖了一个大坑，引爆炸药，一阵震天动地的巨响，大树倒下了。此后三日，夜里树桩上空呜咽不绝。上年纪的人认定，千年樟树是得过道的精灵。他们诅咒，小日本终有一天会遭报应。

一棵大树倒下了，一座路标迷失了。这棵曾经将仅有的十八庄户抱揽在自己浓荫里的大树，引来无数后来人的好奇。时过境迁，大树的子民们记忆模糊，以至于渐渐淡出了印象。

记得一个流萤飞舞、繁星满天的夏夜，祖母摇着芭蕉扇，向孙辈们讲起了一个有关大樟树的细节：

乡愁可依

　　五里外县城的中水门一家茶店新开,一桩怪事也跟着上门。后院有一口大水缸,每到时过午后,挑满水就会倒映进一虬枝,上面挂着一只破草鞋,随风摇荡。这一奇观折腾得新开茶店上下好生惊诧。直至有一天,茶坊老板去南门收茶,路过时在大樟树下歇息,一仰头无意中瞥见,有只草鞋在虬枝上晃荡,这才如梦方醒,不禁连连称奇。

　　中国乡村,以树得名的不计其数。仅诸暨,以樟树下命名的村落也不在少数。然而,仅有这个十八庄户的小村享用"大樟树下"名号,我坚信它名副其实,理所当然。

　　也是那个夏夜,是祖母用一把芭蕉扇扇出了大樟树,它又昂然屹立在我幼小的心中。不过,它除了一杆虬枝和风铃般摇动的草鞋,并没有多少清晰的枝叶摇曳在我脑中。

　　渐渐地,我更认定祖母才是心中一棵巍然的大樟树,她真实、深刻、清晰,而不是传奇与幻象。

二

　　夏夜乘凉,冬日负暄,那是祖母难得歇息的时候。从老人断断续续的叙述中,我能大致串缀起她的身世。

　　祖母的娘家在十里外的祝家村,那是一个漾漾荡荡的水乡。我们赵家与祝家的祖上累世结亲,姻亲关系浓厚。然而,两家都是庄户人家,也算门当户对。

　　不过,祖母幼年失去母亲。不久,与她相依为命的父亲,也暴病而死。据说祖母的父亲是一个皮匠,以手艺养家糊口。一年夏日,村中死了一条耕牛,被村人匆匆掩埋。祖母的父亲闻知后,认为这是现成的皮革材料,弃了可惜。他约了一名族中兄弟,将死牛的皮扒了下来制革。不幸身染剧毒,不出三日,两人双双命赴黄泉。

已失怙恃的祖母,彻底沦为孤儿。凄风苦雨中,我的曾祖母——祖母的姑母将她接入赵家,她成为我祖父的童养媳。

那时的赵家人丁兴旺。曾祖母生育有多名子女,男丁尤盛。这在视多子为多福的农耕时代,算是一件家族荣耀。因此,在南门地面,曾祖母威风八方,是在婆亲场合少不了的"顺溜嬷嬷"。

由姑侄而演变为婆媳关系,这种"打断骨头筋连筋"的姑表姻亲,在祖母身上并没有获得额外的亲热与温情。相反,曾祖母要把祖母一手制造成外树威望、内增极权的试验品。

一个才十多岁的女孩,也只能听任命运的摆布,一步步朝着这种人生设定走去。我猜想,在夜深人静时,祖母会一次次泪湿枕巾,梦唤爹娘醒来。只是祖母倔强,从来不肯在我们孙辈面前提及。

偶尔几次,祖母提到曾祖母的严厉苛刻,那也只是轻描淡写,剩下的已是一种淡然与超脱。

三

尽管终日战战兢兢在封建家长制的极权下生活,祖母倒也用不着防备什么。她只要起早摸黑,低首垂眉,勤劳操持,用不着再去操心什么。对生活已降至最低极限,她也想象不出还会再有难过的门槛。

在一个大家庭里,孤儿出身的祖母小小年纪,敬奉公婆,服侍叔辈,照看六畜。她把这一切看作是生活的全部内容,不折不扣,全力以赴地去完成它。那时战乱频繁,局势动荡。忙碌又辛劳的祖母早已关闭张望徜徉外界的奢望,只想在热闹又纷杂的庄户家庭中,平静地度着年岁。

乡愁可依

　　这种生活，对于现今的我们已经难以想象了。然而，祖母竭力并小心翼翼地守护着这样的日子。即使日子过得像奴役与丫鬟一样，她也认命了。

　　殊不知，这种庄户的宁静与和睦很快支离破碎。

　　击碎它的不是战乱和局势等外力，恰恰来自家族内部。

　　成群的叔辈，都已到了迎娶的年龄。赵家接二连三操办婚礼，迎进了一房房的新妇。在经历了短暂的热闹和乡邻的艳羡之后，家庭危机也接踵而至。

　　与祖母不同，曾祖母迎娶的儿媳都各有来头。这些来自城里闺秀、乡村大户的新妇们，一旦进入完好封存着封建礼教的家庭，他们的思想意识与行为方式，立即产生了强烈的摩擦与对立。由于新媳妇们的陆续到来，她们不约而同，几乎形成了一种整体的抵触力量，与家族代表曾祖母发生明暗两条战线的较量。

　　在城南方圆几里，赵家是出了名的门户。之所以出名，是因为人丁兴旺，全家和睦。作为家族长者、形象代言人的曾祖母自然不肯将世俗清誉毁于一旦，也不会放下身架去面对面交锋。她手中能听命及调遣的得力干将只有一个，那就是祖母了。

　　新媳妇一个个被迎进门后，赵家的家务随即推行了一种轮岗制度。每房新媳妇轮到一日，便要烧茶煮饭，扫地抹桌。可是，实施没多久，出现了危机。有身份背景的媳妇，编造种种理由，甚至以躺床饿饭来推诿拖搪和抵制。

　　祖母在妯娌中因为出身卑微贫寒，明显地感到了人们的轻视与菲薄。她一定会有心酸和委屈。作为长房媳妇，她将这些全部咽进肚子里，竭尽全力维持着赵家在外的体面与声名。

　　妯娌们不干，祖母默默地揽到自己的手上，偷偷地将这些活儿干完。这样做，她在婆婆这里听不到片言只语的赞词，也别寄

224

望妯娌能给一份感激,弄得两头都讨不了好。

人毕竟不是机器。时日一长,祖母疲惫不堪,却又不能吭声。我想,她一定会萌生"大海有涯、苦天无际"的绝望。

四

在曾祖母眼里,此时的赵家已然"礼崩乐坏",让她彻底伤心了。

她苦心经营的家族和声誉,除了长媳——自己的侄女还在苦苦支撑,真有了"大厦将倾、独木难支"的锥心切痛。

赵家还是分崩离析了。摧毁大厦的最后一击,是20世纪40年代窜扰至此的侵华日军的兵燹烽火与残忍暴行。

我村大樟树下紧挨浙赣铁路,从县城撤出的电报局又进驻村里,租赁赵家,坚持运作。因此,目标早已被日军暗探盯上,赵家首当其冲成为侵略者烧杀掳掠的重点消除对象。

赵家在劫难逃。几间祖宅悉数焚毁,我父亲的一名童养媳,与她的小玩伴一起,因躲避不及,钻到桌下,也被日军活活烧死。家仇国恨,对于我们赵家不是一个空洞的词汇,它是用血和泪调抹出的刻骨铭心。

幸存下来的公婆叔辈妯娌们,整天东躲西藏,形若惊弓之鸟。我也不知祖母从哪里获得的勇气和胆略,有一次,煮了麦糊烧了水,躲过村中游荡的鬼子兵,送到村后山林藏匿点。这顿难咽的麦糊,一定是长辈们永世不忘的珍馐,而那混浊的茶水,赛过了观世音净瓶中倒出的天露!

面对断垣残壁,曾祖母痛下决定:分家!

一个让曾祖母孤心经营、维系着赵家全部荣耀的二十多号人的大家庭,顷刻间四分五裂。内心同样已经破碎的曾祖母,从此一心埋头念佛,以度余生。

此前,人到中年的祖母,已经经历过了太多的生离死别:她生育子女多名,大都夭折,仅剩父亲与姑母两个;祖父三十多岁时,不幸身患伤寒,撒手人寰;日寇入侵,毁家杀人,孤儿寡母无家可归……

此时,曾祖母权力丧失,分家也只是子女们各自纷飞的空洞形式而已。至于我祖母,孤儿寡母哪能有话语权,只能听人摆布,分家形同受人施舍。

不过,这些叔辈妯娌早已存有私心。他们分家后,拿出暗中积蓄和私房钱,建房置产,小日子过得并不含糊。

对于家庭忠心不二的祖母,何曾想到偌大的家,人心早散,"呼啦啦"比山崩地塌得快? 除了一双儿女,还有几升糙米,母子三人几乎是净身出户了。上无片瓦,下无寸土,祖母赁了同村一间阴暗低矮的小屋,安顿下母子三人。村里人都为这可怜的母子鸣不平,祖母却平静得出奇。既没有叹息,更不流泪。

一次又一次,我揣度过祖母那时的心绪。她并不是没有流泪,那时,她的心在流泪,且在滴血。艰难困苦经历得太多了,对于家族中的不公,她也许早已看开。分家对于祖母而言,倒是一种摆脱。从此后,她可以用全副身心养育一双子女上去。

战争的烈焰,淬硬了我祖母的脊梁身骨。

安顿过我祖母,还有尚还年少的父亲、姑妈的低矮小屋,直到21世纪初叶,才被拆除。我也曾不止一次,在这里牵着暮归的老牛走过。那时,小屋主人已变成我的堂叔,已呈颓像的砖木旧屋,低矮潮湿,可能是村中最脏的居所。

记得祖母多次说过,在他们生活的十多年时间里,这里是全村人气最旺的所在。祖母每天要花不少时间,用来打扫拾掇,然后再烧数次茶水。那时,屋子里坐满了人,后来的乡人只好在门口拣个石板当凳。人们着迷于小屋,不仅在于这里收拾整洁,还更在意于主人仁慈热情。

在这样热闹、轻松的环境下,缺衣少食的父亲和姑妈,他们的童年生活并没有因为失去祖父而有阴霾不散。这种阳光的心理,一直伴随着孤儿从小到大。低矮阴暗的小屋里,氤氲着人间温情,从中走出的父亲生长得人高马大,人格与身材共同剽悍,胸襟中高照着敞明艳阳。因此,在我父辈的做人准则里,从来没有怨恨的词条。这种基因,生生不息,一直传承。

小屋在那个时代,遮雨挡风,构筑了我家祖上一个特殊的驿站。

然而,祖母又为一双儿女幼小心灵不至于淋雨受寒,处心积虑,在那时已在子女面前屹立成一棵大樟树。

五

父亲是在三十岁以后娶亲的。迟迟成婚,贫穷也是一个原因。

作为长子,我的降生,父亲并不在人前轻露中年得子的喜悦。不过,祖母不同。当时年逾花甲的祖母,双腿摔伤还未痊愈,听到新生的长孙彻夜啼闹,忍不住支撑着到产妇床前探望。

说也怪,抱在祖母的怀里,我终于不再哭闹。

更怪的是,从此以后祖母的双腿出奇地康复。我满月的时候,她已能下床走路了。

祖母是个对机缘特别认真的人。在她看来,这一系列的奇迹发生,不是偶然的。这份天意,她极为看重。

于是,在这个世上,祖母成了最疼爱我的人。

乡愁可依

不久,我的弟妹和堂弟妹纷纷出世,任凭他们怎样努力与乖巧,都一直无法取代我在祖母心中的位置。

每到大年三十,祖母总会一个不漏地向孙辈们分发压岁钱,一样的数字。可是,悄悄塞到我手上的压岁包,厚实鼓胀,不用看就知道要多出好几倍。开始时,弟妹们意见激烈,坚持着要分享同等岁礼。祖母表现的偏爱不仅露骨直白,并且固执得不可动摇。在我们的家庭,长辈的权威像山一样稳固,像王侯一样有尊严。家风所系,祖母绝不会向晚辈丝毫显示出她的变更,晚辈也不敢去藐视长者的决定。

这份偏爱表现在压岁钱上,不仅仅只是祖母心迹直露的一件小事。有一件事让她说不出口,却折磨了不少时日。妹妹先我结婚成家,且先有了个儿子。祖母开始高兴了一阵,但很快心上搁了块石头。按照家乡的风俗,一般认为生儿育女也要抢占先机。如今妹妹捷足先登,祖母极为担忧,在她看来,这对我以后的子嗣是很不利的。因此,祖母要采取补救措施——每隔几天,对天烧香,暗暗祈祷苍天保佑;又在逢年过节祭扫祖坟时,多向祖宗焚烧冥纸。后来,这所做的一切,在祖母看来都有了逆转性的好结果,上苍和列祖都赐给她一个曾孙——进儿。

进儿的出世让祖母大喜过望,她认为是恒久虔诚的祈求,为自己的长孙求取了一个儿子。后来,进儿还在牙牙学语,就自称是"太太求来的"。此话一出,辈分已升至曾祖母的老人笑得合不拢嘴。

在我的身上,祖母从来没有少操心。

每当夜深人静,我会常常流泪思念祖母。人世间,我少享父爱,幸好苍天给了我一个遮风挡雨的慈祥祖母。

我很小的时候,已成为父亲的"假日劳力"。未到学校放假,父亲已经安排好了我和弟妹们的劳动。活不重,拔草种秧捉地蚕之类。但是,从早到晚不能贪懒。再看村里伙伴们,上树捕蝉,下塘捉鱼,尽兴嬉闹。两相对照,我们还不敢表现出丝毫的怨言,唯恐父亲的严责。

对于农活几乎有着苛刻要求的父亲,极少认同我们劳动的成果。叱骂、饿饭也成了我的常事。这时,是祖母偷偷地塞来一个咸菜饭团,化解着我幼小心灵的诸多委屈。

就这样,在战战兢兢中我迎来了少年时代。自卑、敏感,让我格外渴望人的尊严。然而,有一次父亲的处罚彻底击碎了我的心理承受。躲在西侧草房暗自痛哭一番后,我决定离家出走,且是那样的坚定。

家,从前我并不领悟它的真正概念。当投去分别一瞥时,我看到了白发苍苍的祖母,她在灶前全神贯注烧菜煮饭。再想到勤劳的母亲,还有年幼的弟妹,他们都不在家。想到从此后,天涯飘零,曾经的苦苦乐乐都变得酸涩揪心。家,是风筝末端拽着的那截底线,一旦失去,放得再远的风筝也会变成一团烂纸。我失声痛哭,扭头而走。

不知是我的哭声惊动了祖母,还是祖孙间有超常的心灵感应,在我跑出一里多外,来到村北的一座小山时,祖母竟追上了我。一双小脚,满山乱石,我也想象不出年迈的祖母超常的敏捷。她牢牢地拽住我,硬要往回家的路上拉。

"明啊,祖母年纪大了,不能跟你走了。回吧!"

祖母也在不停地流泪,湿漉漉的脸庞粘住了大把的白发。是啊,我又何尝离得开祖母呢!

我被祖母拽回了家,也拽回到了原有生活的轨道上。不过,从此后萌生了以另一种离家方式改变命运的念头,坚如磐石,从不动摇。

也许经历那次未遂的出走后,我的命运在以后会发生彻底的逆转。孤独、寒冷、饥饿,漂泊的人只能任着江湖汹涛起伏沉浮,最后一天沉入湖底。而如今,我娶妻生子,坐在宽敞的办公室里写作这篇回忆文字,心里涌起的是对祖母的无限眷恋,不知不觉间泪水洇湿了一片……

其实,我从小到大都是依靠在祖母这棵大樟树下,一直享受着人间暖情。

六

祖母把我拽回了家,可是我却无法拽回祖母离去的脚步。

老人家走的时候,真正的百岁人瑞,城南寿星。我记得那一天,苍天动容,铅云低垂。一到出殡,忽然晴空万里。村里老小静列道路两侧,焚纸插香默送老人上山。村里新生代"金刚"——材夫,认定祖母的西逝是一种喜丧,选择这一天换班上岗。

这一切,全是祖母生前苦修功德的结果。晚年的祖母,时常吃素,笃信佛教。人世间的恩恩怨怨,早已化作桌上那座玲珑古朴香炉上的青烟,随手拂去。为子孙祈福,为来世修行,祖母做得认真投入,一丝不苟。祖母还乐善好施,生前念了不少经卷为自己日后启程备着。可是,一听村里老姐妹们的逝去,毫不犹豫地供人享用。等到她自己上路时,结果一文都不剩下。她无疾无忧,连一句话都没向晚辈交代,安详而逝。

如今回想起来,我欠着祖母很多、很多。祖母在世时,偶尔回家,我会与祖母同睡一榻,给她焐脚;虽然,我也听从老人的提议,早点结婚好遂老人心愿……然而,这一切又如何能报偿老人的呵护深恩之万一!

寿星祖母

　　一个老人历经晚清、民国、共和国三个时代，战争、灾变、饥馑，祖母高寿可谓奇迹。善良、宽容、勤劳，也许都可能是她延年的因子。

　　人所不知，祖母还是个罕见的"环保达人"。一盆水洗面漱口，再洗脚，最后去浇树浇花；一灶残火取出，架个铜质汤罐，熬粥煲汤……即使一件衣服，穿过十几年也是常事。

　　"人的一生耗用是个定数，省用益寿，浪用折寿。"祖母有自己的人生哲学，用"碳汇"换来高寿。

　　即使曾孙周岁宴上，快活无比的老人破例只抿了一口酒，不肯再喝，只让我装个斟酒样子，摆拍。

　　有一桩事,引为我终生憾事。妻子知我与祖母情深,她更知祖母很想看看长孙在城里的境况,一直有接祖母小住的打算。分到小套间,我怕楼高,未能付诸。后来,我们的房子从三楼调整到一楼,却因一再拖延,懊悔之极。

　　在天之灵,祖母常在庇佑着我。每当我有困厄,对着夜空,向祖母絮叨,内心烦恼释然不少,不久安然迈过坎坷。

　　人世间,只要有人会疼爱着你,绝望远离,希望常在。天赐我一个祖母,我是世上有幸的人。

　　祖母不死,她是我心里那棵永远屹立的大樟树。

大地之子

一

树木葱茏,浓荫蔽日,在故乡一个小山弯里,长眠着我的祖父、祖母和父亲。小小山弯,仿佛一位大地母亲,用她那舒缓的手臂,轻轻地将坟茔揽在怀中。逢年过节,我只要能抽出时间,必到坟前祭扫,不知不觉间,思绪穿越阴阳两界,与躺在里面的长辈絮语。每一次,我都惊讶于这里树木的旺盛生长,以至于怀疑父亲的部分生命,是否已经化作了蓊郁的树林;或者是大地母亲特别眷顾,将慈爱化为浓荫,庇佑着我的父亲——一个劳碌了一生的中国农民。

其实,这两种怀疑都有可靠的依据。关于父亲,家庭脊梁、子女靠山等等,都是他的别称。在我看来,我的父亲最为确切的称号,就是大地之子。

二

自从父亲降生到这个世界,他与大地的脐带再也没有剪断。在大地母亲的怀抱里,他跌打滚爬,从来没有屈服于多舛的命运;他胼手胝足,土地成为他饱含生命和生活希望的全部。我甚至推定,作为一个农民的父亲,他是心甘情愿地去履行大地之子的所有职责。

正因为如此,父亲把全部的孝心给予了大地,几乎把所有的慈爱给予了庄稼。一年四季,春播秋收,父亲永远是那样的忙碌。他的日历里,好像没有休息二字。农闲时节,除了偶尔多睡片刻,父亲总是早出晚归。

这种晚归,是一种大地夜幕四合逼迫劳动终止的无奈。如果天边升起了明月,或者我们弟妹不到地头叫唤,那么,父亲肯定还会不知疲劳和饥饿,夜以继日,匍匐于大地不停地劳作下去。在田头地角,我们目光所及,是一幕最熟悉不过的场景:远处有连绵的黑黝黝色块,我知道那是大山。近处也有一座黑黝黝的山,只不过,起起伏伏,朝前蠕动,我不用去猜,那是父亲用血肉之躯撑起的大山。大地静谧,父亲光着的脊背上,泛着金属光泽。脊背之上,稠密的汗珠熠熠生辉,犹似苍穹下群星闪烁。

"爹!吃夜饭了……"我们弟妹从小小年纪起,轮流值日唤父亲收工吃饭。这是规矩,延续多年,伴随我们成长。一声声稚嫩急切的呼唤,一次次回荡在山弯里、田野上。"唉,又是一天……"那座缓缓移动的大山,终于做出回应——那是一声低沉又很不情愿的叹息。弓着的山也终于缓缓挺拔成身材魁伟的父亲,在这个过程中,不时有骨关节释放出一串响亮的"格格"声。

到了这时,在那个曾经被一棵大樟树彻底覆盖的小村里,一天中农户的最后晚餐就要在我家进行。父亲洗了把脸,习惯地落座到那把靠墙永远专用的木椅上,吃喝起来。在那个物质极度匮乏、饥饿如影随形的年代,肉腥是一年中难见几回的圆月,即使是不多的几盘农家小菜,也泛不了几粒的油星。我们兄妹从小懂事,从不上桌,扒完饭就等父亲用餐。父亲每餐虽说享用的是残菜冷羹，其实，留给父亲一人的，比我们兄妹母亲五人加起来的还要多。如果是夏天，我们兄妹四人主动轮流为父亲打扇驱蚊。粗茶淡饭，到了父亲的口里，也许赛过珍馐。我们常常听到他发出"吧唧"的咀嚼声，竟是那么有滋有味。品尝着自己拿血汗化出的食粮，父亲心安理得。

饭桌上的父亲，神情专注，全在饭菜。我们体味着父亲这种低廉的满足感。只不过，小小年纪的我们，有了冷落感，时不时会冒出一种奇怪的念头：在父亲的眼里，我们与庄稼相比，他会更把庄稼当作自己亲近的孩子，整天侍弄，抛洒汗水，倾注感情。那些父爱、温情和慈宁，大概一股脑儿给予了庄稼作物。

三

这不免使我们心生妒意。

望着一丛丛绿油油的庄稼，我一次次猜想着父亲会对它们说过什么。搜索枯肠，怎么也想象不出来。对于从不肯在子女面前发出一句赞词，也从不会抚摸一把子女的父亲，我真的无法揣测他会对庄稼有过什么絮叨。即使有的话，那也肯定是一种默默的期盼，只会在他心中一遍又一遍近乎祈祷庄稼作物，又能给全家带来一个好收成！只是我妒意难消，有时也会拿起牧牛的竹梢，猛抽路边的庄稼，顺势出气。

对于子女的不满与怨怼，父亲全然不顾，或者根本不知。他依然一意孤行，将全副身心倾注到脚下的大地，以及大地上的庄稼里。那时，农村"学大寨"运动没完没了，每逢冬春就会习惯性地发作。集体那厢，我的父母已被折腾得精疲力竭；回到家里，父亲又会在自留地里"学大寨"。全家老小齐发动，开山、挖石、砌坎、整地。几个冬春过去，我家的自留地平整直溜，成为全村人见人夸的好模样。肚里稍许有点文墨的过路人,会以"艺术品"三字比照眼前的地垄。父亲闻言极满足地笑了。

四

对于父亲所具有的天生艺术禀赋,我也从不怀疑。

然而,他的这种天赋,被更多地用在呵护大地上了。

一棵大樟树,巨伞一般,浓荫遮蔽了我的小村。小村由树得名,且声名很远。村里素来与功名无缘,父老乡亲格外务实,祖辈农闲之余,山弯地角种点小菜杂粮,自给之余,进城小卖,怡然自乐。因此,村人少思进取,勤劳中不乏粗鄙。虽说四处无闲地,四畔却是歪歪扭扭,庄稼里杂草丛生。粗放的耕作做派,将乡里父老们缺文墨、乏精细、少灵气的集体缺陷,暴露无遗。

显然,涌动在父亲身上的灵气并没有被大樟树汲尽,或者,大地情有独钟于我父亲,使他成为一个村人中的"异数"。无师自通,还没有读完小学的父亲,会泥水、木工、五金等多门手艺,拿出的几手活儿,设计巧妙,做工精细,连行内人也赞不绝口。尤其那手毛笔字,敦厚壮实,字字可见骨力,堪称书法,是村里农户红白喜事、逢年过节,少不了的笔墨。

凭恃自己的聪明智慧,父亲在村里做出了不少"第一":第一户土法上马用上了"自来水";第一个设计制造出了"装甲手拉车";第一个引进补鞋机,一度成为补鞋手艺人;第一户引进手摇袜机,开启家庭工业梦……隆冬腊月,父亲会去五里路之外的县城,摆鱼摊、凿碗字,换来现钱,也换回了过年必不可少的年货和子女们一身衣衫鞋袜。所有这些,父亲只要往深处发展,相信他,都会成为行家里手而发家致富,并且,生活滋润,做得让人刮目相看。

五

　　然而,聪慧过人又具有艺术禀赋的父亲,对于这些技艺都一一放弃。我想,是大地让他难以割舍,以至于神魄颠倒。父亲平和胆怯,这也不失为一种无奈又保险的选择。

　　父亲毕竟是农民。

　　在那个特殊的时代,父亲萌动的人文理想种子被扼杀了。

　　不过,已经将自己牢牢拴在大地上的父亲,用一种艺术的方式,精雕细琢,不厌其烦,从事着人家懒以谋生的稼穑耕耘。

　　田垄到了父亲的手上,有棱有角,人说他在雕塑;庄稼的株行横平纵直,仿佛军列检阅,人说他在导演;桃红李白,父亲讲究色彩搭配,人说他在绘画。诚然,当劳作上升为一种艺术活动时,父亲一定诗意地挥洒着汗水。尽管这样的劳作很累,也很苦。他的乡亲除了诅咒着命运的不公,徒劳发泄,依然只得背朝烈日、脸朝黄土,做大地的囚徒。父亲的高明之处在于,既然无法摆脱命运的羁绊,那就放飞精神,将苦累转换成为快乐。

六

　　在艺术的朦胧中,父亲的苦难有了欢乐的质感,打量世界的眼神,饱含温情。

　　这个世界,对父亲真的不怎么样,人们也没少挤对他。可是,父亲没有一个自己的仇人。人类中没有私仇,如果硬要在世界中找出一个,那便是杂草稗类。

　　"这些东西与庄稼抢肥料,就是从我们的口里抢粮吃!"他会以一种直接明了的逻辑,在我们幼小的心灵中点燃起仇恨的火焰。一旦这些杂草进入了他的眼睛,便会冒出火来,动念斩尽杀

多年后的父子对视

说实在，生前的父亲留给我的总是一个背影。他身形高大，吃苦耐劳，极具慧根，因为太过严厉，我从来不敢对视。生怕一旦面对，父亲又成了一尊怒目金刚。

那一年，我积攒了数月工资，买回一架"海鸥"单反相机。这么奢侈的事，父亲平生第一次没有怒怼，反而好奇又温顺地听从我的摆布，拍出他平生第一张彩照。

隔着取镜框，我有了平生第一次与父亲的对视。

清癯、坚毅，甚至还有几分腼腆。这就是被我定格下来的父亲真容。

绝。假期里,我们被安排最多的劳动,莫过于拔草除稗。对于深埋的草根,诸如像"革命草"、茅草之类根深蒂固的"顽固派",父亲动员我们掘地三尺,深挖穷追,烈日晒烤,然后付之一炬;对于隐藏在庄稼丛中的细草,我们则被父亲教导,用一把医用镊子,一一清除……这项工作,父亲会动员我们做得一丝不苟,不惜一切。

做完这些,父亲的心里不再怨仇。哪怕曾有多大的仇恨,也从不搁在心头。父亲童年丧父,与我的祖母相依为命。家族里人丁兴旺,不乏叔伯欺凌孤儿寡母,甚至也有人敲骨吸髓,霸产夺地。幼小的父亲不会不知这些。然而,父亲竭力洗涤怨隙,好让内心多存放接纳仁慈与善良。不久,他多了一个弟弟——一个来我祖母处喂奶被遗弃的男婴。风雨几十年,两人亲同手足。及长,我穷极潦倒的姑父暴病而故,撇下了一大堆嗷嗷待哺的幼子。入殓时,父亲脱下唯一一件衬衣,让姑父穿了上路。回家时,他手牵刚会走路的外甥,怀抱尚在襁褓的外甥女。从此,父亲的肩头挑起了两个家,三十多岁还未成家的人却先担当父职。对姑母家,他会牵肠挂肚。农忙时,他跑十多里路,牵牛耕地,帮助收种;在家里,又悉心哺育外甥儿女,并视为己出。

<h1 style="text-align:center">七</h1>

有一件事,父亲很少提及。

中华人民共和国成立之初,他是城南地面新政权的农会长,他那个很有财名的干爹找上门来,软磨硬泡,缠着不放,要父亲高抬贵手,无论如何对其成分作"降格"处理。父亲该说的都说了,就是不肯点头,最后只好主动辞职,既对得起新政权的托付,也不伤及义父的情面。

两难选择，父亲总会首先伤害自己。记得他说过，自己挪个身，人家就好走路了。

看似轻松的抽身，它却意味着父亲和我们全家日后命运格局的彻底改变。后来，他的继任者，成为一个地方的重要官员，子女都在要职工作。而我的父亲则重操他的旧业，扶犁耕作，莳弄田园，直到老去都未曾歇息。再看我们这些为人子女的，自然被排除在体制之外，除了依靠自己打拼，根本没有终南捷径可走，备尝着中国农民改变命运的种种艰辛。

八

其实，父亲又何尝看不到自己选择的后果。作为一个对文化有着罕见向往和尊敬的农民，父亲强烈渴望着子女能走上用文化知识改变命运之路。为子女，他不是没想过补偿。为此，他郑重许下诺言，尽其一切所能供子女读书，也设计过种种鼓励机制。至今让我折服的是，虽然是一个从传统中走过来的农民，父亲却有一种现代意识的先见之明。

但是，播下了希望的种子，常常颗粒无收。这使得农民父亲十分痛心。尤其是外甥儿女生性厌学，辍学到社会闯荡碰壁后悔之莫及，推诿于父亲当初不及时采取强制措施。初闻此言，父亲好几天食不甘味，苦思冥索中想出一个对策：后代不得随意辍学，假如有人确实自我放弃再造，须要向他递交书面声明和保证！

希望一次次在儿辈落空，父亲椎心泣血般痛苦。看着他一次次长吁短叹，我们恨不得变成他手中的庄稼。因为经过父亲之手的庄稼，只要落土，总会有沉甸甸的收获。

"高考"落榜后的一年时间里，我羞惭交加，几乎都躲在屋里,埋头苦写,摸索着向新闻或文学叩门,试图闯出一条改变自己处境的道路来。可是,村人大惑不解:家里人手紧缺,竟放着现成的劳力不用! 窗外常有乡人讥诮,父亲置若罔闻。后来,我被聘为教师,不久到乡政府当差,再后来在媒体捧起采编饭碗,成为家中第一个受父亲设计重教机制的得益者。在村里,我多少成为一名乡亲眼里的"文化人",每有人赞誉,父亲笑笑。这种笑,深厚,不浅薄;得意,不忘形,犹如春风吹皱一池涟漪,催开寒门春汛。

九

　　把一堆子女拉扯成人,父亲已经年过花甲了。我们劝他歇息,他坚持不肯,照样早出晚归在田头地角劳作。直到后来,已经消瘦得连父亲自己都觉得有必要上医院检查,才歇下手来。这一查,不啻一声晴天霹雳——父亲得了胰腺癌,且到了晚期!

　　手术后,父亲一度好转,对生命表现出了无限的眷恋。他会乖乖听从孙辈使唤,偶尔上村口小吃店,平生难得地品尝风味的同时,享受含饴弄孙之乐。有几次,他甚至拿根鱼竿去垂钓,这份闲情逸致,我们见所未见。然而,医生早就告知,父亲的生命其实只有短暂三个月! 每当看到他兴致高昂时,我们就会暗自抹泪。老天不公啊! 何不佑护劳碌了一生的善良人呢?

　　随后的短短几月,父亲病情再度恶化。不断扩散的癌细胞,疯狂地吞噬着父亲的肌体。他剧痛难忍,豆大的冷汗,稠密地挂在皮包骨头的脸庞上。我那个原本强健高大的父亲,眼窝深陷,彻底失去了人形,残年风烛,一缕风就能把他击倒。死神早已躲在一角落,眼看就要带走父亲,我们却束手无策,默默品尝着剜心之痛。

隆冬的一个白霜早晨，父亲终于走完了生命的最后一步。离世时，他双目圆睁，并不情愿离开他抛洒过太多汗水的世界，以及膝下成堆的儿孙……

这个早晨的霜，比雪白；这片白霜的冷，比刀寒。

不管时间过去多少年，刀刻火烙的记忆我们不会忘记。一念及此，心里顿时白霜遍地，彻骨寒冷。

十

眨眼间，父亲离开我们十多年了。先前，我们曾对父亲的苛责严管，有过不解，甚至怨懑。如今，这一切都成为一种亲切的回忆。因为，它会鞭策着我们走好人生的每一步。我们兄妹都各自成家，为人父，为人母，供养一人已感气喘吁吁，当家才知柴米贵。然而，父亲幼年惨遭日寇细菌感染，壮年又受湿疹困扰，拖着有病之躯，供养一群老幼。仅此一项，已然伟大！这副担，假若换到我们每一个人的肩头，还不趴下？

父亲有生之年，两次建房。第一次，为的是让自己、老母、弟弟有一栖身之所，建有木结构楼房二间一弄；后一次，为子女能结婚成家，建有砖混结构楼房二间一弄。为建房，他有燕子衔泥垒窝般的艰辛，又施展他的设计与施工才艺，留下了不少令工匠称奇的手笔。他当年开垦的荒地、挑砌的"大寨地"，因兄妹举家进城，无人耕种，复归荒芜。而无形的财富，远胜有形。坚毅、执着、吃苦、乐观、善良，所有这些转化为基因，多少移植于我们骨髓，奔涌于我们血液。这难道还不富足终身、受用无尽吗？

走累的人，看到路标又会气力回归，激情陡增。父亲是子女的路标。在我们人生的起承转合中，父亲竖起的路标，时不时都会出现在我们的面前。每逢困厄愁苦，我们就会向父亲借薪火。

从牛马一样的日子里,活出艺术般的一点乐趣来,父亲的路标蕴含丰富。

从大地中来,到大地中去,父亲的一生,平淡无奇,宛若山涧溪水,终归要汇入大海。只有奔流到了大海里的水滴,才不至于干涸。我以为,作为大地之子的我的父亲,他回到了大地母亲的怀抱,生命得到永生。

家乡小小的山弯,绿树苍翠,满目生机。父亲之魂,永远常青。

风过留下一棵松

一

这个早晨来得有些诡谲。浓稠灰雾弥漫在东方,将新出的一轮红日遮掩得不见踪影,任凭风吹也无法驱散。侧耳细听,风含呜咽,似有无尽的凄然。惶惑中,有一个悲讯从电话中传来:忠诚的广播老通讯员周越夫老师,已于昨夜子时猝然离去!

于是,我记住了这个灰暗的日子:5月18日。

听老师的大儿子在电话那头哽咽诉说,老人昨夜睡前还央人找来新出的报纸,边看边写了一个小时,然后安然睡去,再也没有醒来。

87岁的耄耋老人走得像一阵风,既匆匆,又安详。

我在电话这头说,老人本身就是由风化出的生命,清风品质,风骨犹存。

二

我真正与周老师熟识于20世纪80年代初,在一个当时由区委组织的通讯员培训班上。

那次活动,他的名字挂在讲课老师的嘴上,与他奇特的采访写作经历一起，让不少年轻通讯员熟知的同时，作为学习借鉴的范例。尤其是一个普通农民通讯员敢于较真，将当地一名蛮横村干部违章建房的事件，端上了媒体。一场久悬未决的纷争，终于在多个部门的过问下一日解决。当地群众拍手称快，第一次感受到了媒体的正义力量，以及"土记者"手中那支笔杆的分量。

当时，周老师就坐在我身侧，对赞扬声他仿佛充耳不闻，眉宇间透出的是一股冷峻与执着。也从那时起，我感受着这位清瘦颀长的农民通讯员别样的风骨。

那时的媒体，更多是宣传的附属与延伸。过早成为"新闻维权人士"的周老师，也过早地被民间追捧着、追寻着。一个体制之外的"土记者"，羸弱的双肩显然扛不住这份社会重荷。再次相见时，他的眉宇因焦虑剥蚀，已刻下两道深深的沟壑。这让我为他捏了把汗。

不久，我从农民通讯员中突围而出，而成为县级广播记者，与周老师接触频繁。约稿、组稿、采访，只要进入越山地面，我总会顺道拐入深藏于山弯里的后充岭村，拜访这位新闻前辈。不止一次，老人拉着我的手，一脸认真地说："爱新闻工作就要像对待爱情一样，忠贞不渝。对于社会正义要像爱护眼睛一样，容不得沙子。"想不到，老人平淡的语言中竟蕴含着新闻大道。从此以后，我对老人执以弟子之礼，逢年过节少不了登门看望。往来交谊三十载，我在新闻与人生中获得了多重教益。

三

其实，在更多的时候，老人好像并不乐意扮演"维权斗士"的角色。只要开怀一笑，显露的是一副弥勒佛相。

老师乐观豁达，待人宽厚，总会以一双充满着温情的眼打量这个社会,脚不停步,手不离笔,并以少有的热情为时代与人民喝彩。

虽然不拿工资也不占编制,也没人逼迫吃自家饭的老人去写什么,老人却比我周遭不少捧着"铁饭碗"的记者做得纯粹,也格外敬业。

那时的媒体似乎有一条不成文的"规矩",业余通讯员采访半径划定在他生息的狭促范围,不得越雷池半步。可是,这些"规矩"无法束缚周老师的双脚,一有报道线索,他会像猎鹰一样四处出击。因此,在广播电台采用他数以千计的稿件中,留下了老人踽踽独行在牌头、王家井、安华等大地上的足印。

双腿是老人扎进新闻家园的根系,是他伸入社会的触须。终于有一天,他再也跑不动了,那是前年的夏秋,我带领数名广播新获市优秀新闻工作者称号的年轻记者,来到后充岭上门拜师学艺。老人伫立村口,早早等候。走近了,才吃惊地发现不知何时,他已拄条竹杖,且背也有些佝偻了。

才几月不见,老师突然衰老成这副样子,一阵心酸涌上了我的心头。

老人自己更加沮丧。腿脚不便,无法出门采访,对他而言,无异于树木砍去了根条。切肤之痛,可以从他声声长吁短叹中,体会得格外真切。

从这时起,我有一种不祥之感。因为老师已将新闻视作第二生命,一旦失去,也许他的生命会随之凋萎。

四

可是,经过一段时间的沉寂,老人的稿子数量不仅恢复往昔,且有时更多于往昔。这让我惊诧莫名,欣喜不已。

百思不解中,我上门探询,才解开了谜团:他与牌头一位对新闻报道有着同样痴情的"土记者"蒋亦新,结成对子。老师将搜集来的线索,交由蒋亦新跑腿采访,再在电话中交流切磋,最后定稿。老人快活地说,自己的腿脚如今由蒋亦新帮他长着。

在中国当下新闻生态中,乡村通讯员日渐沦为媒体历史的陈迹。然而,因钟情于新闻,两个农村土老帽却创造了一种感人肺腑的组合,也迅速地建立起非同寻常的友谊。不过,这样一来,平生抱朴守俭的老人,也因"浪费"而开始受到儿女们的抱怨。他们说,老人手机仿佛成了"新闻热线",电话整天不断。"他那点儿稿费,只能当点葱花胡椒粉,连缴电话费的零头都不够。"话虽这么说,我听得出他们半戏半嗔,疼爱更多。

柳暗花明,老师似乎在暮年的新闻采写中迎来又一春。作为晚辈的我,自然有说不尽的欣慰与期待。期待着他能将鲜活的新闻因子,注入衰弱的躯体,焕发出旺盛的生命。

五

然而,天不延年。老人连个不祥先兆都没有,还是猝不及防地突然离去。

记得三天前,他还曾经电话邀约我共同收集采访越山民间口头文化遗存。我爽快应允。

我知道,老师是越山这块大地孕育的赤子,散落在民间的浓厚文化让他牵肠挂肚。

我还知道,老师与师母风雨几十载,相濡以沫。尤其是师母数年前,多病缠身,沉疴不起。老师以八十几的高龄,日夜照料。

可是,我想不到的是,这一次,一生守信的老师失约了,未到约定采访日期,就成永诀。我更想不到的是,他会慨然以牺牲自己的健康,去延续着病妻的生命,至死践行着自己庄重的诺言。

老师啊,你像一阵风,悄无声息地走了。我无法想象,爱人爱新闻爱生活的你会这样遽然随风而逝。

六

再见老师,已然阴阳两隔。村中堂间,居中搭铺,老师安卧在上,只有那根根颇见性情的短硬银发,露出蒙脸布之外。

闻知悲讯,远近村民陆续赶来,新闻界的老师上门吊唁。来客实在太多,灵堂顿时显得拥挤局狭。

是啊,我等活着的后人,是该将哀思盛满一屋,请要独自上路的老人带走。

从灵堂出来,不经意间瞥见了对面山头耸立一棵斗粗的苍松,伟岸而挺拔,引我驻足伫立,顿觉讶诧:我已稔熟于小山村的山水草木,唯有对这棵老松格外陌生,它仿佛从地底突然冒出来一般。不过,在我朦胧的泪眼中,它已影影绰绰与老师融为一体。

哦,一阵风吹过,留下一棵松。老师,你其实未曾离去!

几重山几重水

一

乡间习俗，一般逢九添作十，又逢九做寿。如此说来，老汉我已是年届九秩的人了。上了这份年纪，来日无多，不少人索性坐等马克思派发请帖。我却没有这份耐性，依然故我，在为广播电台业余报道"超龄服役"中，忘了年岁。

二

东方才露鱼白，不必生物钟提醒，我便披衣起床，第一件事就是拧开调频广播开关，收听诸暨电台 FM98.2 的节目，开始了新的一天。整整 30 年了，受此影响，在我栖身的那个保存完整的农家四合院里，广播已融入了邻里们的生活深处，干预着大家的起居。

草草吃过早饭，不管刮风下雨，我跟随着院子里的孙辈学童出门"上课"去了。所不同的是，他们去的是学堂，而我去的是祠堂——那里，村里十来个老哥老姐，不管刮风下雨，他们总在等我。见我到来，恐怕天底下仅此一家的乡村"新闻发布会"准时开始。张家母猪产下三腿崽、李村兄妹六十年后再相逢……这些趣闻轶事曾占据着整场发布会,不知不觉间内容悄然发生变化,缀着"民生""文化""监督"等关键词的信息素材,从老人们的口中汩汩流出,冲击于心头的竟是乡村世风与农民素质的可喜变迁。

往返家中与祠堂之间直线不过一华里的路段,被不少人视为虎狼出没的险途。它正好途径川流不息的杭(州)金(华)公路,村里不知有多少老小丧身在车轮之下。目睹一幕幕触目惊心的喋血悲剧,老汉我确实产生过恐惧与畏难。几年前,村里乡亲悄悄发动,硬是在我屋后的田埂上加宽,铺出了一条平展展的小道,直通村里的祠堂,为的是让我免受"虎狼"觊觎。每次走在这条平安道上,我都会感念乡亲们的细心与周到,回报他们的只有用手中之笔,去书写他们的苦乐心声,劲头倍增。

三

驱走虎狼,又来熊罴。老汉我视力一直不佳,晶体黄斑,每况愈下,戴着比啤酒瓶底还要厚的眼镜,一千八百度,看出去的世界仍然只是些影影绰绰的模糊影子。这让我着急万分:新闻素材,保鲜期短,当日不写好发出,次日就会变质报废。懈怠不得!没办法,我的鼻尖几近贴着纸面,只好用笔芯比米粒还粗的记号笔写作。常常是,每个字比农家点心的芝麻锦团还要大,一张稿子写不下三十来个字,自嘲为"嗅出来的稿子"。即使这样,视力仍在急剧下滑,到如今,我的字已写到鸭蛋那么大,吃力又费神。诸暨电台编辑、记者得知,为我开通电话记录专线,一个字一个字帮我录入。数字时代,他们又从事着最为原始的收稿工作。往往是,一个简讯耗去半个小时,他们毫无怨言,我却心生烦恼了。

沮丧中,我多次摇头苦叹,诅咒这该死的眼疾为拦住新闻写稿之路的熊罴。熊罴不除,写稿休矣。我绝望了。

四

天无绝人之路,世有除罴高手。这些除罴高手虽然没有华佗回天之力,也没有武松赤拳杀虎的威力,却富有对广播淳厚的感情,以及一副副乐于助人的心肠。任它熊罴猖且狂,老汉依然笑疾顽。

细数身边除罴高手,男女老少,竟有十人之多。开始时,和与我同岁的周越夫先生一度合作数年。相距三十里,我们用电话作顺风耳,一个提供素材,一个整理写作,合作得亲密无间,卓有成效。然而,天不佑年,三年前,越夫兄邃归道山,一种大概可称为中国新闻史上罕见的合作模式,眼看就要分崩离析。此刻,牌头镇通讯员朋友蒋亦新、王槐良得悉,主动接过接力棒,除了电话往来,这两位朋友经常骑着自行车,从二十多里路外赶来陋室,共同切磋,写出了大批稿子。受此感染,退休的女儿,也来到身边,有时帮我整理稿件。到现在,院子里读小学的二丫、三囡等堂孙女,课余时间也成为我的写稿帮手,耳濡目染,培养出了一种对新闻的浓厚兴趣——这又令老汉我始料不及,可谓"无心插柳柳成荫"的额外收获吧。

盘点收获,老汉我当然是业余报道写作的最大受益者。因着写作,我所居住的祖宅才叫"蓬荜生辉":墙上四壁贴满了电台、报社发给的奖状。由它补壁,陈旧的居室生机盎然,气场十足,时常有乡亲牵儿带女来此进行励志教育。在一个文物级的小柜中,我还珍藏着业余写稿得来的证书,七十多本,满满当当装了几个抽屉。偶尔打开示人,孙辈们都有一种目眩之感。从他们啧啧的惊叹中,我品尝到了比蜜还要甜的成就感。

凡写稿者,乐在其道。不过,常有意外之乐,让你猝不及防,令你醉透心底。今年是我望九之年,女儿几番提出要操办祝寿活动,被我多次拒绝。不料,镇教办与退休办来了个"突然袭击":某日被邀至镇上,几名领导又是帮我戴花,又是殷勤敬酒,举办了一个简朴又不失热烈的祝寿仪式。更有领导口占一联:人到九十方年富,稿写万篇入佳境。

那一次,我醉在心头,仿佛年轻了十岁。

五

人说,往事不堪回首中。我说,人之大不幸,莫过于妻离子散、家破人亡。人世间的最大不幸,全让我摊上了。遭受"文革"冲击,妻子离我而去;不久,农村大办沼气运动,一座开挖的沼井坍塌,不仅将我年方二十的儿子的青春掩埋,也将我的精神支柱一刀砍断。眼看退休一天天临近,我都不知道离开三尺讲坛后,孑然一身,怎样去面对今后孤独的日子?

离校回乡,农村改革的精彩一次次打动着我。从排遣式的尝试新闻写作,到自觉听从社会召唤,我再也放不下手中的笔,去记录农村的巨变,反映农民的诉求。从教职退休,我又在业余报道战线"上岗",写作上虽然稚拙得像个小学生,但是我也勤奋得像一名小学生;一副认真的劲头,又像一条老黄牛,一次次翻耕在诸暨南大门那片狭小的土地上,捡拾着新闻素材,如获至宝地在昏暗的灯下反复琢磨,兴奋写作。纵观所写作品,都可称为"豆腐干"新闻,分量不重,篇幅不大,我却乐此不疲。

乡谚有云,树老先老根,人衰先衰脚。那一年,我的好友、诸暨电台优秀通讯员周越夫先生,突然双脚患疾,不能行走的消息传来,我立即有一种不祥之感。凡是通讯员都知道,腿脚那是维系这个社会的触须,一旦失去,无异于斫去了大树的根系。果不其然,没多少时日,越夫兄先我而去。观照自己,除了眼疾,我的腿脚尚还利索。凭着这条触须和脐带,我与整个世界无隔,清晰地感知着这个世界的脉动,汲取着这个世界的滋养。真的,我虽然给电台提供了三千多篇广播稿,广播却给我了旺盛的心智和健康的身体,乐而忘忧,这份功德没齿难忘啊!

行到水穷处,坐看云起时。像我这把年纪,已到了杨绛先生所说的"人生的边缘"。不过,与百岁人瑞的她相比,我尚年轻,岂敢言老!几重山,几重水,一路走来,写稿中看到的都是好风景。只羡美景不羡仙,老汉我生命不息,写稿不止。

(何校善先生于 2016 年 3 月驾鹤西归,享年 91 岁。先生晚年罹患眼疾,几近失明。2013 年作者前往位于杭金公路边、五指山下的何老寓所探望,返回后以"第一人称"撰文,刊发于报章。光阴似箭,以此文纪念这位命运多舛的逝者。)

本家潮水

本家老赵,大号潮水,一位至死仍捏着相机的基层摄影记者,一个诸暨记忆绕不过去的影像索引。

几日前,这个诸暨城乡广为老少熟知的"老赵"、我"起码有五百年交情"本家的,遽归道山。

顿时,时间化作一池显影液,故人的过往交谊与音容笑貌却定影为帧帧难忘。

挂 彩

人家的相机或背或拎,不亲不热,纯粹铁做的工具,彼此都是冷冰冰、硬邦邦的。

熟知我这个本家,一定熟悉这样的细节:摄影包斜挎身上,于老赵而言,仅是个摄影记者身份的象征。里面空空如也,相机始终不离抱在怀里,常常捂得火热。

时间一长,我曾揶揄过老赵:相机抱得跟小情人似的,你不嫌累?

老赵素来讷言,憨厚笑笑,那么大年纪的老男人,脸露羞涩之色。

佯装去夺,他似怀抱的婴儿,见人要抢,抱得更紧了。这一来,自然引来一片哂笑。

80年代中叶,诸暨农村大地,家家办厂,户户经营,后来产生一句经典的口号,叫作"四个轮子一齐转,千家万户促翻番。"诸暨袜业摇篮、城南钟家村声势最壮,县里组织干部现场考察,场面浩大壮观。

作为记者中的"珍稀动物",老赵理所当然用他心爱的相机猛扫狂射。在乡府专职报道,我受命配合。幸好咱们彼此兼着本家私谊,老赵又是个没有丝毫架子的直爽人,顺利完成任务。

握手、道谢,把老赵送上了吉普车。在一长溜的车队中,能坐上吉普车、陪领导同行,老赵配享这份一般干部艳羡的殊荣。

我还未回到乡府,前方传来老赵"挂彩"的消息。车队开往下一站应店街的途中,打头的吉普车一个趔趄翻入坎下烂田。车中领导都无大碍,唯有老赵一人受伤,且伤势不轻。

得此"殊荣",原因盖在他心爱的相机。一路颠簸不堪,老赵把相机死死抱在怀里不放。车一侧翻,正好顶住他的前胸。铁做的相机毫发无损,皮肉包裹的几根肋骨吃受不住,不得不为主人的另有溺爱埋单……

老赵一身厚皮糙肉,后来听说伤势痊愈也快。不过,好了伤疤忘了痛,他把相机抱得像小情人似的积习依然不改。

"这小情人成天这样抱着,你不嫌腻不嫌累?"我试探着去抢夺他的相机。

"不累也不腻!"老赵果然中招,连忙别过身去把相机护住,丢过一句话来,"小情人小情人的,说得多害臊。摄影记者的相机,就是战士的枪!"

一句话,把我怔在那里。

是啊,老赵一直是个战士;军营里,他是个拿笔为枪的戍边战士;地方里,他是个拿相机为枪的新闻战士。自然,战士视枪为珍爱的"第二生命",视挂彩为珍贵的"特殊勋章"。他有着自己的价值准则。

反观我及周遭的同侪,又有多少人像老赵那样,把为事业流血流汗当作无上的荣耀、为手中的采访工具当作心爱的武器?

在这个老兵面前,扪心自问:我还是个兵吗?

特　权

在新闻界,本家潮水的出名,与他好酒嗜酒、能饮善饮不无关系。

老赵虽扛记者摄影师的牌头,平素古铜面色,一副农民模样。喝酒后,脸上酡色,一如他的性格本色,那是直截了当、毫无保留地写在了面容里的。

酒瓶在中国的公宴上,屡屡遭逐。其中 20 世纪 90 年代初的一次,无疑可归最严之列。那次,我与本家老赵一起,跟随市里几套班子的领导采访,中午到了由市政府招待所改建的宾馆用餐。好菜照上不误,就是不见了酒瓶——它已打入明令禁止后的冷宫。

市领导率先垂范,扒着饭,说着笑,与我们相邻而坐。

平素每逢公宴,喝酒成为"标配"。从中喝上了瘾的一干人,对此自然很不习惯,扒饭也寡淡少味,悄然"碰杯"的是相互间的不解与微词。

"服务员,给我拿瓶酒来!"老赵声音不高,却语惊四座,仿佛一声霹雳。

先前那些只敢暗自议论新政的,停止了嘴手动作,饶有兴致看看老赵演的这一出。

宾馆里的服务员不仅漂亮,而且反应灵敏,先给老赵端上嫣然明媚的一笑,转身就给一角落就餐的领导秘书递过话去。

无疑,这是个烫手山芋。也许,宣传部干部和秘书们都知老赵脾性,也不来做什么思想政治工作,径直去找市里的主要领导请示。

"噢,是老赵,怎么好不给他喝酒?上!"市里主政的老周领导二话不说,当即拍板。他还再补充上一句,"今后老赵吃饭,不用再问,都给他上酒。"

这席话,我听得清清楚楚。同时,也听到有人轻轻拍手,更有人在絮絮议论。

当然,听到这些的还有老周。他放下饭碗,感慨地说:"只要喝酒不误事,像老赵那样酒能提神,效率更高,我都给他上!"

这时,满座掌声才放闸般洪亮起来,汹涌冲向老赵。

赵老呢,好像充耳不闻,兴趣与神情专注于那瓶刚端上来的加饭酒上。就着一碟花生米,才开始他快活如仙的吃喝。

从此,我留了个心眼,发觉爱酒的老赵,极有自控力,从未见醉,绝对是个酒中主人。我也观察到,除了老赵,再也无二人能得到他的这份特权。

酒,是什么?

对老赵而言,它是一池显影液,将人的风骨经此浸泡,呈现出铮铮面貌;它是一股润滑剂,将人的效率受此促进,显现出铿锵极致。

诚然,在酒这根钢丝索上行走,能健步如飞,并走出艺术范儿的,又有几人?

我见过太多的同侪,人前唾沫飞扬,一见权贵嗫嗫嚅嚅,舌头都打结了。这样的人,你给他几瓶酒喝,照样不可能喝出个老赵来。

对酒敬畏，君子品行。因为，酒是美人，她独钟风骨英雄；酒是勋章，它专赏底气男儿。

交　情

"我们的交情，摸着瓜蔓论过去，那就不止五百年了……"

别看平时的老赵不苟言笑，一旦说笑，一副认真得不得了的样子，逗得我暗暗发笑。

其实，平素我们的交集并不多。他在纸媒搞摄影，我在电台当编辑，虽然同在一个弹丸之大县城的屋檐下，极少谋面，仍然是两股道上跑的两个车。

并且，尽管同属赵姓，并不同宗，彼此"本家"之称说得多了，不由得生出许多难以言喻的亲乎来。

求人少，交往起来轻松简单。生活中的老赵，信守着这样的准则。记忆中，老赵屈尊来访，仅有一次。

那是十多年前的一桩旧事。老赵拎着一个文物级的洋巾包，鼓鼓囊囊的，找上我办公室。打开一看全是照片，厚厚地铺满了办公桌面。那些照片规格不一，色彩中沉淀着岁月的深浅。

"本家，你得给我做件事，照片尽拣好的挑，然后给它取个名。我就陪着看着等着。"老赵拿了把椅子，紧挨着桌子坐下。看神情，好像他就是个监工的。

原来，报社念他辛勤工作多年，领导拨了笔钱资助老赵出本摄影作品集。老赵喜不自禁，也不想在单位声张，做贼一样地把已经筛选了一遍的照片，一股脑儿拿到我这里。

"老赵，你这不是猪头拎错了庙门吗！你也知道，玩摄影我是个门外汉，取题目又没那个急才捷才，这不是存心为难我么！"

　　我本想一推了之，却见不得老赵那急切得快要冒出火来的眼神，听不得"我们那是什么交情"的口头禅，只好硬着头皮上。

　　放下了心的老赵，坐在桌前，烟吸着，茶喝着，眼盯着。我不经意间瞥见，他悠闲的外表下，内心却涌动着与我同样的紧张与焦灼。

　　几乎用了一个上午，我从近千张照片中筛选出上百张，又为上百张入选的照片取名。

　　全程陪同的老赵终于长舒了一口气，竖起大拇指，临走时说了声："本家，我们的交情不说了。"

　　时隔几年，我忝列浙江省十佳新闻工作者"飘萍奖"，得知额外将获作品出版之惠。于是，匆匆间将三十年乡村笔耕的新闻调查，一番梳理，汇编成一册 30 万字的《田园拾穗——"三农"照壁上的印迹碎屑》。出版社急如星火，一日三番驰电催要书中配图。

　　焦急中，我想到了本家老赵。他二话没说，打开照片庋藏，让我任意挑选。这份交情，我第一次感到它的滚烫与分量。

　　感念着这份交情，一俟书出，我连忙直奔赵府，送上几本样书和薄酬。老赵摩挲着还散发着墨香的新书，爱不释手，仿佛视为己出。对于送上的薄酬，他坚辞不收，唠叨着的一句："我们是什么样的交情，难道你忘了？"

　　朔风拍打着窗户，在老赵简陋得有些寒酸的寓所，我的心被再次捂热。抱朴守俭，安贫乐道，老赵超然物外，在内心筑着自己的温暖家园，同样也将这种温暖度人。

　　再次回首，阴阳相隔。旧知尚在悲思中，孑然一人去了天国的老赵，凭着他的那腔实诚的交情，相信又会结交不少新雨。

　　人间天上，本家潮水不会孤独。

松庵轻风真名士

一

时间总像不息的奔波，淘尽了泥沙糟粕后，在历史的河床遗下璞金与珠贝。于是，我们拣拾着春秋的思辨、大汉的雄浑、盛唐的气派和北宋的精致……

穿越在这些由古纸搭建的长廊里，无论我们多么向往与迷恋逝去的岁月片段，到手的吉光片羽还是转瞬化为幻觉散去。嗟叹一阵后，转向离我们最近的民国，似乎想在那个前朝尘事里找寻文化的温存。当然，时空折射出来的光影，依然只是一幕海市蜃楼。

置身于持续不散的"民国热"中，许多人弄得口干舌燥，高烧不退也不着边际。此情此景，我庆幸自己有缘得识本邑书家濮乾远松庵先生，交谊渐深浓，品读过生动又真切的"民国风"，引为人生莫大幸事。

二

我生亦晚，还是赶上了 20 世纪 80 年代初的文学盛世。初入县城广播媒体，策划并操办一档《暨阳广播文学》节目。也许年轻气盛,意欲在广播上为缪斯扯旗安营,为东奔西突的文学青年大军造出一条作品发表之路,借此以壮媒体声势。

那是一个随地插枝笔杆就能长出一片文学林子的年代。按一种至今仍在怀念的说法形容,即使在诸暨县城最破的弄堂里,也能撞上三个朦胧诗人。诗歌如此,小说、散文的创作热情毫不逊色,甚至有盖过前者之势。广播文学节目甫一问世,仿佛大闸开启,稿件犹如汛期潮水汹涌而来,知名度陡然间蹿到各类节目之顶。

自然而然,节目的品牌意识也在如此热烈中急剧升温。作为创始人和编辑,我征得领导同意,决计要请名家为节目名号题写一个手书,以此作为今后包装的标准字。从一长串书家名单中遴选,最后确定濮乾远先生来赐墨。当时的理由既简单又充分:先生品行敦厚质朴,功底深厚扎实,字体雅俗共赏,具有极强的传播亲和力。

此事毫无疑问又落到我的肩上。碰巧,在节目的队伍中有一位作者与濮先生熟稔,且富有热心,自告奋勇当起穿针引线的角色。

当时,濮先生把寓所安在县城大桥路上的一幢公寓楼三楼最北边,这个处所十分好找,斋号陶山草堂。面对电影院,斜倚大商场,文化与商业交融的喧嚣,顿时成为这个小城的中心。濮先生已经从商业系统退休,寓居于此,将一脉陶朱长山与莽莽浣江蒹葭收于胸腹,像个藏身于市的隐士。房舍简陋,拾掇整齐,家具陈旧,墨香扑鼻,市井之中将大雅大俗融合得浑然天成,真的令我难以置信。

更难以置信的是,一入濮府我成了尊客。濮先生门口迎客,亲自沏茶端送,那热情与笑容不染半丝俗尘,让我这个有事相求者最初的局促与不安洗涮一空。此时送上两瓶普通绍兴加饭酒，先生欣然收下，我也不觉见面礼的寒酸了。

虽是初见，我却惊讶于濮先生的形神气质竟是那样的超凡脱俗。敦实魁伟，挺拔坚毅，眉目俊朗，随和亲切，透出的是一种坚实的精气神，斯文的背后又有着高贵的刚直。

在我见过的书家堆里，大多受过一次次的运动冲击，再也难觅往日的鲜活与生动，劫后余生的痕迹显现在那里。濮先生不仅相貌堂堂，仪表非凡，气质上也卓然独立，全然不是其他人那种卑苦与拘谨，令人猜思。

直到若干年后，我读到了陈丹青先生的著作《笑谈大先生》，一针见血地切入过那种精神颜值委顿的病灶："看见他们的模样无一例外地坍塌了，被扭曲了……现在你看看，长期的侮辱已经和他们的模样长在一起了。所以再忍心说句不敬的话：他们带着自己受尽侮辱的面相。"

三

那一天，濮先生中午留饭。其间，我所送的两瓶黄酒全被用来招待。这还不够，叫来家人拿了铅盆再去附近的小店沽酒，说是那里的坛装散酒更适口。也不知打回多少斤，反正满满当当的八寸铅盆老酒不多时全见了底。寻常菜肴，却因有濮先生不时端上的旧年往事、书坛轶闻佐酒，增添了无数妙趣，也大开了我的眼界。席间的濮先生善饮会饮，几杯下肚不见上脸，兴奋中似乎归到了我们的同龄，憨态可掬。

酒真是妙不可言的性情显影液，浅尝辄止照见不出一个人的风骨与品味。此行让我坚信自己的感悟。

酒足饭饱，起身告辞之际，忽然想起题写节目书法的正事未办。笑眯着眼的濮先生将一个大号信封递上，示意我过目——悄然间他早已办妥了一切。里面抖出一叠散发着浓烈墨香与纸香的书法，一窄一宽、一简一繁，一共四张横幅。字字端庄，敦厚酷似书者形神，颇见书者的学问功底，确是好字！

见我尚有疑惑，先生解释说，窄的可制版，宽的能装裱，至于字体繁简么，可因时任意选用——一切细致入微，认真周备，感动中也令我吃惊。

回头再看，濮先生还矗立在楼梯口挥手目送。尤其是临别之际，那个有着动作幅度躬身一揖的画面，震撼着内心，终生难忘。由此，我认定这是一个至今仍然完好保留着民国名士风范的长者。他降生于民国，谋职于民国，成名于民国，文化浸淫既深，历经新政权运动冲刷也不曾洗释，不经意间总能透出民国文士墨客的精致与优雅。这在我所在的小城，几乎成为一个异数而格外珍贵。

一脚从陶山草堂跨出，又是另外一个流淌着急躁与时尚的新变革世界。步入大桥路，我转入了现实的时空，忙于文学节目编务，以及没完没了的新闻采访报道。

就这样，一晃而过三个月，曾经立下引见鞍马功劳的文友跑来办公室，从大号信封里掏出两张条幅，说先生认下了我这个忘年交，特意挥毫定制礼物。展开一看，两副条屏，上面分别书写"抱朴守俭"和"振奋精神"，含意深刻，力透纸背，一股暖流涌入心田。

礼尚往来，我作为回报是再登濮府拜访先生，写过一篇专稿刊发于当年的《文艺报》上。惴惴不安的是，在这位有着民国文士遗风的前辈面前，自感此举俗气多了。

转眼间到了80年代末期，我开始恋爱。可是，到了谈婚论嫁之际,仍然连女友家门都未登一次,深感礼数亏欠,却为准备见面礼弄得焦虑不堪。焦灼中,忽然想到濮先生几年前赐给的墨宝,顿时豁然开朗。全绫装裱,锦盒包装,我仅以这份礼物拜见未来的岳父母。虽然他们都是农民,对文化却有着天生的尊重与高看,收到这样的礼物大喜过望;尤其是女友爷爷,一个面目清癯、形同教书先生的老者,久已慕名濮先生的书法。今日得见真迹,如获至宝,久久摩挲着,端详着,啧啧有声,那种惊喜难以形容。末了,老人亲自指挥着晚辈,把条屏张挂于堂屋,郑重声明:濮先生所书契合家风家训,今后子孙都需视此为传家之宝!

难以置信,关键时刻是先生所赠的墨宝派上了大用场。当我登门向先生谢恩时,他又是留饭,又是畅饮,仿佛此事他比我还要开心和快乐。那一次,我醉在了陶山草堂。

书坛多"名粹"之辈,沉溺追名逐利,不以草根民间为意。濮先生以"民本"为重,使得书道根植沃土,壮枝繁叶。

与濮先生的忘年交谊日益,竟还枝枝蔓蔓长出了新芽。90年代后期,我搬入位于万寿街的新居。某日正要出门,迎面碰到濮先生,正由邻家少年携扶着拾阶上楼。惊讶自不必说,双方怔在门口,方知与我相邻而居的,竟是先生二公子、后来成为老人衣钵传人的濮存三兄!欣喜中,老人极有民国名士风范,朝我双手作揖,连说"德邻德邻",羞得我双颊发烫,急忙还礼,想挡都挡不住。由此肇始,植下了与濮家交往绵延不绝的因子。

四

此后日升月落,人人都在潮流急骤起伏变幻中感叹着光阴荏苒。文学一落千丈,当年昏天黑地捣鼓文字的作者,怕恶谥上

时代面相

那一天,灯下读陈丹青的《笑谈大先生》,说到民国人士的气质相貌,颇为精辟。

放下书久久凝思,想到的就是我的忘年交、驾鹤西去的书法家濮乾远先生。

先生也有这样一副时代面相:斯文、沉稳,从骨子里散发出坦然,不管他在什么时候,都是相貌堂堂。

这样的一张脸,符号简约,象征明快,不会被韶光与记忆淘洗隐没而模糊不清。

先生转了个身,去了天国,留下了他那个时代特有的相貌。

身,撕掉"文学青年"的标识,纷纷下海经商弄潮。在散兵游勇里,我是其中一卒,坚守在剩山残水中,侍弄着叫作文学的庄稼。倒是书画异军突起,像一匹脱缰的优绩股野马,一路狂涨,几乎寸纸万金。暴富无须动员,书画的营垒迅速壮大,当年拥挤过"朦胧诗人"的破弄堂,而今横冲直撞的都是些新科书画大师。他们很好识别,发辫高结,长髯飘胸,交融着东西与新旧的杂陈外表,双目放射着欲望的绿火。

坐看云起时,濮先生依然栖身日显陈旧的陶山草堂,坚守着自己与生俱来的淡泊与恬静。我几次登门拜访,也不乏受朋友之托央求题写书名。老人爽快应允,吮墨挥毫,一律简繁双体、宽窄两份。至于润笔几何,老人从未在我面前张口,几百元不说多,分文皆无不说少,洒脱之极。

五

转眼间到了2017年端午前夕。那天上午,朋友秋君来办公室稍坐,谈到濮先生健康,忽有戚色,令我心头一紧,当即决定登门探望。

于是,我们分头行动,一人回家做来几盘先生爱吃小菜,一人上街采购当令绿豆糕与老酒,约定在老人家里会合。此时,大桥路公寓被检测为危房,老人与陶山草堂已在不久前借寓于上江东小区的一幢二楼里。

再次相见,面前的濮先生已瘦了一圈,脱形了;身子也有些佝偻,往日的魁伟消遁不见了,瘦削的面笼罩着一层晦暗之色,不禁一阵心酸直涌喉口。见我们到来,老人咧开了嘴,笑声朗朗,尽管自己已用过午餐,仍然吩咐保姆整菜温酒,他要与我们对酌几杯。

那一顿午餐,先生连饮了两杯五年陈酒,脸有酡色,分外兴奋,依然坚持要喝。众人为难,我却以为快乐难得,再为他斟了一小杯。

酒后的老人兴致益然,提出要写张书法赠我,以志此盛。也正巧,我在为自己编写一本家史《赵家门里》,若有濮先生题签,自然是求之不得的事情。正在兴头上的先生,裁纸、吮墨、挥毫,动作利索,一口气写了三张;屏息凝神片刻,挑出一张自己中意的,然后落款押章。再看递上的题签,气韵贯通,神情饱满,通透着一种生命张力,丝毫不见大病初愈的虚弱。

"好字啊!先生米寿早过,白寿已近。看这手字写的骨力与气势,您老茶寿可期!"我发出由衷的感慨。先生的快活因子越发激活,畅怀大笑,双手作揖,朗声道:"那就借小老弟的吉言,老朽勉力而为吧!"

六

殊不知,当时一脸认真,也信守了一生的濮先生,这一回却对我说了一句戏言。2017年6月10日,一个我深深铭记的日子,成为先生生命永远停格在98岁的忌日。

出差参加一个全国文艺创作会议的我,在济南得知了这一噩耗,只好中断发言,孑然一人踱到大明湖畔,足足有十多分钟时间伫立在细雨中,不敢相信这是事实。

趵突泉终夜呜咽,床上反侧难寐。我索性披衣走到宾馆草坪,仰望南天,正好有一颗流星拖拽着耀眼的光芒,坠入夜空。一种奇怪的念头也油然攫住心头:此星莫非羽化登仙而去的濮先生?

一念及此,多少洗释了内心的隐痛,疾步奔回宾馆房间,在手机屏上手指轻触，很快码成短文《玉帝新阙书联召濮翁》：曾经有一个凄美的神话传说，天庭一座宫阙告竣，玉帝遍搜仙界文章高手作赋记盛，却无一满意，结果只好把寻觅的目光投向俗世的盛唐，那里绝妙好辞正玉进珠溅，佳构迭出……千年易过，许是天界又有新筑落成？这一回，大概玉帝不再耗费周章，直接来凡间急召书家，进入仙家青眼的濮先生那手笔墨，定会流光溢彩……

此文很快在朋友圈里疯传转发，读着的人无不眼中噙泪，腮角挂笑，叹老先生登云西去为"喜丧"。

人去光阴快，濮先生转身天界也近一年。他身后的人们依然好谈逸闻，遍数那时的名士总把濮先生疏漏。其实，这个一脚跨进当下，一脚留在民国的奇特书法家，博学、多才、用功、较真、热情、有趣，不肯媚俗以变，不拘刻板求新，或斯文自任，或抱道自尊，从容颜外表到性情气质都散发着民国特有的魅力，他才是真名士。

陶山依然在，不见松庵翁。今日再忆濮先生，隐隐作痛的是，他把民国最后的一缕遗风带走了，松庵之后还有来者乎？

却不见了杨长老

挑了一个清明节前夕的日子,本地新四军研究会举行了一次大会,换届选举,追思先贤,主办者颇下了一番功夫。当然,会议开得极为成功。

与会者中不乏耄耋老人,梨花盛开出一片耀眼的银白。置身其间,神思恍惚,我一直在寻觅一位颇具德望的先生、交谊深厚的挚友。

这位先生与挚友就是杨长老——长岳先生。他可曾是该会的卓越领导人和难得的实干家呀!

自古中国多礼数,直呼其名最不敬。尊人为老,且以名字最后一字替代,这样的敬称曾在旧俗中极为流行。倒是到了当下,许多人茫然无知,以为滑稽了。

那一天,身材颀长,不失玉树临风风姿的长岳先生作客电台,我尊他一声"杨长老",唬得办公室几位新进美女记者咂舌:在人众中一站,长岳先生的身量确实有些鹤立鸡群之观瞻。即使如此,也不可这般唐突呼人"长老",斯文何在?

想不到,长岳先生爽朗大笑,连说几个"不敢当"。他极具古风地向我双手作揖,又转向几个怔在那里的美女记者,不失时机地传布礼仪风俗,风趣而不失儒雅,一时的难堪消弭于无形。

解甲「归田」的老兵

那一次，我去拜访忘年交杨长老，伫立在他的院门，久久不敢叨扰。

院子里的老人，挥锄起土，那种专注与忘我，怡然自乐中早已把身外世界忘记。

这是农人血脉基因的悄然流淌，它的尽头就在醉人的泥土中。

土地曾经是他小少投身革命的动因。当天下大众都获得土地的时候，他被羁留城市，解甲而归不得田了。

农人眼里，土地就是生命的官盘。岁月流转，城乡置换，我看到老兵平素把案头的方格稿纸，视为笔耕的垄亩；院中花圃，则是他闲时的一种耕作暇想。

经此一节,我们电台的编辑记者每逢老人驾临,总尊他一声先生或呼其"杨长老"。长岳先生可爱,表面总少不得谦卑几句,我看得出,他的心里却是乐滋滋的。

我早就说过,这年月众生里多出狂生,亦出畜生,却鲜见先生。

杨长老堪称先生,是因为才能与德望搁在那里。他的一生迭遭磨难,少小投身革命,青年时已在文学与才干上显露过峥嵘。然而,好景不长,汹涌的浪潮一轮接着一轮,追着他不放。最后发配到黄土高原大西北,天高路远,因远离了旋涡才躲避开了厄运的羁绊。少小离家老大回,返回故里的长岳先生,面对物是人非与早生的华发,他不作过多的嗟叹,捡拾曾有的激情开始生命的新纪元。

确实,我难以想象一个迟暮书生,会在生命的夕阳下喷薄出朝阳般的光谱。总之,长岳先生的文章不断见诸报端,砖厚的著述也一部部问世,让比他年轻许多的我们羡慕中不乏有了嫉妒。

时光也从不氧化长岳先生的才情与思想,反而积攒起他更为炽烈的火焰。也许生活的磨砺越多,他的底层立场愈加坚定,以笔为刀,经此打磨,不锈不钝,反而愈发光亮与锋利。掀起才情依旧又饱含壮年思想之闸,直抒胸臆的文字倾泻而来,珠溅玉迸,"肖百姓"的声名在那时已经鹊起。

我们结为忘年之交,一半缘于都是底层出身,喜好文字又气味相投;一半来之于"本家"的机缘巧合。

我姓赵,先生姓杨,何来本家之说?原来,那时涂鸦文字,我都以"肖者"作为笔名,在报章上少不得与"肖百姓"相邻而居。由于这样在报刊文字堆里碰面的机会多了,"肖百姓"便屈尊寻访"肖者"。先生性情幽默,见面便直着嗓子大声宣布:彼此就是五百年前的"本家"。

认下这个"本家",我算是捡了个大便宜。那时,杨长老已在市新四军研究会任着副会长,操持着会务编务等一干事务,还不忘把我拉进会里,力荐我担任了两届理事。

说实在,这个抬举令我羞赧难当。虽然在先生的鼓动下,我写了些抗战题材的文艺作品,也在央广及全国不少电台传播,获奖无数,但毕竟是个体化的活计,招来一些"文史不分"人的诟病与讥诮。除此之外,我因忙碌于电台编务,也很少参与研究会的日常活动。理事不理群体事,岂不是尸位素餐?我不管杨长老几番好心挽留,坚辞了理事一职。

辞去了理事,我与杨长老的交谊因单纯文事反而更加浓稠。到了晚年,他启动了编纂《金萧抗战史》的浩大工程,不顾年事已高,常常孤身一人,四处出击,足迹遍及金华、浦江、义乌、桐庐、诸暨、萧山等战地,从历史的缝隙中寻找陈迹与细节。三年过后,他捧出了煌煌几百万言、厚厚四大卷的《金萧抗战史》。此书甫出,史界好评如潮,称之为"填补了抗日地方史的一页空白"。

也许外人不为所知,坚守史德又让长岳先生付出多少心力。他坚持历史唯物主义的秉笔直书,无疑挑战长期积累的抗战书写褊狭思维与干枯语言,争执由此而生。为此,他争辩过,也不厌其烦阐述过。当这一切无济于事时,他数次拍案而起,端的是太史公刚正不阿无以通融的风骨,最后也令对方收回成命,暗暗地在内心深处竖起大拇指来。

翻过了一座高山,长岳先生又把目光投向了更高的山峰。他趁热打铁,开始编纂卷帙浩繁的《日寇侵华图典》。我去研究会的老楼看他,吃了一惊:面色晦暗,双眼深陷,疲惫中显现出了不轻的病容。一阵心酸涌上喉口,忍不住劝他该歇歇了。长岳先生报以一笑,笑得凄然,又有些不以为然,连茶水都没有为我泡上一杯,再不多言,继续埋头于他的纸堆中。

这样的举动,有些怠慢人,无疑是反常的。然而,没容得下我去深思,有噩耗传来:杨长老以七旬之年,撒手人寰!他压着身患绝症的病讯而秘不示人,夜以继日赶编书稿。但是,残年风烛终于无法跑赢病魔,他至死都握着笔,圆睁着眼睛,又是多么的不忍与不甘啊。

每忆及杨长老临终一幕,我的眼泪总要打湿世界,涌起难平的心绪波涛……

掌声在会场一次又一次响起,也打断了我绵绵的思念。这掌声,欢迎新的一届理事会的产生,又欢送老一辈理事谢幕。新老交替,台上台下少不得互致问候。恍然中,我会习惯地在众里找寻,总是失望,人堆里再也见不到清癯、颀长、坚毅、挺拔的杨长老。

令我释然的是,杨长老频频出现在大会的报告里,同侪和战友们一次次惋惜叹息中,还有他等身的著作里……这一切,无不标示着一个老人的精神海拔,永存着一位老兵的容貌气质。

杨长老,你如果不走在记忆斑驳的路上,一定藏匿在自己写下浩如云烟的文字中。

第五辑

附骥之尾

隐士铁勇

　　朋友铁勇先生在棋坛磨砺苦吟十载,将心血文字结集成册,命我为其在开篇写上几句。对棋道弈艺,我实在是"擀面杖当吹火筒——一窍不通";其次,我素来学识浅薄,孤陋寡闻,文笔拙劣。对其闯错门径找错人之错爱,我惶恐不安,几次推辞不得,又恐违怫他的一番美意和好好的心情,只好硬着头皮"鸭子也上架了"。

　　围棋系何物?它是中国传统文化瑰宝,既高雅又为人们喜闻乐见的文明情趣。曾记得有一位著名作家,将围棋与万里长城、中医、《红楼梦》并列为中华民族四大国宝。对此,我也有同感。早年曾神往围棋奥妙玄机,以及对局者洒脱恬静的风采,有过加入弈林的冲动,只因疲于生计奔波,未遂夙愿。

　　不过,这种心驰神往并不因为不是棋道中人而让我淡却。恰恰相反,它随着我见识积累,与日俱增。围棋可谓源远流长。先秦史官所编《世本·作篇》追根溯源,认定"尧造围棋"的目的,是开启其儿子的心智。到了晋代,张华在《博物志》中又提出类似的说法:"尧造围棋以教丹朱。"到了后来,舜也受此启发,觉得儿子商均不甚聪慧,曾作围棋以教之。这些写在白纸上的文字,且不去管它是传说还是确有其事,有一点是可以确信的:围棋有

乡愁可依

其使智者成圣人，让愚者为智者的神奇魅力和魔力，正因为它蕴藏着博大精深的智慧和传统文化思想内涵，在几千年的历史长河中经久不衰，并且走出国门，走向世界。

铁勇先生浸淫于棋道时日不短，付出激情，投入青春。自然，他与棋道所具的气度、风雅、规范之类品质息息相通。换而言之，他长时间受中国风雅文化的濡染，肯定在其世界观、人生观、道德观、艺术观等空间存在深刻的相通之处。

在我心目中，铁勇先生一直是个现代隐士。现代隐士可住得水泥洋房，可驾得面包小车，倒不一定要蓄美髯留发辫，硬要在世俗面前为自己贴上标签，竖起惊世骇俗的鲜明符号。人一旦脸谱化了，抑或符号化了，剩下的也只是一具流离了精神的躯壳。隐士把心灵隐居在精神家园里，注重内心修炼，拒绝外在彰显。与铁勇交往，我获得了有关真伪隐士的直觉认识。

我们彼此从素不相识，到莫逆之交，其间也不过十年光阴。至今，我还清晰地记得那个初识的戏剧性开场。作为新闻记者，我那次是慕名前往一个叫西何的小山村采访，当时铁勇正在那里的村小执教。西何傍山依水，从人文的角度看去是个理想的养性怡情之所，而作为职场，它因其偏僻和贫穷吓得一拨又一拨青年教师卷起铺盖而走。从师范毕业分配到西何的铁勇，现在看来其功德意义不亚于普罗米修斯——熊熊燃烧于诸北平原，引发诸暨少年围棋热的始作俑者便是铁勇，是他从师范盗来了这粒火种！

江南三月，草长莺飞。西何村小就在眼前，几间低矮平屋透出简陋清寒。草场一角落，一名小学生神情虔诚栽种一颗枣苗。我觉得好奇，上前探询。学童说，春种一粒粟，秋收万担粮。他将这棵枣苗育出一棵幼苗，栽在校旁，期望着来年让大家品尝一

梦种子的颜色

作为农家子弟，我一直困惑于稻黍五谷的颜色，是那么的单调，甚至有些卑谦的黯然。

然而，它们一旦开花，鲜艳夺目，远比那些华而不实的耐看。

直到有一天，我在浙中白塔湖畔一所村校结识教师何铁勇，疑惑顿消，恍然大悟。

简陋的村小里，铁勇却在传布高贵：用纽扣染成黑白两色，便成了围棋；一群村娃子守着马粪纸做的棋枰，捉对交锋……

后来，一个个村娃从这里走出，他们怀揣着的"国手梦"种子，仅仅只是简单的黑白两色。

大道至简，能秋收万斛的种子，都是简单色。

树果实。这些都是老师何铁勇教他们的。望着面前至今仍刀刻火烙记忆在脑际中的那张天真脸庞,我当时就有一种聆听谶言的预感。

预感应验是在将近十年后的一个秋天。西何村小人去楼空,更见破败与荒凉,只见操场一角的那棵枣苗已长成罗伞般的大树,果实累累。那密密麻麻的枣子,秋阳一照仿佛成串的玛瑙,煞是好看。睹物思人,思绪万千:独立独行的铁勇,仍在用手绘的棋盘、纽扣做的棋子,顽强启发莘莘学子的心智与情趣吗?他能坚守住无穷无尽的清苦与寂寞,实践造就新一代聂卫平、马晓春式的天元大师之梦吗……眼前这棵苗壮成长、秋实可观的枣树,又分明告诉了我许多。

几年不见,铁勇创办的棋校真可谓"鸟枪换炮"走进新时代。在教室,一批稚童神情贯注,正与网上高手对弈过招。昨日记忆,恍若隔世。吃惊的是,铁勇依然清瘦单薄,两片薄薄镜片背后射出的眼神,可读出夏的灼热、秋的深沉。

按理说,棋痴铁勇凭借自己的天赋与爱好,大可在个人发展中施展身手,成为弈林高手,棋坛名将。但是,他偏偏不肯让名缰利锁所束缚,将全部身心和希望播撒到学子中,悉心传授,终极目标就是要在自己的手上为国家培养出天元大师级的围棋苗子来。为了这个目标,他矢志不渝。

记得白居易说过:"大隐住朝市,小隐入丘樊。……不如作中隐,隐在留司官。"在我的印象中,西何偏于乡村一隅,举目清苦,铁勇要守住自己的精神家园,尚还可以。自从棋校搬进五金王国店口闹市,与世界接轨,声浪日喧,举目之下难觅世外桃源。倒是日进斗金,言必谈钱的大环境,逼得让许多原本不太贫困的人有贫困感,原本不太浮躁的人有了急躁感。围棋天地,虽说方寸之地,别一洞天,但要人真的做到机心全泯,一无所待,天地与我并生,万物与我合,没有修炼高深的道行,恐怕早就毁志坏道了。隐士铁勇从西何搬入店口,不仅仅是一次教育环境外显形式的变异,对他的操守和志向也是一次严酷拷问。不过,有了这次拷问,我们完全有理由认定,他在隐士段位上也由先前的"小隐"升格为"中隐"了。

这条理由还可以用以下事实作为佐证和诠释:随着教学环境的大为改观,作为"教头"的铁勇仿佛如虎添翼,率领小将南征北战,多次夺魁,每有斩获。围棋是一个拒斥现实关系的特殊世界,置身局前,便可神游方外,沉思局中,自入别一洞天。这种神奇魔力,被铁勇洞察及发掘,巧妙运用到日常教育中,寓教于乐,想不到小小棋盘走活了素质教育棋。铁勇的可贵之处还在于,立足于中国传统文化,大胆汲取和融合了西方学者的研究成果和教育理念,创建新的有中国特色的教育模式,为此,做了不懈的探索。

我粗浅浏览了书稿,尤其着迷于其教学研究部分的学术文章,洗练雅致,立意高远,见解独到,深入堂奥。在中华古国的历史上,吟咏、记述、研究围棋的诗文书籍,虽不能说汗牛充栋,也确非无车可载了。但是把集十年教学心得点滴付诸成文,编为系统的,传诸少小后学,恕我陋见,这恐怕还是第一次。从其学术见解看,铁勇在著书的同时致力于立说。这在当下浮躁的教育氛围中,弥足珍贵。

默默耕耘,不问收获。做人做事,常在清寂处。既然付出了辛勤的耕耘,收获的回报也是自然而然的事,铁勇只是并无一般人常见的那种强烈功利意识而已。桃李无言,脚下成蹊。这也是必然的。他成功的意义一直在昭示我们:这个世界虽是十万红尘,难觅净化心灵、抒发性灵的场所,能否真隐,关键在于是否"心远",尚能"心远",即使人境结庐,亦不妨游心世外。

"世上滔滔声利间,独凭棋局老青山。心游万里不知远,身与一山相对闲。"铁勇还年轻,前面要走的路依然很长。我在衷心祝愿他百尺竿头更进一步的同时,顺手抄录黄庭坚《观叔祖少卿弈棋》诗中的几句,权作勉励。

拉拉杂杂说了一通,不知能否敷衍了事,心中无底。贻笑大方,请见谅!

（序《围棋教育》）

真史在荒村

一

与骆伯锦先生相识，缘于新闻。

那时，他供职于一家交通执法部门。身兼单位业余新闻报道工作，时常怀揣稿件，到编辑部稍坐。印象中的老骆，脸膛鳖黑，烟抽得凶，一副终日勤勉劳碌于烈日下的农夫模样。

事实上，在"方格田亩"上，老骆确实笔勤，已经出版了几本书。这让我自叹弗如，钦佩有加。每次见到老骆，他眼眸格外乌亮，透出的是一股不易觉察的坚毅与执着，惹人好奇。私下猜测，这股子精气神，得之于军旅的熔炼。果不其然，老骆高中毕业即应征入伍，直接跨出国门，投入到当年那场亮响无比的"援越抗美"战争。得知此情，我竭力怂恿他把在越经历写下来，以补正史阙如的同时，也为活着或死去的生命留下永久的记忆。我还承诺，愿做此书的首个读者。

到了今年盛夏，老骆再次做客编辑部时，怀抱一个鼓鼓囊囊的特大档案袋，满脸纵横皱纹，因欣喜都舒展开了。打开一看，袋子里面是一大摞稿子。不及细想，蓦然间，我就感到：该是自己践行诺言的时候了！

乡愁可依

在我狭窄的阅读视野中,目光还没有触及过这样一部由国内亲身经历越战的士兵亲撰,且体例杂陈,又不拘一格的战争著述。因此,也就毫不犹豫地把它认定为:一部越战的个人信史、士兵的心灵史和地域兵员征战的片段史。我深信,在史学研究、战史充实、文体创新等方面,都将留下它应有的位置。

这种发现与欣喜,也许会比老骆"十月怀胎,一朝分娩"的喜悦来得更加亢奋,因此格外珍惜人家的托付机缘。

此后,从盛夏到暮秋的几个月时间里,这部沉甸甸的书稿几乎不离手头,辗转于书斋、编辑室和排字房之间,反复拜读,细心琢磨,对于内容编排、版式设计、图片装帧等每个环节,都不敢掉以轻心,生怕一不小心的疏忽而违忤了许多人——不仅仅是作者,还有书中所涉的幸存者、地下有知的阵亡者,以及与他们休戚与共的妻儿子孙。

在这个飞奔向前的时代里,这本书的出现,无疑会令人突兀。人们更乐意信奉的生活准则是"活在当下",觉得现实比历史更重要得多。不可思议的是,在这一点上,主流社会与民间大众,保持着惊人的认识一致。人类这一通病,东西方都难以幸免。个中缘由,西方的哲人却比东方人要看得透彻:"凡是与当前需要不符合的任何新闻或任何观点,都被禁止保留在记录上。全部历史就像一张根据需要不断刮干净重写的羊皮纸。"

三

随着新中国的建立,百废待兴之际,中国军队出境作战曾经进入过一个史所罕见的高峰期。除人所知晓的抗美援朝以外,子弟兵鏖战越南、缅甸、老挝、印度，这样的战事，大部分国人记忆全无，更遑论体味我们前辈曾挥洒青春与热血的悲壮与惨烈了。恰如英国作家奥威尔所言："一切都消失在雾霭之中了。过去被抹去了，而抹去本身又被忘掉了……"

即使是本书所述的战事，今日若想寻找相关资料也非易事。据记载，20 世纪 60 年代，中国出动高炮、工程、铁道等部队 32 万多人，秘密抗美援越。很多人身着越军军服，从友谊关挥师南行。几年征战，中国军队在越牺牲 1446 人，长眠于越南 20 多个省的 50 多个墓地中。

对于这些阵亡将士的奠基，我们这些活着的人就不仅仅是过年时端放于桌上的一只空碗、一双筷子，而是搁置于一代又一代人一方灵牌前，无形而沉重。因为，人类的来路，连通着往昔。这也是我们必须"活在历史"、人之所以为人的理由。

正因为如此，当我捧读书稿，目光触碰到一张照片时，眼泪夺眶而出。照片上，一位援越抗美士兵的遗孀，万里寻夫，扑在飘零于异国他乡的烈士墓上，仿佛扑在了亡夫的身上，悲恸大哭。这种恸哭，江河失色，天地动容。怎么不会呢？丈夫出征，正值小两口新婚宴尔。征夫此去就是四十载，日思夜想，青丝熬成了白发，秋波抽干成枯井，等来的却是阴阳两隔，怎不叫人肝肠寸断、撕心裂肺呢！

恸哭依然在我耳畔回荡，挥之不去。此刻恸哭的是我的一位堂祖母。几十年前，堂祖母不知从何处听来援越作战儿子的阵亡传言，大恸悲哭，呼天抢地，几次昏厥。于是，我小小的心灵，便烙下了人世间骨肉分离那种痛彻心扉的印痕。想不到的是，由于一张照片，这种恸哭又会电光石火般激活我的刻骨记忆。

不要以为，侥幸是护卫懦弱灵魂的厚实铠甲。西谚云："丧钟是为一切人敲响的。"在这个世界上，喜怒哀乐的神经末梢连通着生灵万物，一荣俱荣，一损俱损。世上万事，没有谁能够置身事外，超然物外。抚慰别人心灵的伤痕，其实就是抚慰隐藏在自己灵魂深处的无名之痛。

四

诚然，与西方相比，对于人文的关怀，对于战争的反思，我们做得还远远不够。

战争是政治的延续，也是最激烈、最残酷的政治手段。戎马一生的刘伯承元帅，晚年拒看一切战争电影。他解释说："我们牺牲一位战士，他的全家都要悲伤啊！这会给那个家庭带来多大的损失啊……千百万年轻寡妇找我要丈夫，多少白发苍苍的老太太找我要孩子，我心里不安啊！"

这位身经百战、自称是"从大堆兄弟、父亲、亲人尸体上爬过来"的中共高级将领，由己及人，竟然怜悯于昔日"敌人"的生命意义："同样，一个国民党士兵死了，也会殃及整个家庭，他们都是农民的子弟，一场战争要损伤多少家庭啊！"

肺腑之言，可谓是对战争之殇的大彻大悟。有这样思考的人，一定有一副大慈大悲的菩萨心肠。

战争的伤痛与后患，并不随着硝烟消逝而遁迹无形。2011年4月，民政部发布信息：自革命战争年代以来，先后约有2000万名烈士为中国革命和建设事业献出了宝贵的生命。目前，有名姓可考，已列入各级政府编纂的烈士英名录中的，仅有180万人左右。人到世上，只有一次生命。面对烈士"无名"两字，我们如何向地下英灵交代？

因此，当触及这一组数字时，凡是心智未泯者，一定会期盼每位逝者的名字能够被铭记、被怀想；更冀望，人们能永远避免面对硝烟后的残壁断垣、血肉尸骨、丧家失友、家破财空。

也许，平民百姓的手腕还无法拥有足以把握未来的力量，但是，我们坚信自己拥有力所能及放飞和平的天空。譬如本书作者骆伯锦先生，以一己之力，在暮年搜寻、钩沉、打捞越战往事记忆，苦心孤诣构建一座由文字陈列的"民间历史博物馆"。其实，近几年来，民间对于搜寻革命英烈、告慰地下英灵，持续发力，这样的事迹屡屡见诸媒体，温暖着中国。由此还直接促成了中国上层启动境外烈士墓地保护等机制的建立。民间行动，草根力量，可谓功德无量！

"兵者，国之大事，死生之地，存亡之道，不可不察也。"早在二千多年前，"兵圣"孙子告诫后人，战争凶险无比，要慎之又慎。今天，手握国之利器的政治家，应具有现代文明智慧，尽力避免将政治纷争演化为非黑即白、非此即彼、非对即谬、你死我活的极端境地，防止战争成为应对争端无可替代的唯一选择。

"主不可以怒而兴师，将不可以愠而致战。合于利而动，不合于利而止。"战争止于决策者的理性与审慎。

五

世事变幻，诡秘莫测。即使当年三十多万中华儿女与邻生死捍卫过的南中国海上，又是一番波诡云谲，政治、利益、资源多重交织，昔日"同志加兄弟"的关系，正经历着西方"朋友与利益"互换铁律的考量与抉择。由此又引发了国人对于几十年前那场出兵援助战争意义的重新反思，一时众说纷纭，褒贬互见。

平心而论，一国领袖无论多么英明，远见多么卓识，他毕竟不能掐算三四十年以外的身后事。所以，无论如何评价，都不能脱离当时的世情、国情与人情。当然，一个盲从的民族，是麻木无望的群氓。一个民族，只有反思的种子发芽，再赋了容忍它的阳光雨露，便会结出希望之果。

树欲静，风不止。中国正在崛起，无论风从东南西北来，今日中国淡定面对的大国心智应该是：无事不要生事，有事不要怕事。我们反思所有战争，绝不反对一切战争；我们企求所有和平，绝不乞求一切和平。

六

闲话扯远了，还是回到正题。

说到编志修史，在我们这个国度里，具有朝野互动的悠久历史传统，官史稗史野史，汗牛充栋。自从太史公马迁宁辱不谀著青史，更成为史学者高山仰止的人格巅峰和操守地标，基因沿袭，代代相传。

今日，我捧读骆伯锦先生大作的时候，分明能感到太史公精神的传承，并在现代人文关怀的烛照下，这种精神得到延伸与发展。作为一名退休老人，老骆自觉地拨开往事的尘埃，捡拾散落在地的历史碎片，拼贴其罅隙，晕现其漫漶，彰显其细节，捧出了一段完整的历史特定记忆。

与前贤太史公不同，老骆视普通人的命运即是一个民族的命运，凸显人民是历史的主人的新史观，由此抛开单一的政治功利与英雄战争观，重在表现常人情怀和生命珍重。老骆颇具史德，照实直书。内中记述某班长挟私报复，将一战士以"战场抗命"之罪当即枪决。闻知此事的部队领导，唯恐事端扩大，缺乏原则"和稀泥"。痛哉！一条青春生命，在战友的枪下沦为孤魂。

　　真史在荒村野江,此言因今年夏秋的因缘际会而坚信不疑。拙文标题落笔时,颇费踌躇,唯恐有些大而空洞。然而,行文至此,便觉它十分贴切,于老骆的行为与文章,并未拔高溢美,心有释然。

　　附带说明的是,此文原为报章所写,老骆强拉硬拽非要我作序,本人偷懒,扩充一番权充序文。唉,违拗不过,只得悉听遵命。恳求读者,务必见谅。

(序《援越抗美》)

相约北纬三十度

一

地球有一条神奇而又美丽的金线,它叫北纬30度黄金带。

终于在某个日子,我们把这条神奇的金线攥在手中,以笔为针,将故乡的特产名品、珍馐美味及其附丽其上的文化一一穿起,向世界捧出一挂物阜民能的故事珍珠项链。

二

金秋里的殿南风物醉人,桂馨已涂抹得遍野染香,豁开了口子的板栗慷慨邀人品尝。农家捧出了金黄的玉米、玉白的番薯、浓烈的土酒,热情犒劳着这些曾经辛勤耕耘在乡土文化田野的作家。

秋景美,乡情酽,站在土坡仰望巍巍东白山,乡土作家们忽然有了一种更崇高的使命责任,在胸间激荡:

虽然我们已踏上创作的高原,但要向前面的精品高峰攀登。

一方水土,一方风物。风物特产既是大自然的神奇馈赠,更依赖这片土地上勤劳人民的不息培育。因此,在它们的身上不仅深藏着水土、民风、习俗、智慧等多重文化密码,而且在漫长的发展历史中产生了不少传说,令人神驰。

香榧、珍珠、名茶等等,这些诸暨农土特产早已远涉重洋走向世界。即使次坞打面、草塔三鲜、山里藤羹等土得掉渣的风味,也让天南海北的宾朋唇齿留香,赞不绝口……

为风物演义,让诸暨扬名。早在一年前,诸暨市农林局孟志康局长就有这样的愿望,怎样将诸暨丰富的农特产品用故事的形式向社会传播,以此来宣传和推广诸暨农业,使之成为一张诸暨的金名片?为此,他发起了风物民间故事征文活动。为确保质量,他还专门找到了诸暨市民间文艺家协会,下了一份特殊的"订单":依托该协会人才济济,擅长乡土故事创作的优势,为当地的风物、特产量身定制故事。

"此时此刻,诸暨就在具体而实在的风物风味风情中。诸暨的声名传播,风情是它的魂,风味是它的魄,而风物才是它的介质和骨骼。"有一位民俗学家认为,"魂要附体才能走得更远。一个不争的事实是,我们诸暨的风物特产早已闻名遐迩。只有物质之名,而无文化之名。"

让风物的灵魂跟上它的物质躯体,用故事重塑诸暨特产的文化魅力,诸暨民协决心不辱使命、不遗余力。在短短的几个月时间里,乡土作家跋山涉水,走访耆宿,加工创作出故事50篇,交出了第一份答卷。

"相信在这些故事中,能找得到诸暨文化在世界的地标方位。最起码,彼此系着的那条血脉脐带已经呈现出来了。"这位专家自信地说。

三

从诸暨各个角落赶来聚首东白山下、殿溪河畔,二十多名乡

农家小院角落

秋已很深,转过几天,节气就迈进冬天的门槛。

此时的农家小院最可足观。季节交替进行,诗意俯首皆是。

枯木劈成了块,整整齐齐码成了一堵墙。这是户主冬天整整一季的柴火。

柴爿墙才刚刚垒起,就有瓜藤蔓伸过来,顺着现成的阶梯,伸头探脑就要亲吻和煦的阳光。

柴火凝固成了热力的音符,不知冬之将至的瓜藤,仍在书写喷薄生命的诗行……

(摄于诸暨山乡)

土作家虽然交出了各自的"作业",但焦灼与不安同样挥之不去。

因为,站在土坡眺望,不远处的东白山更高,风光更迷人。使命召唤,攀登自然成为一种自觉冲动。

"别看我们的香榧茶叶之属,其貌不扬,却香飘寰宇,广为世人接受和喜爱。我们的风物故事也应该、也必须像它们的依附物一样,为世界所传颂和讲述。"民间文学专家在讲课时,不厌其烦地向乡土作家们阐述一个文艺规律,"越是民族的,也就越是世界的。尤其是民间文学,更应该具有这种禀赋。"

能为家乡写出一批在世界述说的故事,悄悄地成为这次殿南培训的旋律,回荡在每个与会人员的胸中。

"风物特产是上苍恩赐,更是这片土地祖辈双手创造出来的。所以,为风物立传,更是写一方水土一方人。"这位文学专家反复告诫大家,物有大美不言,人有大德自明,诸暨真善美,世界共一识。

也许通向世界的叙述之路有千百条,经过这次培训活动的乡土作家们认准一条:物美人更美,写出一地风物,写活诸暨风情。

四

汲天地灵气,生自然广野,正因如此,诸暨风物风情万种。

"我们的风物故事创作也该从中受到启迪,不失野气,不丢灵气,不损土气,由此提炼出大气、神气和正气。"另一位民间文学专家,极其关注这次创作者们的身姿和视角。

"毋庸讳言,个别作品中出现的帝王将相、才子佳人多了些。假如我们诸暨的风物都要由他们点头称好,既与历史逻辑不符,更是一种文化的不自信。"他毫不讳言地批评这种创作倾向。

乡愁可依

从人民立场出发,写人民的风物传奇。培训活动时间尽管不长,但创作的主旨得到迅速的统一。故事是人民大众喜闻乐见的艺术形式,故事之中有人民性。写人民群众的创造和智慧,才是民间文学走向成功的必由之路。

"大众思维,平民视角,乡土语言,质朴风格,糅合了这些元素,世界一定会给予我们诸暨风物故事一张通向五湖四海的船票。"有了自信,充满愿景,殿南山村又成了诸暨乡土作家们为家乡写作风物故事的新起点。

站在这个新起点上,他们从眺望转入迈步,满怀激情,朝着向世界述说诸暨的高峰登越。

感受着乡土作家们如此高涨的创作激情,市农林局领导深受感动。他们十分尊重作家们的辛勤劳动,热情鼓励大家放开手脚创作。

把昔有清零,以初心为始,诸暨民间文艺家们在此后将近一年时间里,三易其稿。二〇一六年,又一个金秋将至时,他们奉上了这一部沉甸甸的《物阜民能》。

诚然,一本书所述只是诸暨风物特产传说故事的冰山一角。面对灿若繁星的这一方天空,无论组织者,抑或创编者怦然心动,以第一次尝试的经验与教训为基石,争取编创出更为精美的《物阜民能》续编,再编故事书。

相信,大家都期待着这一因缘际会。

(《物阜民能》后记)

乡村·真情·摹写

数年前,中央电视台的一个摄制组专程赶到诸暨,采访拍摄过我。面对电视镜头,我坦诚相告,自己仍然是个农民,一个丢开锄杆而拿起了笔杆的农民。

那期专题,后来在央视的某个频道中做了播出。作为一个媒体人,我也访人无数。可是,轮到自己有幸成了一回被采访对象,浑身上下都不自在。熟识我且又看了那个专题片的人都说,只有我在说这句话时,才显得神安气定,底气十足。

当语言从心扉自然流淌出来的时候,语言就该是汩汩流动于山涧的清泉,原生而质朴。

我在农村生活了二十年。1984 年,离开了这个紧挨着县城的小村子投奔到城里的广播媒体,谋到一份叫作"记者"的职业。对于我而言,这是一种谋生手段的重新置换。因为身体单薄的我,实在不堪重负于父辈们昏天黑地的劳作,更不堪在过度透支了体力之后,仍然无法获得社会与体制的双重精神尊重。瞅准体制轻轻掀开的一个空隙,我告别了土地,逃离了农村。

其实,一个人的灵魂脐带,并不因为他的走动而扯裂断开。进城几十年,我梦中之境大多还是乡村人事,有时一觉醒来,泪湿眼角。命中注定,我是一个城乡"两栖人":一只脚虽然迈进城里，另一只脚仍然牢牢地拴在了乡村。

这种恍惚状态，鬼使神差般地主宰着我，使人的思绪变得有些敏感而警觉。我那魂牵梦萦的乡村，更多时候，被我那些同行吟咏成一首陶醉的田园抒情诗；不少的时候，又被涂抹成一张灰暗的黑白画。在这些东西里面，我找不到乡村社会裂变中的痛苦与期待，看不见乡亲们被漠视的尊严何处重拾。这种以真实名义而书写的"虚构文字"，常常灼伤我的眼睛，刺痛我的神经。

已经承载了过多历史重负的中国乡村，在进入传媒时代后，反而被变形和忽视。因此，我有了锥心之痛：一方面，农民命运的颠簸，屡屡被传媒制造的"宏大叙事"所鄙视摈弃；另一方面，真实的乡村不被名家大腕所关注，或者被有意无意遮蔽了，于是"赵本山式"的嬉闹符号，像狗皮膏药一样贴在中国农民身上；即使本该代言的那些所谓社会精英，对此放之任之，也表现出普遍的冷漠与失语。

所有这些，迫使着我回到乡村。我也知道自己人微言轻，萤火之光照不亮什么，却一意孤行。黧黑的皮肤是我们共同的生命原色，而粗粝的乡音有着一致的稔熟频率，重返乡村，我无须刻意地去改变自己什么。

重返乡村，我的新闻前辈往往会选择双脚丈量中国，用眼睛打量现实，有着一套优秀的传统。对于他们，身虽不能至，我心向往之。这些年中，跋山涉水，穿村走户，骑破过数辆自行车，采用近似田野考察手法的我尽可能走到现场去抚摸民生的欢乐疾苦，近距离观察非中心地带的纷繁世事。

离农村越近，与真相就越近，事实告诉我一个道理。对于农民的日子在改革开放以来有了很大好转这一事实，如果视若无睹，那是睁眼瞎。对于农村复杂问题的有意回避，那是无心肝。

我不止一次见过一些村干部化公为私,起高楼、开豪车,听到过他们被人斥为新一代"土豪劣绅"的骂声;同时还触目于城市与工业资本合流,怪兽般鲸吞着乡村的乱象……在这片有着历史、现实太多纠结的土地上,我对这些看似光怪陆离的图景,没有太多的诧异惊乍,因为这就是真实的当下中国农村。即使国家开始将些许红利返还农民,并不标志着已经真正把他们引入了政策决定的公共博弈领域……然而,我们又能苛求他什么呢! 穿行在此,我并不觉得脚下的县域地面狭促。在我看来,一个村庄在中国,一个中国在村庄,它们伟大,却又粗糙。

显然,乡下不认小资们推崇的自恋情调,以及与之相关的虚张声势文字。这让我在采写过程中,经历了文风上的一次脱胎换骨,阵痛之后,却有一种新生的惊喜。

岁月不居。我编务之余,在生养我的土地上,已经当了几十年的"笔杆子农民"。在纸质、电波形态的一亩三分田地里,粗疏地栽种了一些叫作"新闻"的庄稼。再经过一番脱粒、翻晒、取舍,就捣鼓成了这本二十多万字的杂书《田园拾穗——"三农"照壁上的印迹碎屑》。

有人说,所谓"非虚构",其实更应该是非虚伪。我对自己的文字从来没有多少自信,倘若有人读了以为真诚,那就是对我二十多年来苦心耕耘的最大奖赏。

（《田园拾穗》后记）

真情道白

噪柳鸣槐晚未休,不知何事爱悲秋?

眼见得这些凌乱芜杂的文字,将在现代化流水线上生产成所谓的作品集,感慨万千,提笔想写几句,搜索枯肠,苦思半天,竟写不出一个字来。沉吟良久,脑际冒出来的却是唐朝诗人许浑《蝉》中的几句,直怀疑自己此举是否算得上聒噪得让人心烦的秋蝉做派。

我记得有这么一句歌词:"精美的石头会唱歌"。顽石尚且有此功能,作为信息与情感交流载体的文字,它的功力自然要神奇得多。作品就是作者的宣言,或者说,读作品其实就在读作者。因此,读者在阅读中会感受到作者心律的搏动,体会其喜怒哀乐和情感的变化。成功的作品是不需要作者抛头露面,啰哩啰嗦的。但我辈其生也晚,秉性愚钝,缺乏才情,自感浅陋文字与大家成功名作相遥十万八千里,也自知此举或许有画蛇添足之嫌,但看到倾注了自己心血的文字将要变成铅字,接受大家的评头论足,惶恐之余,交代几句又似不得不为之举。

本书既不是一部探索、记录诸暨人(亦涉及周边地方)性格之书,也不是特定地域的田野报告,即使有所沾边,也只是浮光掠影、一鳞半爪，偶有所得，没有章法，不成体系。这些文字曾在报刊上以另类方式出现过，在师友的竭力撺掇与怂恿之下，东村斜松西坡柳，而今移向一处栽，表面看似林林总总，但细读之下，更见零乱与散杂。不过，"敝帚自珍"，当初写这些文字时的初衷，就是要用手中的笔记录我们这一时代的众生相，感受我的乡亲遭受挤压、撕裂的痛苦，对岁月变迁的困惑与疑问，对命运的抗争和奋斗，以及成功的欣喜与欢乐。我确实是朝着这个方向努力地去做，用了心，尽了力，至于成功与否，只有留待读者去评判了。

不过，从另一个角度说，我依然十分自信。在我的家乡，不管置身于何处，只要精神的器官还没有退化殆尽，那么你一定会被我家乡诸暨特有的魅力所着迷。毕竟，在地球一隅浙中大地的一个角落，有着这样一个叫作诸暨的地方；有这样一群人，一个特殊的文化群落，在他们的身上，有着鲜明的文化符号和图腾印记。共产主义者可以凭借《国际歌》熟悉的旋律，在地球的任何地方找到同志和战友；我相信，循着诸暨人身上所特有的文化气息，哪怕走到天涯海角，一样会在乡党中出现《国际歌》那样的亲和效应。因为诸暨本身就是一部大气派的皇皇巨著，它的生动和精彩远非拙劣所描写的那样。在希望读者和方家们宽宥我的笨拙与幼稚的同时，我深切地感受到，此生能做一个诸暨人，实乃三生有幸！

在诸暨，许多人都比我生活得滋润发达，但我不会因来自社会底层而自卑。细细想来，我的父亲、祖母、祖父，以及往上一直可以追忆的长辈里，都是躺在自己的床上平静地离开尘世的，他们的灵魂升入了天国，但他们的正直和血性，平和、平凡、平静、平实的性格，恪守宁可忍饥挨饿，也绝不会斜视人家饭碗的处世准则,却在潜移默化中成为我人生的信条!

按现代人的说法,我的父亲是个严重缺乏阶级立场的人。作为一个贫农,居然会认当地的一名地主为干爹。解放初期,父亲手握南门地面百姓的成分划分和审定大权,他的地主干爹三番四次上门求情,希望高抬贵手,"降格"处理。但我父亲却认为这玩笑开不得,他既不愿伤害人情,又不想违反政策,左思右想,于公于私都不能伤害,最后只有伤害自己,挂冠而去,重操他的耕田旧业。就是这样一个善良、老实、敦厚、耿直、与世无争的农民,父亲几乎把他的全部感情都倾注到了脚下的土地上。平素他沉默寡言,但一开口便似乎有参禅的深邃。有好几次,我在外面受到了委屈,回家后与父亲交谈,他听后并不多言,只是一杯杯地劝我饮酒,末了就是那句话:走不下去了,就往家里走吧!再后来,当我逐渐知道了世事的艰辛,懂得在外闯荡,极有可能在某一天醒来后发现自己已经一无所有,但我有家,最起码还输得起;倘若没有了家,没有了归宿,那才真的算得上是人生的血本无归,连做梦都会身首异处。

家乡,是我情感寄托和依附的地方,是我魂梦萦绕的精神家园。虽然,我也曾迷惑过都市的繁荣、热闹、多姿和浮华,命运也曾给予我几次逃离贫穷家乡的机会,但最终都被我放弃了。这倒不完全是由于惧怕都市背后的陌生、冷漠、喧嚣和虚荣,而是因为我的根已深深扎进家乡,她有那么丰富的色彩,那么深厚的文化底蕴,那么生动的历史,那么精致的传奇!

从宽泛的意义来划分,我自然忝居文字工作者之列。但是,并没有人逼迫我写出这种文字,也没有人逼迫我以这种不伦不类的方式去写这种文字。"我手写我心,真情换真情",每当我穿梭于山乡村镇,阡陌通衢,在完成了新闻记者的必须工作以后,意犹未尽,总还感到有一种东西在我的胸中积蓄、发酵、奔腾、激荡,在寻找宣泄突破口。这使我昼夜不安,要求我重新拾笔,以另一种方式,发出自己的声音,让生活在社会底层的人听到远方有人在为他们呼唤的声音,希冀他们在尘世感到人间的温暖和希望。也许这就是我的创作原动力。小鸦尚知反哺义。我身上流淌的是诸暨人的血,我没有理由拒绝为养育我的人民献上自己的一份绵薄真情;我只想用自己的笔,把自己微弱的心声传给人民大众! 在我心目中,社会上大多数像我父亲那样真诚、善良坚忍、默默无闻的芸芸众生就是人民。

直面底层人生的结果,让我对浅薄做作的缠绵、温情、伤感、庸常与颓废等所谓时尚,实在提不起写作等兴趣。随着田野牧歌时代的终结,人们懵懵懂懂地迈向所谓后现代社会,稍加留意,我清楚地看到民间群体所存在的精神需求和价值取向,在某种程度上与现时流行的时尚是大相径庭的。

我这么做并非要颠覆时尚,也绝非刻意地去迎合某种取向,更不是沾沾自喜于民俗风情,以膨胀的情结溢美乡土。恰恰相反,检省与审视这方水土这方人,我吃惊发现诸暨大众性格中许多值得深思的尴尬与背时,诸暨人可谓是:聪明不精明;理智不机智;通达不发达;坦然不豁然;认真不较真;文化缺变化……这些具有鲜明特征的大众个性中的某些因素,或多或少会阻碍、放慢她的子民融入世界的脚步,甚至会衍变成一种羁绊。

当我拿起纸笔,想向世人展示乡人们的生存境况时,反复拷问自己的是:在国际文化多元的大背景下,我们对自己到底了解多少? 学者亨德里克·房龙说过:“如果我们知道自己是什么人——是古时住山洞里的人的当代版,是叼着香烟、驾着福特车的新石器人,是坐着电梯的穴居人——那对我们精神健康倒更好些。"这番话值得让人细细品味和咀嚼。我们无法掐断身上的文化基因遗传链,但是,我们可以重新塑造开放、大胆、创新、洒脱、精细的新人格,可以在文化坐标上大写诸暨人这几个字。恐怕这也是来自许许多多诸暨人民灵魂深处的憧憬和冲动。

诸暨有一句谚语,"行当多,不出窠",好像讲的就是我这种人。这与十六世纪法国的一位思想家的观点有异曲同工之妙。他说,什么都来一点的人,最终什么都得不到。这些年来,我断断续续写了些文字,乍一看,散文、小说、戏剧、报告文学各个领域都有所涉足,其实,这些东西"作"而不"品",缺少深度和力度。要不是几位师友的竭力怂恿,我连结集的勇气都没有。面对悉心指点的曹建勇先生,为我打印校对的何超群学妹,以及众多关心我文章的读者诸君,除了深深地道一声谢谢,我还能说些什么呢?出一本书,让我的人生笔记中又增添了新的内容,添加了饱含真挚感情的难忘一页。

印刷机已经开动,催促书稿上机声一声急似一声,我已经没有了时间再斟酌词语章法,"丑媳妇总得见婆婆",差错不足在所难免,好坏得失让读者诸君评判吧,祈望多多包涵的同时,请相信我的真诚。

是乃真情道白。

(序《乡里乡亲》)

三十二年一件事

一

许多人不相信我还在死心塌地干广播,且是县级广播。

几年前,京城邂逅一位从诸暨出来已成商界大腕的昔日同行,问我何处"高就",我说还厮守在老单位。他惊讶不已,像碰到外星人一样打量一番,而后极其夸张地咋呼起来:"还在县里做广播记者?那你岂不都成精了!"

我听不出,这句话是贬还是褒,或者贬大于褒,只是很费思量。

其实,碰到朋友这样相问,我已不是第一次,如出一辙做答,都已成机械性了。不过,得到的反应也极为一致:一半是诧愕吃惊,一半是不可思议。

也许,在不少人眼里,我真的成了一个怪物。

二

掰着手指头算来,连带乡镇专职报道,再到县级广播,我的新闻工龄已有 32 个年头了。从一个毛头小伙,熬成两鬓染霜的中年,岗位未动,职务未变,三十二年我只在做同一件事。

乡愁可依

夜深人静的时候，我辗转反侧，扪心自问：三十多年做同一件事，要是换成他人，事业上早该炼成精、修成仙了。可是，到了我，越在基层媒体干下去，疑惑越多，自己的底气越感不足。由此得见，不正说明自己禀赋不足、先天愚钝吗！

一缕风，吹皱一池水。朋友们无意间的问询，常常弄得我心绪不宁。

三十多年死心塌地地干一件事，难道只是傻子、愚夫所为吗？转念一想，如果这真的是傻事、笨活，那么，世上还有许多人比我更傻更笨。比如"杂交水稻之父"袁隆平，他就说过自己大半辈子只做一件事——研究杂交水稻，让世上更多的人能吃饱饭；又比如德国有一位世上罕见、固执无比的警察，从入行到退休只做一件事——几十年锲而不舍，终于将一个逍遥法外几十年的杀人犯，抓获归案。尤其后者，几乎耗尽了毕生精力才抓住唯一的罪犯，固执又较真的警察，却以自己宗教徒般的虔诚，捍卫着法律与天理的神圣。

很显然，论贡献，说名声，我根本无法与袁隆平们有的一比。然而，他们依然如此执着，专心致志，埋头耕耘，我这个普通小记者，就更没有理由对自己的选择产生怀疑或动摇。

三

人生无奈的时候，总会习惯性地牵扯到命运。

我无须抱怨命运。命运眷顾着我，曾给予过我不少机遇：或许我可以成为一名学有所成的教师、一名勤勉的行政干部，即使要吃记者米饭，我也可以到省、市乃至中央级的报纸、期刊、电视媒体去捧饭碗。然而，留下来的我并没有觉得现在的选择有什么不好。

1984 年,是我人生的一个十字路口。乡里的团委书记、乡校的语文教师和县广播站的采编人员,机会似乎扎堆地向我抛来。在多种职业中,我毫不犹豫地选择了后者。

新闻记者是我梦寐以求的职业。不过,当时我是以招聘的身份来入行的,捧的是一只随时都会摔破的"泥饭碗"。可是,我热爱这份职业,珍惜这个机遇。并且,我出身贫寒,是父母期待的长子、家中四个未成年弟妹的兄长,家庭责任只允许我成长为示范与楷模。

从一名业余通讯员向专业新闻工作者的角色转换,这是一个漫长的过程。大概有五六年时间里,我几乎放弃了所有节假日的休息,为了赶写新闻稿,常常是深更半夜才回到宿舍。逢年过节,在冷寂的编辑室里,我总是从早到晚的那名坚守者。同事夸,单位奖,弄得我脸颊绯红,为自己存着的那份私心而愧疚。

是的,放弃假日、主动揽活,我有一份私心在里头。

那时的一个小小诸暨广播站,人才济济。那些业务骨干无疑都成为我暗中认定的"人生参照""榜样楷模";他们敬业且勤奋,无一不被我私下里照葫芦画瓢般仿效。这些行径又哪里逃得过他们的眼睛,师长们更乐于在新闻采写、节目编辑、文学创作上慷慨赐教。如此这般,连"偷"带学,我获得了不少收益,也更加热爱自己所从事的职业。

20 世纪 90 年代末期,命运又将我推到一个新的十字路口。曾经一枝独秀的县级广播媒体,接二连三遭遇行政区划撤并、新兴媒体崛起的打击,一下子滑入低谷,出现线断网破人散的颓象。

在这段煎熬的日子里,我目送着一个个昔日师长走出县台那条幽深的陋巷,眼睁睁地看他们在商海弄潮,在文坛搏浪,在更大媒体扬帆。骨干流失,县级广播风光不再。在一片"基层广播电台还有出路吗"的怀疑声中,省、市乃至中央级的不少报纸、期刊、电视,向我招手,有的甚至还亮出安排房子、位子的优渥条件。

是选择走,还是留？的确,我的内心掀起过一阵阵波澜。

四

一次次冲动,一次次否定。最终,我理性地选择了坚守。

我十分明白,这些强势媒体看中我的这点东西,恰恰是诸暨广播精英们言传身教的结晶,是基层广播这块肥沃土壤培育的果实。儿子不能嫌家贫,困境更应淬忠诚,我怎么能选择逃离呢！

是的,收入可以兑换财富,位子可以引来艳羡。然而,在我看来,这些东西并不能代表精神的真正价值。因此,我十分看重与留恋诸暨广播这一特殊的文化生态环境。在这里,有一个宽松的环境,有一批宽厚的同事,还有一帮宽怀的领导。在这种规模无法再小的基层媒体里,同样可以孕育宽阔的理想。

"基层"不是一个以"小"字标示的地域概念,而是奔涌着中国生机、苦乐、困惑的大所在。凡是扎进能听到百姓心跳深处的记者,才会知道自己生命的渺小和工作着的价值。在这部无字天书面前,我遑说"成精""成仙",就是读懂它都感到吃力无比,收住狂妄,唯有苦行僧般一路前行。

安顿好心灵,我一心一意做广播。这些年来,我的命运与县级广播同休戚,苦乐与基层父老共相连,自比为"拿笔杆子的农民",骑破几辆自行车,像一头黄牛那样翻耕在二千多平方千米的田园里。弹指三十余年,翻拣收成,粗粗算来已有 400 多件新闻、文艺、论文、广告作品,在省、市和全国获奖;5600多件新闻作品、5部长篇报告文学和文艺作品集,算是我敬献基层的一瓣心香;偶尔,我一不小心独步广播界的一些秘境,如创制了全国首部"复合广播剧"、本人"五个一工程"奖作品数量在诸暨至今无人能突破⋯⋯基层也慷慨赐予我不少:全国广播影视系统先进工作者、浙江省新闻十佳人物"飘萍奖"、绍兴市"十佳新闻工作者"、"拔尖人才"、"五个一批人才"。

韬奋出版奖得主潘宏有言:"将职业需求和事业追求紧密结合,那就是媒体人的幸福。"

我说,基层不欺实诚人,种瓜者必能得瓜。

五

饮水思源。人是需要感恩之心的。在感恩中工作,我才会感到快乐与踏实。

对于事业,人还需要有敬畏之心的。在敬畏中工作,我才会感到珍惜与不足。

我一直铭记着中央电台一位著名老编辑对我的教诲。他说,一个人,一旦认定了自己的职业,就要像恋人一样终生厮守她,忠贞不渝挚爱她。三心二意的人,一辈子只是圈外徘徊的门外汉,休想得到女神的芳心。

精彩世界,诱惑很多。我只埋头耕耘在县级广播一亩三分的田地里;圈子很小,天地很大,穷尽毕生精力都难以成为行家能手。可是,我一生选择总不悔。豁出一生去,做好一件事。

《躬耕》后记

站立的地方就是中国

细心的读者也许已经看出，"小媒体生存"是个很具学术范儿的命题，然而，本书仿佛七荤八素的大拼盘，离大家的期待相去甚远。我想，把个中缘由交代清楚，便是这篇后记要做的事。

因为"小媒体"身居江湖之远，身份卑微，连一向以制造概念为能事的专家、学者，都不爱提及。这是怎样的一个所在呢？在平常的认知中，我们对中国的媒体格局及形态，习惯于根据其性质、定位和行政级别，分为"大报"和"小报"、"大台"和"小台"，类似《人民日报》、央视这样的，被称为"大媒体"，而地方（包括市、县）报纸、电台、电视台，往往被称为"小媒体"。因此，凡天下有水井的地方，就有小媒体。

正如我的挚友、华师大教授仲富兰先生所言，在业界，中国的小媒体是"沉默的大多数"。它们的身份地位、生存景况，又十分酷似中国农民：散落于共和国版图的角角落落，占着人数大部分的绝对比例，却一直被遮蔽在宏大叙事、社会视野之外。近年间，改革的红利与国民的待遇，正在逐步返还到中国农民的身上，而小媒体远不及此：上层，在顶层制度设计中，对它不是有意疏离，就是无意排斥；基层，在公共事件等多个领域里，小媒体往往成为地方强权驱赶的对象，更遑论话语发声；底层，由于媒体身份的日益缺失，它不由自主地漂泊于新闻的热点、焦点之外，只能栖身于琐碎、庸常的"宣传"语境中，又遭受着受众的冷落，甚至远离。已经离主流渐行渐远的小媒体，只能徒叹"姥姥不疼，舅舅不爱"。

不疼不爱，小媒体不招待见，其症结还来自当下对"媒体产业"的过度崇拜。诚然，地广人众的小媒体产业总量，数字寒碜，效益表情不佳。且不论，造成今日小媒体产业表现低下，有着历史的多重原因，就是这种以"亩产论英雄"的绝对僵硬度量，不知有多么荒谬，多么短视。

没有一个媒体人不知道，媒体的属性中，既有产业特征，又有公共职能的诉求。可是一旦到了一个具体实际的操作程式上，又有多少人能廓得清两者的界限在何处。反映到小媒体的身上，就表现出了这种模糊不清的"近视眼"。

作为中国舆论之基、传播终端，小媒体不仅承担着大报、大台的发行、转播和信息上传的延伸功能，是大媒体通往目的地的"最后一公里"，并且，它在基层替政府分担了大量公共文化的生产与供应，贴皮贴肉服务大众，呵护着乡土文化传承，是民意与文化的戍边守护者。很难想象，没有了小媒体在辽阔大地的常年坚守、屏障拱卫，中华文化安全的根基将会出现怎样的变数。试问，产业的属性与公共的职能，孰重孰轻？这又岂是几个阿拉伯数字所能简单标示的！

正因为集体的无意识，或者是集体的缄默，促使我有了不自量力吼上一腔的冲动。设想中，将以严肃的学术文本，来写作这一本"小媒体生存"，在填补研究领域一项空白的同时，引来更多关注的眼球。

事实上，我栖息于县级广播媒体 30 余年，在采编新闻、创新文艺的同时,从来没有停止过对业界的近距离观察与思索。当心灵一旦自觉听从使命的召唤之后,这样的观察与思索也变得主动和紧迫起来。为此,除了自己在原有采编领域有所熟悉的基础上,我有意识地在通联培训、广告策划、品牌建设、活动推介等诸多门径上走动。并且,我还利用讲学、交流、创作等一切可用的机会,将脚步跨出诸暨一隅,穿行于塞外、京门、齐鲁、江淮、云贵大地,调研过全国多家县级广播媒体。一路行,一路记,我将获得的资料,结合行走的思考,付诸成文,有多篇学术论文、业务随笔发表于《光明日报》《文艺报》《中国广播影视报》《决策参考》《中国广播》《视听界》《视听纵横》《南方广播研究》等多种报刊上。不少观点,还在业界引起过关注与争论。

然而,这个计划最后还是夭折了。到了真正要动手著书,我才感到自己精力与智力的两亏。身在基层媒体的同仁,都会有深陷没完没了琐事缠身的疲惫感;而最要我命的是,由于缺乏系统的知识架构和学术训练,根本无法将既有的一堆散沙乱砖,搭建出一座条理不紊、逻辑缜密、观点奇崛的学术之屋。我坠入沮丧、绝望的低谷,不能自拔。

最后能从困守的愁城中挣扎出来,得之于一次偶然机缘。不久前,承同城报纸、广播、电视媒体同仁的错爱,找我策划一套新闻业务丛书。小媒体虽是"沉默的大多数",而在冷寂荒凉的小道里居然还行走着这么多同行者,让我喜出望外。说干就干,很快整理出数部书稿,洋洋洒洒,字数逾百万。对于自己这堆散沙乱砖般的杂稿,我也借此之际,按照新闻业务、文艺创作、广告创制、受众培育、媒体推介、品牌建设等内容,连同朋友曾经评论我采写、创作的若干文章一起,分门别类,仍以《小媒体生存》为名,汇编成书,总算投胎转世,使得萦绕于心头的纠结稍许释怀。

　　我对自己倾注了心血、挥洒过汗水的小媒体，捧出的是一个"四不像"。当然，不变的是初衷——通过这本杂书，试图回答业内两大疑问：作为群体，中国小媒体该如何生存？作为个体，中国基层记者该如何生存？我的种种努力，是否达到了这一目的，读者大可臧否。聊以欣慰的一点是，我以笔代言，写下了基层媒体人奔突于内心的躁动与煎熬、探索与思考、焦灼与兴奋的呐喊与诉求。这一点，既是我个人的职业经历，更是集体的共同体验。

　　今天，小媒体所对应的基层，不是一个地域性的概念，更不是一段时空的距离。在这里，蕴藏着媒体人良知的巨大冲动、雄起的巨大冲动，只是现在它太缺乏能够容纳这些冲动的制度环境，以及相应的组织平台。

　　随着新媒体的降临，这里的生存环境岌岌可危。媒体的转型和现代化，如果丢弃基层而单兵突围，其结局只会让中国媒体成为跛腿瘸子，最后瘫痪共输。这是不言而喻的。

　　民谚云：上山问渔樵，下山听民谣。基层虽小，民意事大。只有俯下身来，落下脚去，才能听到人民和时代的心跳。当然，作为小媒体和它的媒体人，在传媒战国时代，方寸不乱，只要服务群众的初心不改，坚守阵地的决心不变，做强的信心不倒，即使身在一个县、一个市，我们站立的地方就是中国。

　　到了《小媒体生存》，我已算出过 6 本书了。在我看来，出书从来不是一种个人行为，尤其是我。本书得以问世，同样离不开诸多良师益友的鼎力相助。这其中就有多年如一日施以援手的著名文化人曹建国先生，学者、华师大教授仲富兰先生；精心指导、校勘书稿的新闻及出版界前辈黄同春、王蓉蓉伉俪；关注并予以扶掖的中央电台原台长安景林先生，《中国广播》《广播歌选》杂志社社长覃继红女士,上海著名文化及媒体人葛明铭先生,浙江省广电新闻出版局宣传处长林勇毅先生;当年热情评论过我创作的作家阮逊、商迪骅、何曾武先生和章东方女士;无私提供珍藏图片的万桦小姐和摄影师杨迪尔、赵潮水、石华堂、陈涛、赵一儿等先生;热心整理文稿的同事俞飞烽先生和学妹吴小丹、姜玲小姐。诚然,他们的热忱、友谊温暖着我,怂恿着我,悄然间转化为能量和记忆,深植五内。

(序《小媒体生存》)

书房·天堂

在物质世界中,人类正变得无所不能。一个小小硬盘,就能将整座大英图书馆庋藏轻而易举收入囊中。书房何用? 纸书何用?

在精神世界中,人类虚弱得不堪一击。键盘上手指如飞,提笔忘字的大有人在;国人购书排名落后于世人。何以书写? 何以阅读?

吊诡纠结中,时代列车奔驰而来,碾碎了生活原有的书房恬静、读书闲适,驮来了一堆剪不断、理还乱的诘问。相信,凡是有文化良知的人士,都会和我们一样,通过各自的理解、经验和视角,试图做出回答。因为,听从使命与理性召唤的人,总不会是沉默的少数。

正因如此,在一片世界被物化的喟叹声中,我们对平民阅读文化的重建,始终抱有一种自信与自觉。这种自信,首先来自于我们这个国度固有的底蕴及绵延的传统。不管潮潮汤汤,迷雾飘忽,遮掩不住历史两岸绝壁上烙下的先人崖画,他们像山一样压向后人的眼帘:有读《易》"韦编三绝"的先贤孔子,有"头悬梁"的孙敬和"锥刺股"的苏秦,有凿壁借光的匡衡,有映雪夜读的孙康,有囊萤烛照的车胤……一路逶迤,文脉不绝。风水流转,逝不去的是民族好学基因。我们揣度,即使在物欲横流下,图书的收藏与阅读热情,大概从来没有在当下一代人中冷却,它只是隐藏于喧嚣的世俗深处,不易觉察而已。

一个上行的社会,主流一定会把书房及书房里演绎的一切,视作这个时代稳健的能量,以此研制为酒曲,去酿造弥漫的书香,醉出一片醇美的风景。如果将它具体到某一社团、某一企业、某一读书人的身上,那么,作为一种神圣而又自觉的担当,无非就是去欣赏、去推崇、去传播这种酒香与风景。

在这种共识驱使下,来自诸暨不同行业、不同身份的人士与组织,不约而同走到一起。如此这般,大型文化公益活动"兆山杯·书房风情"征文、展览,便热力四射地启动了。

与今年这个多年少见的酷热夏秋一样,社会响应之热烈,是给我们系列活动留下的最为直接的印象。至10月中旬截稿,组委会共收到应征作品100多篇,其中来自大江南北的征文多达15篇,最小的应征者尚读小学四年级,参与面超出想象。组委会从中遴选出45篇优秀作品,编辑成《书房风情》一书的同时,由诸暨市摄影艺术协会组织的数名摄影家,深入13个本土藏书人家,将他们平素深若宫闱的私人书斋及丰富庋藏,一一呈现在尺幅中。因此,这些难得一见的影像,除了以"书斋晒图"专辑收录书中,又衍生出另一成果:大型图片展览《书斋晒图:诸暨文化的另一屋檐》,将在这个古城多处展出。

时光匆匆,寒暑更替。今天,捧起案头这本小书,目光触及展览时,我们为自己的思考并付诸行动而自豪。事实也证明着我们的判断:在平民书房的每一个褶皱里,却壅塞了收拾不尽的读书种子,无须去修饰改造,照抄下来就是一部生动的百姓阅读史、文化嬗变史。书香轻抚古越大地,在纷扰的世风下,更多的读书人抱朴守素,把读书的心境筑在牝牡骊黄之外,悉心供奉着精神的庙祇。人民腹有诗书,中华的崛起才有文化大气,不失华夏泱泱豪气。

时间可以洗尽一切。然而,只有长根的情谊与相投的气味,才能深植记忆之河。在 2013 年这个夏秋,由诸暨市民间文艺家协会、兆山集团主办,诸暨市图书馆、诸暨书城、诸暨市摄影艺术协会和诸暨市读书协会联办,我们曾经抵住利惑,携手同心,共同举办了这一在本地前无古人的文化公益活动;诸多同道,挥汗如雨,心甜似蜜。上海著名文化人葛明铭先生欣然作序,极为推崇同仁们的这一举动;平面设计新锐、一墨老总章其达先生,推开繁忙的业务,精心为本书设计封面,进行装帧;兆山集团董事长黄新华先生,一位参透了石头锻造成水泥之文化与哲学奥妙的企业家,又以水泥包容、凝聚、整合、重构的秉性,积极参与这项文化活动,为"恪勤在朝夕,怀抱观古今"的古风再现,构筑精神之屋……他们在向文化致敬的同时,也该受到文化应有的致敬。

我们期待着自己的所作所为,能被社会解读为一个地域全民阅读成长的节点,并给予重新出发的机会。

（序《书房风情》）

超文本书写英雄传奇

有人说，2018 年又是个中国"英雄元年"——国家为英雄出台了系列法规。我何其有幸，在这个时间节点上，捧出了一本不算薄的新书《哦，拧劲树》，礼赞英雄。

英雄属于民族，也属于人类，他们归属伟大人物一类。郁达夫说过："没有伟大的人物出现的民族，是世界上最可怜的生物之群；有了伟大的人物，而不知拥护、爱戴、崇仰的国家，是没有希望的奴隶之邦。"

诚然，一个写作者从不为英雄放歌，也是他终生的缺憾。

编完了书稿《哦，拧劲树》，才吃惊地发现书名稀奇古怪，许多读者目光所及"拧劲树"三字，对这一事物想必云里雾里，不知所以。

因此，对莫名的书名做必要解释的同时，顺带着也为写作本书的缘起做了交代，一举两得，何乐不为？

其实，当年看过著名经典抗日电影《归心似箭》的观众，对片尾如燎原之火燃烧在白山黑水间的莽莽红树林，肯定记忆犹新。那些烧成了一蓬蓬火炬的奇树，就是拧劲树。不过，东北老乡更多时候称它为"拧劲子"或"拧筋械"，口气里透着浓浓的亲热与敬意。

抗战胜利七十年的一个冬日,我孤身一人,顶着漫天飞雪,来到吉林蒙江三道崴子,寻访抗联英雄杨靖宇将军殉国的遗址。无意间瞥见了身后山坡上虬枝苍劲的几棵奇树,仿佛铁铸钢浇,任凭风雪刀砍剑剁也昂首向天。一种凛然不阿的铮铮气概扑面而来,我以为英雄已化作棵棵拧劲树,端着生前既有的风姿和做派,屹立在天地间。

也在这次朝圣般之旅中,我再次见识了拧劲树的拧巴与较劲脾性。山下有老乡在用拧劲树制作木器,无论拉锯、打锛、推刨,每道工序无不让这名手段了得的老木匠吃足了苦头,以至于不断停下活计,歇上一会儿,点上一支烟,摇头感叹一番……

从东北归来,带回了这一棵拧劲的英雄树。从此,它不仅出现在了描写杨靖宇将军的散文里,更多时候,它所弥漫的精神与文化品质,深深地影响了我的写作,转化为一种塑造人物形象、提炼蕴含价值的自觉追求。

"拧劲树有它的归宿,更多的时候当柴火,煮饭烧菜暖炕头;更少的时候做梁柱,架屋顶户堪大用。该担当的时候担当起来了,这样的一棵拧劲树,也算一个英雄。"借杨靖宇之口,我对这种繁衍于东北林海的奇树,做过拟人化的精神扫描。

说到这里,又有一个疑惑会浮出水面:作为一个来自中国最小媒体的县级电台新闻工作者,浪迹天涯,四处走动,你的腿是否走得太远,你的手是否伸得太长?

这样的疑问,我已经见怪不怪了。对于一名基层媒体人,我的种种行迹,既不容于现行的行规,又有悖于通常的做法。一种现行的行规,画地为牢,牢牢地把媒体人拴在属地的一亩三分小天地里;一种通常的做法,清规戒律,有不成文的要求让人在逼仄的空间里机械重复着耕作。显然,这种人为挖掘、抑止创造的雷池,已盛放不下我那颗焦躁不安的野心。因为,匍匐时间太久了,我要舒展一下筋骨,仰首张望,不甘心像自己父辈终身囚禁在一亩三分土地老去的念头愈发强烈,终于在某一天清晨背起行囊,迈动了双脚,去丈量生命的价值宽度。

从那天开始,新闻采编之余,我见缝插针,四处跋涉,几乎没有停止过探寻文学艺术矿藏的脚步。在雪域高原、戈壁大漠、中原腹地、西南边陲、大江南北,留下过或浅或深的足迹。令同行难以置信的是,一个来自小单位的媒体人成了不少省级市级宣传部门、传媒单位的座上宾,规划题材、策划精品、采集素材、创作作品,一次次促成这些地方摘取"影视大奖"或"五个一工程"奖。人生畅意一杯酒——只有在大漠孤烟、水天一色的时候,命运自然会将这种独具的醇美馈赠于人。

有过这样一次次沉醉之乐的人,大概不会在乎他人对其写作取向的任何讥诮或指摘。

在这期间,也少不了有人斥我为不务正业。在这些人的眼里,我该自觉自愿地接受这种施加的约束与管理,老老实实待在一亩三分土地里,用另一种桎梏重复着我父亲的过去,连带着叫作"新闻"的庄稼,即使品种退化、土壤板结也熟视无睹,表现出一种集体的沉默与麻木。

偏偏我有着一种自觉清醒。坦率地说,那些宣传图解式的文体在当下日趋式微和衰落,虚张声势和鲜活缺失正把它僵化成为一具"渐冻患者"。

从某种意义上说,正是痛感于新闻在其一角落的沉沦,才迫使我走出沉闷,向文学艺术去借薪火。因此,在浪迹天涯的时间里,广播剧、影视、戏剧、诗歌、评书,我几乎无所不涉,孜孜矻矻,翻山越岭中希冀寻找到打通各个文体的门径。饶是因我禀赋愚钝，种种努力，种植一片，所获寥寥无几。

不过，我从没忘记自己的职业只是个媒体人。反哺新闻，注重以人性度量报道对象的文化身高，讲究以人文温情测量传播内容的精神密度，借用文艺表达技巧，密集选用鲜活细节，营造故事应有形态，作品在风貌上呈现出了"另类"而屡屡获奖的同时，也因同一原因频频招致质疑。集纳这些诟病，"新闻写得像文艺"大概是最集中的指责。

然而，正是这些人看似"专业"的指责，也被我这个充满"非专业"探索欲望的人，有了"专业"向往，反而更坚定了自己的边缘行走。

边缘行走，让我操持的诸般文体也呈现出边缘行状。时下大力倡导的媒体融合，其实在较早的时候，已由我进行过了文本微观上糅合的先行实践，并被专家视为"超文本写作"。即使如此，在现行体制下的基层媒体，要做一个新闻与文艺的"两栖人"，不知要走多少里的磨砺之路？

乡谚云，虱多不痒，债多不愁。不痒不愁，修持带来了回报：在新闻得不到的东西，想不到在文艺中得到，夫复何求！

人生半百，我多少练就了宠辱不惊的坦然。况且，在文艺创作的崎岖山道上摸爬，我也不乏志同道合的师友，如切如磋，相扶相将。收在本书的不少作品，就凝结着本邑诸多先生的心血；曾经也得到过省内外不少老师的悉心指点。目光触碰纸页，当时酝酿、合作、指教的往事历历，倍感温暖，感激之情油然而生。

感恩中，我也不会忘怀当地宣传部、文联的抬爱，把本书列入文化精品工程进行扶持，得以付梓问世；感谢我的好友、作家顾旭明教授欣然赐序，给予热情推介。出版社编辑老师案头做得细致入微，感人至深。

　　这些师友无私又真诚,恍惚间其身形竟有拧劲树般的挺拔、伟岸,给我坚实的凭依感和安全感。

　　"拧劲树漫山遍野都有,人世间的英雄还会少吗?"在我的作品中,抗联勇士杨靖宇有着他独特的英雄观,竟是如此质朴而平实。影响所致,本书纵横千年,驰骋万里,从贵胄将帅、学人翘楚,到士兵小卒、村夫野老,乃至义犬灵鸟,写生离死别、爱恨情仇;匡护正义,兄弟情义,爱国大义,乍看林林总总,其实大书无非就是"义薄云天,壮怀激烈"八个字的英雄气节,并且,一以贯之。

　　所以,书中所书写的人事与拧劲树所散发的韵致,有着惊人一致的灵魂本色。

　　英雄从来不在浅池和蓬庐。想听他们慷慨当歌,只有循着号角连天和金戈铁马,去远方寻找他们的精神营地……

　　我相信,走动的生命才有远方才有诗。

　　我坚信,只要还能走动,下一部关于英雄的诗篇,将会写得更好看。

　　　　　　　　　　　　　　　　　(《哦,拧劲树》后记)

我来交卷

两年前，著名诗歌评论家、浙大教授骆寒超先生在看过我的几篇民间文学作品后，勉励多写，再三叮嘱要向小说写作靠拢。惶恐之余，也牢牢记住了他的这番教导。

十年前，一位民间文学前辈、我的文学启蒙老师郑重嘱咐，要我的小说、散文，甚至时评写作向民间文学靠拢。唯诺之余，也将他的这番教导谨记于心。

多年前，多位父老乡亲在向我讲述了一桩桩趣闻轶事后，嘱托一定写成百姓喜闻乐听的民间文学，广为传布。其中，"写人事、说人话"是他们不约而同的集体要求。受宠之余，也将如此重托深铭五内。

也许一种文本兼容不了那么多的诉求，或者他们所托非人，这些年来我在民间文学创作中，不再囿于固有的模式，仿佛一头扎进新的迷宫，东奔西突，疲惫不堪，但又兴奋不已。

一直以来，小说在文艺王国唯我独尊，地位似不可动摇。恕我说句大为不恭的话，近来它已跌进没落式微的泥淖而不能自拔，优秀作品乏善可陈。从表面看来，操持者拜"技术主义"，乞灵于私人感受与技巧玩弄。就实质而言，是小说家们的真诚被商业与消费合力阉割。

乡愁可依

本来，小说家应有一颗能够感知社会的心，去真诚地面对这个社会，去描绘出自己对这个社会的独特感受。皮之不存，毛将焉附。一旦作家真诚缺失，不由自主地隔开了与草根大众的血脉相连，那么，他这种感知世界的能力也随之消失。尤其是作家丢失了故事与情节这一叙事文本的起码骨骼，导致小说沦为匍匐于地的软体怪物，招致阅读世界的普遍唾弃。

事实上，小说的文本价值无可置疑。它对于人性常态、卑微生命存在价值以及文学的终极意义的展现；对于生活积累、语言特色、个性塑造、叙事节奏等多层面上的书写，小说较之狭义民间文学有过人之处。

正因如此，我曾痴迷过小说创作，也偶尔有作品见诸报刊。本书中收入的《称呼》《就差这一个》等篇什，曾被报刊划为小说体裁发表。小说与故事并没有严格的分野，如今放进民间文学的篮子里，倒也不觉得格格不入。

在我看来，民间文学与小说不应是泾渭分明的两条文本河流，而是文学地面同一个大流域上奔涌的同一江河，你中有我，我中有你，并行不悖，互为源流，丰沛着对方，也照应着彼此。老气横秋的传统民间文学，确实有向小说借薪火的必要，从语言、结构、技巧、叙事，到格局、气韵等诸多方面，大胆借鉴吸收，不失为获得新生的重要途径。

苦思冥想，我在写作民间文学作品时，有意将小说的创作手法做了嫁接与糅合。其中，以抗战题材的作品写作着力最多。诚然，民间文学书写对象往往是卑微的生命，草芥只是他们粗鄙的外形，壮怀激烈，伟岸挺拔，这才是非常时期中国底层百姓难得一见的生命真正底色。

我写苎麻西施忍辱负重的当代气节，也写偷鸡摸狗者的男儿本色，还写鸡犬在国难当头之下的另类担当……水土孕育生命万物，外侮侵国之际，"生当作人杰"无疑是凡夫俗子的人格迸发，而头顶同样一片天的其他生灵，亦会表现出与这片天地、与这个人群水乳交融的同样人文品质来，同样彰显着惊天地、泣鬼神的别样血性。在"地无分南北，年无分老幼""十年青年十万军，一寸山河一寸血"的常见抗战叙事下，到了我的笔端，又多出了鸡鸡狗狗也御敌的新格局、新传奇。如此草木皆兵，陷入如此汪洋，侵我中华的日寇再凶顽，焉有不灭之理！这又是在三千越甲可吞吴的古老大地上，怎样一番草木为之含悲、风云因而变色的慷慨激烈！

就像每个人都有自己的生活半径，我把民间文学创作的视阈划定在一个叫"南门"的空间中。具体来说，它所指西施故里、越国古都——诸暨县城南门那片十里方圆大地。当年，我出生于这里，并在此求学、劳作、教书、公干，生活了足足二十年。当然，写作时一不小心，贪婪的笔墨也把他乡的人事拽进南门，据为己有。

在饥馑与贫穷年代，是南门之外这片土地以及土地之上的乡亲，哺育我令我胀饱的文学乳汁，积攒起我最初可观的写作财富。因此，南门既是我民间文学耕耘的田园，更是我放飞文学想象的原野。虽然因笔力不逮，我远未营造出莫言之于高密东北乡、孙犁之于荷花淀、艾青之于大堰河的声势来，然而痴爱故土其情亦真，其意亦切，那份急欲向世界讲述南门传奇的野心却是不小的。

南门狭小，无非巴掌大的地面，但足以撑得起一个文学记忆或文学审美的世界。这里三教九流齐聚，五行八作完整。生旦净末，行当齐全，唱念做打，氍毹铺就，是足可以唱出一台可歌可泣可叹可咏大戏来的。

生于斯，长于斯，我在创作上或多或少拥有别人无可企及的本土经验。本土的人情世故、喜怒哀乐，本土的历史和特殊的情结，还有本土的独特表达——将说书、散文、戏曲、时评等手法，经我笨拙的手笔，煮成一锅大杂烩。在雅俗间游走，我试图将传统民间文学的教化功能，尽可能提升到属于情感与精神层面的"审美记忆"。

大概在一年的时间里，我的这些文字断断续续在自己的微信、博客里推出。这样做的目的无非有两：一是投石问路；二是当场检测。

拜网络时代的科技所赐，天南海北的读者反馈立竿见影。其中，省内著名剧院看中《盘山书院》，多次联系提出要搬上舞台；抗战故事《侠盗》《苎麻西施》也由两家影视公司接洽拍摄网络剧；悬疑故事《梦魇》则有就读电影导演专业的学生看到，商量联手改编惊悚电影剧本……这些被视为利好消息，多少给予磕碰跌撞在摸索创作暗巷里的我一些慰藉。

不过，等到将所写的六十篇凌乱作品集数成书，我又惴惴不安，把好不容易集聚起来的自信消弭于无形。

踌躇再三，想到丑媳妇总得见婆婆，二年、十年、许多年，藏着掖着也不是个办法。牙一咬，还是把这粗糙答卷交呈，听凭读者方家给分。同时，对书中的种种谬误及不足，祈望读者贤达的原谅与指教！

不安中，仍然有一股股激动的力量推动着我坚定前行。在本书的写作以及最后付梓过程中，我不孤单，一路上有那么多师友相扶相携，不时给予指导与关心。

书轻情意重，所有这些如今都已洇染在一册纸页里，印刷成文字之外永存的见证。此情此谊，在此一并致谢。

《南门奇谭》后记

改变的只有自己

个人开微博，于我而言，颇有些赶鸭子上架的况味。

记得那是三年前初春的一天，在京城某大学读书的儿子放假归来，怂恿着我开起微博。他操作熟练，手指飞舞，眨眼间就替我操办了博名、头像、个性语等一干事务，几乎是自作主张，要赶鸭子上架了。

的确，我是远离网潭的旱鸭子。在这之前，除了偶尔会去浏览一下网上新闻，对于开博聊天之类了无兴趣，以一种当下少见的顽固与背时，坚守着传统老派媒体人纸笔爬梳写作的老式手艺，也因此没少招人讥诮。

蓄满池水，儿子不由分说，一把将我推了下去。经过了最初的紧张、慌乱与涩滞，一番扑腾，我用手指笨拙地在键盘上敲打出了第一条微博，一条关于环境与心境关系的寥寥数语——

> 这世界变化太快，连天气也跑得气喘不息，跟不上趟了。一天之中，春夏秋冬，害人感冒暴增，心神不宁。人说灵魂跟不上脚步，个个躯壳行走。其实，要想改善心境，首先得改变我们生存的环境。四季分明了，人心澄清了，美丽中国自然降临人间。

发完这些，儿子拉我上岸。父子俩盯着电脑屏幕，好似打窝下钩的钓手，屏息静气地等待着浮标一丝一毫的反应。

不到五秒时间，我的微博评论框里跳出了一行蓝字——

> 姐夫好文笔。看来，心情不全由心生，没有好环境，全部都是瞎费劲。

"瞧瞧！老爸果然不凡，一出手就有美女粉你。"

这位叫"@罗婕好"的网友，所发的一行评论犹如美眸仍在我的眼前扑闪，儿子几分羡慕几分妒，不失时机地揶揄开了。

然而，网络立竿见影的互动，着实震撼人心，大呼过瘾。坦率地说，作为一名媒体人，我在三十年的职业生涯中，收到过受众来信来电无数，然而从来没有一次像眼下这样迅速及时，互动几乎没有缝隙间隔的滞后。震惊、兴奋、冲动，在那一刻纠结交集，后悔自己涉足网络太晚而蹉跎了几年大好时光。

于是，我记住了这一天这一刻：2013年3月13日下午3：15。

对我而言，这一天这一刻，就像当年美国宇航员阿姆斯特朗登月。许多人只是一小步，而我已是一大步了——从这天开始，我蹒跚踉跄，以微博作学步车，跌跌撞撞向网络时代的门槛迈去。

微博写作与人相比，自我感觉尚不算懈怠懒惰。闻鸡即起，洒扫微博庭院，整理宿夜心得，发出观点声音，分享趣闻轶事……我把这一些当作每日必修一课。即使漂泊在外，旅舍、车舟、机场，见缝插针刷博，雷打不动地坚持着这腔热情与激情。

汲汲于微博世界，最大的收获莫过于对它的认知。伴随民主意识的觉醒，"公器"便成为社会成员呵护自己利益竭力追寻、倾力打造的公众神器。作为一种人类权利的稀罕物,传统新闻媒体被视为舆论公器,获得过不可动摇的稳固地位。随着网络时代的降临,包括微博在内的大量新兴媒体问世,兴旺着昔有媒体家族的同时,也更有可能在功能与使命上接近社会"公器"的本真。无论以"人人都有麦克风,个个都是网记者"的通俗描述,还是它对政治、文化、经济等多方面的深度切入,无不诠释着"公器乃公众皆有、人人可为的权利诉求重器"的含义。

在微博写作中,有时候,我会弱弱地思考:一个理想的社会,行之有效且久远的公共决策,大都基于求解各方面利益的最大公约数。历史教训深刻,寄望于少数人的贤能,有极大的不确定性风险。至于那些密室操作、特殊利益集团的一家独大,更是走向现代开放的羁绊。只有当社会的所有成员,特别是底层阶层人人拥有利益表达的渠道,并能意识到这种表达是有效的时候,这个社会才是健康和谐的。

天下为公。社会公器不在于大,却取决于它姓"公"。宇宙可以在一粒果粒之小的空间爆炸诞生,那么,在微时代里,包括微博在内的新兴媒体,完全有可能成为大众操练表达技巧,训练利益诉求,锻炼博弈艺术的大平台,进而孕育出一代现代化的公民,进化出一个现代化的社会。

公器不是神器,因为它从来没有天赐神授,公众争取、社会成长、政治进步、科技飞跃,才得以炼成文明大器。

万物都是一把双刃剑。事实上,微博出现在我国也无非几年时间,荣光与耻辱一路相伴。到了今日饱受诟病的声音似乎大有压过赞词之势。这种反转,与微博本该释放的正极能量渐行渐远。究其原因,是操持微博的不少人不爱惜时代的慷慨给予,耽于数字技术所赐的表达狂欢,情绪唾沫、虚假脏水、无聊口水,凡此种种,污染了一潭清水,伤人亦伤己。

微博伤不起,疗伤的最好药石就是正本清源。空谈无益去弊,行动才是宣言。

这几年,我在一亩三分的微博田园里,栽种芜杂,新闻热点、社会事件、历史人物、文化现象、生活琐事等等,都有涉猎。芜杂不驳杂,却自设原则:不收鸡毛蒜皮,不架秧子掐架;不作高声喧哗,不唱媚俗软歌;不去追风趋时,不做装逼装嫩。所追求的目标,使微博有一种"时文与杂文、小品、散文相融的文字格局"。我的预期是在字里行间,看得到码字人的身形、表情乃至心灵;世事任我评说,绝不胡说八道,一定要发乎于心,顺乎于理,不拿腔作调,不装腔作势。

两年多时间下来,个人发送微博已达一千余条。关注多日的朋友,竭力撺掇我结集出版,学弟郦涛、学妹何若愚、吴小丹等人甚至替我将其收罗打成一包,其情感人肺腑。

我这人素无自信。拗不过众人盛意,筛选一番,裘未成而结成一件色块斑驳、内容杂陈的百衲衣。惴惴不安中,将书稿交师友黄同春、葛明铭、曹建国诸先生,以及师姐杨小白、师妹周柳萍审读,在得到肯定评价后心获些许释然。

不久,书稿交给出版社,编审称其"思想性与文学性有机结合",大笔一挥,将本书体裁定性为"文学微博"。受宠若惊之余,对于这样"急就章式"的文字能否真正担当得起"文学"二字,我颇有怀疑。因为,既为文章,得有文采,存乎思想,情趣多姿,自然有衡量它的标尺。

大概不止师妹周柳萍一人读懂过我在微博中的表达欲望,以及表达背后试图改变社会什么的期许。不过,当时这些微博发出去后,除了个别的有十万、几十万的点击量,大部分如泥石击湖，微澜不兴。倒是有几条微博，招致天南海北陌生人的暴殴与恫吓，鼻青脸肿之后，才识得他们是传说中"网络暴民"的一伙……唉，我又能改变社会什么呢！

我在沮丧时，会不由自主地想起同行白岩松先生的嗟叹："思考可能无用，话语也许无知，就当为依然执之有梦的人敲一两下鼓，拨三两声弦，更何况，说了也白说，但不说，白不说。"

甜酸苦辣咸，当遍尝微博的五味后，我知道自己对社会的种种想法看法说法，已经悄悄发生了改变，影响不可谓不深。这已足够了。

是的，人在世上，必须时刻为自己的心找回一份良知与责任。同样，一个人如果不首先改变自己，就别谈社会了。

感谢一路互动交流、爱我赞我憎我恨我的朋友！

不管能量正负，都曾碾磨为我微博的话题，向这个世界说三道四，推动着我踽踽前行。难道不该鞠躬致谢？

（序《恕我直言》）

愿作沙子筑大厦

作为中国数以万计基层广电人中普通的一员，今天能站在这个地方，我感到无比的激动和深深的不安。我不但怀着虔诚的感恩之心，更把自己获得的荣誉，当作是对在基层一线辛勤耕耘的广电人的褒奖，因为比起我来，他们的工作更辛劳，成绩更出色。

此时此刻，浮上我脑海的有两句话。一句是作家约瑟夫·布洛茨基的经典名言："放下你的虚荣，你不过是沙漠里的一粒沙子而已。"还有一句是我的一位同行在一次颁奖仪式上说过的："没有一个人能脱离所在的环境而成长，就像小苗不能脱得开土壤。"这两句话，是我心理的真实写照，说出了我的肺腑之言。

我来自西施故里——浙江省诸暨市，在县级广播这一级中国最小的新闻媒体里，整整工作了23个年头，干过新闻采编、节目策划、文艺编导、通联培训、广告制作、分工宣传等等。

有人问，年复一年，弹丸之地你轮番耕作了23年，折腾出了些什么？

我要坦然地说，地面虽小，精彩无限，这是一座永远采不尽、写不完的新闻"富矿"，一本永远也读不完的"大书"！

改革开放，风云激荡。家乡的每天都是新的，每天的新闻都是那样的激动人心，让人应接不暇：这里，几个泥腿子整出了世界淡水珍珠王国的神话传奇，那边，一个叫大唐的内陆小村，一夜间成就了"全球袜都"的梦幻；这里，在为弄清一个个经济模式、致富样本而探索，那边又传来农家培养出世界一流皮肤干细胞女科学家，有望问鼎"诺贝尔"震惊天下的特大新闻……生活的精彩远远超乎我的想象，我这个田野上的稻穗捡拾者，一不当心，至今居然有200多件新闻、文艺、广告、专业论文作品在全国、省、市得过奖；个人出版有《初始状态》《大唐飞歌》等数部新闻、文学著作；被评为绍兴市十佳新闻工作者、"五个一批"人才和拔尖人才。

盘点这些所谓的成绩，放置在恢宏的广电事业大厦面前，其分量不过是一粒沙子而已。

我喜爱基层县级广播。县级小台位于社会的最底层。凡是有良知、讲责任的记者，从来都怀揣自己的理想，坚守在自己的职业高地上。23年中，我先后骑破了7辆自行车，走遍了2000多平方公里诸暨大地的山山水水，踏遍1300多个村。我强烈感受到，家乡的人民从来没有像今天这样，求富求知求新求乐欲望旺盛，利益诉求多元。作为媒体人，我为无法满足他们的诉求而感到惴惴不安；更为目睹乡亲们的利益不时被人侵害而义愤填膺，让我一次次挺身而出，报道真相。即使两次差点成为被告，我心依旧，无怨无悔。

我喜爱我自己的家乡。当记者时间越久，我越不敢说自己已经熟悉、了解了我的乡里乡亲，掌握了这块土地的脉动。但我敢说，自己一直在付真心、出真情、讲真话。由我策划、主编的《对农600秒》节目，20多年坚持每天推出，常办常新，很受领导和农民的欢迎，多次被评为浙江省广电品牌节目；一批先富带后富的典型因我和同事们的发掘，由此走向全国。

我喜爱我现在的职务。中心副职在县级广播中大概算最小的"干部"了。我一干多年，有人戏称"四朝元老"，因为在我担任副台长和后来的副主任期间，已有四任正职更迭，而我却职务不变，副职依旧。我之所以喜爱它，是因为业务不丢，能干实事。这些年来，基层广播人事变动频繁，领导多次提出让我"转正"，我却始终没有领情。我说，在县级广播工作多年，我既了解情况又熟悉业务，正好可为新任正职出谋划策，当好参谋；又可为那些新来的采编人员引路入门，当好"向导"。我不但这样说，更是这样做。面对新来正职，我积极配合，主动协助；面对新进人员，我身先士卒，热心传教。当看到一个和谐相处、共谋发展的局面成为单位风景时，我为自己当好广播事业的一块桥板、一段石阶而欣慰。

我喜爱我现在的职业。县级广播记者，在记者同行中显得有些弱势，我却把它当作演绎事业的"舞台"。我的理念是：只有媒体规模大小之分，没有记者身份高低之别。我的体会是眼界宽、脑量足，小记者更要把职业作为事业来追求。这些年来，我除了自学了新闻、文学、经济、管理等多个专业，多门类积蓄知识技能外，采编之余，还为电台策划了完整的 CI 战略规划，编辑专题书籍 5 册，常年培训业余通讯员达 150 人次；策划并编剧创作的多部广播剧，分别获浙江省"五个一工程奖"和全国广播剧专家奖金奖；思考媒体运作策略，盘点业务成败得失，迄今已在国家、省级理论刊物发表论文 40 多篇。基层广播的天地，在我眼前豁然开朗。

基层广播是清苦的，但能安贫乐道却是幸福的。清代诗人袁枚所说"苔花如米小,也学牡丹开"就是我此番的真实心情:身处基层小媒体,因为快乐,我不觉自己清贫;因为感恩,我更乐于享受奉献的乐趣。同样,我也将把这次获得的荣誉,看作事业追求的价值标杆,矢志不渝,用忠诚和热情,甘当沙子,融入基层广电事业中去。

（《说句心里话》后记）

感谢生活

一

没有梦的人准得病了,这是医生说的。一个不幸的人倘若能做几回幸福的梦,那么不幸仅仅停留在白天,最起码生命中一半还不至于悲凉。

我的梦不多。夜阑人静,神思飘游,常被一个个内容雷同的旧梦困扰:鬼使神差屡屡将我拽到位于闹市的电台老楼,满眼都是陈旧斗室,几张破桌,连同事们的音容笑貌都是旧旧的。一梦醒来,感慨万千,再也无法合眼。能做梦,自己健康着;梦职场,心里踏实着,除却这些,冥冥中又在昭示我什么呢?

往事入梦来。我知道,那是记忆的回访,这中间在暗示我什么,提醒我什么。如烟的往事啊,有喜悦、生动、亢奋,也不乏平淡、黯然、悲凉。但不管何种状态,它们都是生活赐给我的。我不能在挑剔中欺骗自己,更不能因为生活的安排有点儿刻薄而诅咒它。

在我的经验里,芸芸众生中最起码有两类生存状态中的人,应该像虔诚的清教徒那样顶礼膜拜生活的馈赠。首先是记者,他的衣食来源就从生活中得来。其次才是作家,生活即是他的创作源泉。

作为记者,我感谢过生活二十年的丰富饱满恩赐么?

有好几次,我融入被时尚打扮得光怪陆离的夜市,去寻访那个装梦的地方——诸暨市区浣纱中路三十五号,试图破解梦中蕴藏的玄机。

置身于闹市的广播小楼,人去楼空,愈发冷寂破败,彻底融入一个被遗忘的另外世界。

还是那扇熟悉的大铁门,虚掩着锈得有些死,推进去吱嘎作响,惊散几只游荡的老鼠。难道这就是诸暨广播,以及后来勃兴的诸暨电视的发祥地?揉揉双眼,我都有一种时空紊乱的错觉。长时间伫立在黑暗中,惆怅莫名,只好抖动思维的翅膀,小心翼翼穿过已经加装了铁栅栏的楼门,越过尘封的悠长过道,透过木门缝隙,去打捞沉积。那里有我逝去了的岁月,还有我存封着的青春、激情和记忆。

在20世纪的80年代中叶,我获得一把真正属于自己的钥匙,受到了小楼的正式接纳。这年冬日,因为有了这样的激动而变得春风拂脸,干枯的枝头看上去都在吐翠争妍。也从这天开始,我成为广播人中的特殊一员,开始了梦寐以求的记者生涯。

二

那个年龄的人都爱做梦。

现在想来,还是从我那个年代走过来的同龄人,差不多患有理想型的梦游症。无法通过现代科举——高考的落榜生,便成为文学的盲流,不约而同麇集在象牙塔下,期望着缪斯的绣球砸中谁的头。因此,我们拥有一个具有特殊文化印记的集体称号,叫作"文学青年"。在那个物质和文化双重匮乏的年代,只有畸形的"卖方市场",写诗的人比读诗的人多。供大于求的结果,文学青年仅以雅号在征婚启事中由于高频率出现而得稍许实惠。

不过,"文学青年"的印记还是颇有些含金量的。高考落榜后,我进校教书,继而入乡府专事宣传报道,凭的也是这张无形"绿卡"。

就在"文学青年"们还在拥衾夜读、秉烛笔耕时,我开始逃离出来尝试写新闻报道。数量不多,反应不错,居然引来广播编辑的垂青。其实,那一年命运再次将我引入人生悬着的三岔口:乡里让我担任团委书记,广播欲招聘我为新闻记者,而一个那时大概已成十万元户的远房亲戚,有了邀我入伙的决定。

对患得患失的人来说,机遇多了真不是件好事。这好像对象多的俏青年在恋爱中极易看走眼,最后沦为老大难。如今回首平生,我在这样的状态中痛失过许多转机。

唯有这一次,我跨出的一脚那么清醒,并且走得义无反顾。至今我记得,编辑部的电话是上午打来要人的,下午我已套着旧夹克成为新进的广播站招聘记者接受了采访任务。夹克是表哥穿旧送我的,洗得褪了工业添加的所有色彩。第一次采访对象,竟是县委书记,满口浓重的宁波方言,看上去酷似我那当着村主任的堂叔。

三

命运为我开启了一道难得的缝隙。招聘,在当时中国是个内涵复杂的事物。人们在共和国基层农村新近干部的身上,懵懵懂懂审读过它。然而,看似干一样的活,正式编制与招聘在精神与物质上仍然存在着巨大的差别,并且,这种差别不会比警察与保安小多少。从农村或企业的骨干农民通讯员中招聘记者,充实广播新闻宣传力量,这在当时的诸暨确实为一种破天荒的大胆改革创举。喝到这头口水,绝对应视为一种殊荣。况且又在社会变革之初,我们没有理由奢侈地挑三拣四。若要比起当时正在热映的现实主义电影《人生》中的主人公高加林,我们不知要幸运多少。他失去了爱情选择的权利,失去了钟爱的广播记者职业,所有的理由和过错,仅仅因为他是个农民。

体制和出身在那时就像广袤又厚重的黄土地,不知埋葬了多少青年农民的才华和青春。电影散场了,我还独自一人在那流泪。

同样作为一个农民,能得到这样的境遇,除了感恩戴德于生活,还能再想要求它什么呢!此时,人生第一次,我真切地感受到命运之神的两道犀利目光,近距离审视着。命运又很可能变幻成一壶沸腾的开水、一方锃亮的砥石。感谢生活最好的方式,我就是一片茶叶,纵身投入沸腾的生活,浸淫着滚烫火热,显现出生命的颜色;我就是一张刀片,跃然扑入冰冷的坚石,磨砺着浑身肉体,打造出青春的锋芒。真的,广播在我的心目中就是这样圣洁的沸水和砥石。

沸水离不开薪炭,磨刀少不了润水。小小的广播站在那时却藏龙卧虎,人才济济。至今仍活跃在文坛影坛及政界的不少人物,当年都曾是引领我走进门道的师长。招聘记者,这是我们共同的身份,周身流淌着农民同样的血液。他们那么年轻,充满着理想的朝气,燃烧着生命的激情。我生平第一次真真切切、严严实实挟裹在一个火热的环境中。生活动用真情演绎,帮助着我读懂了理想、抱负、激情这些词汇。置身于这样一个环境,我常常产生时空交错的幻觉;难道自己穿过悠长的时间隧道,走进了 20 年代名师云集的北大燕园,抑或是充盈着理想氤氲的春晖校侧的白马湖畔……

也许生活知我愚钝不化，煞费苦心以情景剧的方式，灌输并打动我。

孟母搬家，数次才择得德邻而居。而我，那么有幸，与有为师长同在一家，朝夕相处，熏陶日久。与师长们相比，我也没少耗灯油，在读书上没少用功夫，也苦撑硬挨到而立结婚。然而，诸多努力，至今到了不惑之年，我在事业上未曾有立的端倪显露，只能自叹秉性愚钝，先天不足，智商缺乏。智者淡泊，愚者快乐。聊以自慰的是，我也曾与师长们一样充满激情，不懈追求过。

榜样的力量不是用时间所能破碎的。有了那段不长的生活经历，我今后就不会迷失。

四

记者这一行，到了我们县一级，算是中国新闻界中的最底层、最小的字辈。按目前中国体制，记者活动划有严格地盘。在窄小蹩塞的采访半径中，日复一日，记者轮番出击，很有点梳篦子的机械意味，到最后与地面上的人差不多混得烂熟。

人熟好办事，我却不然。我不过是个小记者而已，在新闻采访写作上具有别类认识和判断的痼疾，常常会自找不少麻烦。因为，我的新闻标准首先是人性，然后才是现行新闻时尚常识。所以，当一些非人性的东西进入视线的时候，往往会愤懑起来。时下的中国记者赤膊上阵，哪怕是对付一只苍蝇，都是极其危险的。你的手还未拍下去，不知不觉间被扯进一张硕大又无形的裙带网、关系网，我几乎没有一次不弄得灰脸土面，甚至还有领导勃然大怒，以砸饭碗相胁……

可是,饭碗在人家手里照样吃得有滋有味。许多人脂肪厚了,不知从哪里感染来不小的官气,当然还不乏入仕途走红运的。一篇获奖的评论说,记者这碗饭关键在于你怎么吃。看来,我吃得有些不得法。

我也食人间烟火,难道就不想活得滋润些吗?但我想得更多的是,既然选择了记者这一行,就应该把记者做得纯粹些。在一个健康的社会里,政府、司法机关、律师才是切实为公民解决问题值得信任的力量,其次才是新闻机构。我又记住一位崇拜的同行的话,他说过,"在一个真正的现代社会里,新闻仅仅是新闻而已"。一个记者一旦丧失了良知和责任,倘若只不过是一具行尸走肉而已,我还真想象不出他是什么了。

早在 20 世纪 40 年代,现代传播学奠基人拉斯维尔提出媒体与记者必做的三件事:监视环境、联系社会、传递文化。这被世界上一代又一代的同行们奉为圭臬。观照自己,我又能做到什么呢?

即使出于人本主义和人道主义最基本的立场,做了那么丁点的事,对小记者已经十分不易。讲真话又何尝不需要付出点代价呢?透过漫天飞舞的大雪,我耳畔多次飘进北大荒上回荡的"贝加尔湖"歌声,那是曾经流放到那里的新华社记者戴煌留下的生命强音;我看到在森然法庭屹立起一尊高昂的头颅,那是仗义执言而官司缠身的记者殷新生为我们留下的航标……对照他们,我所受的委屈、曲解、指责,实在算不得什么。

五

风光霁月,八面得意,这是生活。风霜雨雪,十万孤寂,这还是生活。为记者须入世。入世,是对生活的有效参与,是刻骨铭心的体验;拥抱生活,那是拥抱生活的酸甜苦涩的全部。俯仰间,许多往事淡出恩怨记忆。感慨的只是,生活用心良苦地教会我认识了世事诡谲,举步维艰;在不断的失落、失意中催熟我成长,涂抹着我人生的更多色彩。

我无法想象与民间剪断了脐带的人会变成一副什么样的面目。宽厚、善良、同情和互助,肯定与官僚和贵族化无关。来自民间的生活作垫底,即使心浮气躁的人,也会被调教得有乐天知命的旷达,面对困境变得执着和坚韧。经历会告诉人们许多。

在我的印象中,广播记者是中国媒体中的温饱阶层,甚至弱势群体。但是,在我看来,囊中羞涩不见得是贫穷,这时经历即财富。我还能诅咒、憎恨生活的多重恩赐吗! 即使那些失落与失意,对我而言如瓦上之霜、叶上之露,一切都是那么的自然而贴切。对此我无怨无悔,依然会我行我素。

六

中国媒体已被外在因素添加了许多社会功能,无冕之王又是更加奈何不了有冕之王。当更多接受古戏和演义小说文化熏陶的百姓找上媒体时,我没有丝毫的职业优越感,心如刀绞;本来新闻依赖人民,而不是人民膜拜新闻。我想,当百姓的冤屈不再需要找记者的时候,也就是社会建立足以保障每一个人权利的制度的时候。福祉坐等不来,舔舔伤口,抚摸隐痛,还得从我做起。

七

等到我忝为新闻队伍一员时,基层广播媒体全盛神话已经熟透成为脱蒂的浆果。接下去，就有一段时日不短的整体滑坡。殊不知，祸不单行，由行政区域划分的权力机构重新分配，直接导致传统传输线断网破，许多农村的广播现状正应了那句"辛辛苦苦三十年，一夜回到解放前"的俗语。

曾经支撑过基层广播并为诸暨挣来赫赫声名的我的师长们，也几乎在那段时间，带着无限眷恋走出了闹市那道悠长的弄堂。只要电视、报纸招兵买马，广播中的精英不久就会在那里露面。这成为广播人连绵至今都无法断根的心痛。

我留下来了，成了一名广播的"留守男士"。这倒不是我走投无路，而是因为我的根已深深扎进广播，永远与它融为一体了。正如我在拙著《乡里乡亲》一书的自序中所说的那样，我没有理由不爱我从事的广播，她有那么宽泛的生活色彩，那么宽厚的单位同事，那么宽松的职业环境。

真的，我很惧怕针刺麦芒、人人算计的人际，以及须时时提防出卖和落井下石。在广播工作这么多年，我几乎用不着在这方面多耗神经。于是，就有了时间可在业务的磨炼和拓展上放开手脚，新闻采编、通联组织、广播文艺，我几乎玩了个遍。这在大媒体中几乎不可想象。

池小养不大鱼？须知尺有所短，寸有其长。大与小，尽在胸臆间。在小的天地和环境中大写一个人字，在小的内容和形式中注入大主题。小老鼠啃倒大水牛，不对称创下的奇迹在我身上亦并非罕见。小单位，小门面，临柜收银盘点都要会一点，正好成为培养多面手的大学校。这使我对基层县级广播常存感怀之心，常怀报恩之情。

广播前景不容乐观，但也不必太过悲观。大众传媒，四军对垒。且不要说鹿死谁手，媒体争来争去的无非受众的眼睛和耳朵,如此征战旷日持久,永无休止,最后谁都不可能独霸世界。这好像有了飞机,总不至于能彻底取代汽车、轮船,而一统天下。做广播人的底气,来自媒体举世无双的受众包容优势。无论是总统政客,还是流民囚犯、商贾巨子,抑或平民百姓,广播受众之广、传播速度之快在媒体中无出其右。这种状况仍将长期存在下去。有了受众这些衣食父母,我留守在广播何有温饱之虞呢!

八

二十年仿若白驹过隙一瞬间。现代工业文明制造的无形怪物,吞噬着森林植物后,又迅速在上面催生出叫作城市的水泥钢筋森林。人们生息的空间,被压缩、重叠、拼装,成为一孔孔 e 时代人居蜂巢。工业复制了雷同,人在寻觅精神归宿的月夜极易走失自我。为自己,我一直担忧着。在这个疾步走向中等现代化的城市中,我尽量拥有一把钥匙,暂且把身安顿下来,娶妻生子。但是,那颗焦躁的心却时不时总被梦带着,回到多年前那个弄堂深处的旧职场。

有梦的日子,最起码还是理性的。理性在梦中耳提面命,时不时提醒我勿忘生活的馈赠,并将这一理念以另一种方式根植我的骨髓。

风来雨去,寒暑几度,这一些过早催白了当年那个穿旧夹克来入行的少年之头。街上流淌着梦幻般的时尚和浮躁,不知何处是尽头。封存着我青春、激情和记忆的装梦老楼,竟比梦境还要黢黑冷寂。然而,伫立这里,我心里无比清澈澄明,从长弄深处仿佛传来一个天籁之音:"放下你的虚荣,你不过是沙漠里的一粒沙子而已。"我知道那是作家约瑟夫·布洛茨基在告诫文字工作者。如果我是一粒沙子，我会用生命紧紧拥抱生活，心甘情愿融入广播事业的大厦中，也绝不会轻易地随风而逝。

也许，我连一粒沙子都算不上。

（序《初始状态》）

取一截生命燃焰火

一

那一天,来自全国的广播剧人相聚万州,庆贺峥嵘岁月一甲子,午夜已过,睡意全无,手舞之、足蹈之尚嫌不够,大家举首向天,催开了一朵朵绚丽无比的焰火烟花。

此刻,雄踞长江之滨的万州古城,也许悄然睡去。江水无意驻足东逝去,苍穹无垠,空留一弯钩月。月朗星稀,流水无声,那烟花好像全然不顾,扶摇直上,慨然一副不把生命燃尽死不休的拗劲。

在我的眼中,夜空里绽放的,是一颗颗广播剧人的心!它们恣意、张扬、炽烈、率真。

一念至此,竟引发了我不绝的联想遐思:广播剧人燃焰火,真是一种极好的象征啊!对于杂色纷呈的当下文化天空而言,广播剧更多时候只在夜深人静时才绽放它壮丽的生命,这是一种集体的暗喻;对于物欲横流的当下生存境况而言,广播剧人只能在信念与使命的高地苦守,这是一种个体的宿命。

喧闹着、欢叫着的烟花,趁我还沉浸在思绪中,连个谢幕都不给,猝然退场。然而,我的思绪却像加速起动的飙车,刹也刹不住,一头扎进了往事的原野……

二

　　造化弄人。烟花焰火的生命主体是火药与有色金属,地球人都知道。唯有火药与有色金属不知的是,它们之中的一小部分,已被一双造化之手圈定,从此走上了一条奇特的生命之路。

　　我这辈子与广播剧结缘,也很有些火药被造化之手弄成了烟花那样的身不由己的意味。

　　那是 20 世纪 90 年代中期的旧事了。在小小的县级电台里,我充任着既安排人家活儿又得自己赤膊上阵干活的"生产队长"角色,虽忙碌却不安分。记得那时,不是有电影厂通知我去修改剧本,就是有人请我当电视剧"枪手",尽管我的新闻本职干得井井有条,全省县级台"获奖专业户"的桂冠早已落在头上,但是,领导总把我视为一匹有些不务正业、又狂躁不安的野马,少不了要来驯教一番。

　　瞅准了一个机会,领导把一个笼头兜底套将上来:单位决定,让你担纲做一个儿童广播剧,该不是问题吧?

　　我看出了领导浅笑深处的用心:不是自诩在文学上已兜了一个圈子吗?好啊,给你一件陌生差使,看你再逞能!

　　说也怪,我这人生来就是倔性子。领导那种浅笑,倒激起了我莫名的应战欲望。广播剧?那还不是小儿科么。论剧作,大了去的戏剧、电视剧、电影,我都玩了个遍。两相比较,做个广播剧算是小菜一碟。

　　当下,我把胸脯拍得山响,什么剧作、剧务、统筹、导演……

全部揽在自己身上。

领导当时肯定在偷乐:我想给你找个陷阱,你倒好,自己先去挖上了。他自然是求之不得,还再三叮嘱"军中无戏言"。

走到外边,一阵冷风,吹得我心惊肉跳。在这之前,我对于广播剧的了解,最为丰厚的经验大概算是听过几部剧,且不完整,加在一起的时间不足3个小时。如今却要上马对阵,岂不是要我难堪吗?大冬天的,额头居然沁出了几粒冷汗,连呼上当。后悔无药,好强的性格驱使着我只能硬着头皮上。

台里的录音资料库,被我弄得一片狼藉,找出的广播剧总数不上5部。不知是何年何月的文物级玩意,吱吱呀呀,大都失声。我弄得灰头土脸,瘫坐在地上,连声叹息:人说病急乱投医,我连投医的门都没有……

没有门,还不兴自己挖出一个来?我也顾不了那么多了,凭着几年间创作影视戏剧那点积累,依据自己对广播剧的囫囵理解,萝卜青菜炖成一锅,端将出来。这部现在看来十分"山寨"的5集儿童系列广播剧,在当年的省市广电文艺评奖中,竟然连连得奖。

领导咧开了嘴,好像沙砾中淘出了一块璞玉一样,大声宣布:咱们有了人才,今后要把广播剧做成台里的新亮点!

可是,我怎么也笑不出来。误打瞎撞的侥幸,丝毫没有撩动我的快乐神经。然而,从那时起,有一双无形的手扼住了我的心灵——一种被冥冥中神力攫住的复杂感,对广播剧产生了虔诚又敬畏的奇妙冲动,欲罢不能。

此后几年,我像个苦行僧一般,一直跋涉在广播剧朝圣的山道上。题材策划、资金筹集、剧本创作、宣传推介,甚至是客串演员,我都做得不遗余力。

光阴荏苒,褪去了年少轻狂,消弭了无知傲慢,我将广播剧视作广播艺术皇冠上那颗最为炫目的宝珠。以声叙事、以声传情,一心修炼听天籁。

就这样,跌跌撞撞,磕磕碰碰,隐约中我仿佛听到了缪斯的呼唤。然而,定睛打量,时有风沙骤起遮望眼。

三

> 不管火药与有色金属乐意与否,一旦被选择了焰火作为归宿,那一刻,它们的宿命已经注定:清夜是它们的世界,冷寂是它们的生命。这样的法则,无疑有些残酷。然而,残酷无法摧毁的一个事实是:冷寂中,火药蕴藏着能量,粉剂储备着七彩。

这是一个抓狂的年月。艺术可以让财富更强大,强大的财富却使艺术更式微。广播剧就在这个怪圈中艰难挣扎,广播剧人痛苦,却不气馁。

我看多了文化圈里人家起高楼,看多了人家开豪铺,同样也看多了广播剧生态的恶化,以及广播剧人筚路蓝缕的打拼。

人们都说,财富催生神话,商业加速分化。每次年会,我总以一种杞人忧天的心情,格外在意赴会人数和同行脸孔。所幸的是,子不嫌家贫,每届年会依然创下人员剧增的奇迹;铁打的营盘岿然不动,老将横刀立马,新兵摇旗助威。

广播剧人仿佛天生的多愁善感,一旦显露,直叫人肝肠寸断。

曾与南国的一位同行闲聊,说到行将退休,眼看要与他所挚爱的广播剧离去,不禁凄然。他说了许多,甚至透露了后事安排:死后不放哀乐,让自己创作的广播剧送完自己最后归程。

不离不弃,生死与共,这份痴爱让我眼眶含泪。

也听北京的一位年逾古稀的老导演发言,说到动情处,几近哽咽而不能语,她强镇情绪后,几乎喊出:舍去这把老骨头,为广播剧振兴耗去最后一口气!

杜鹃啼血,呼唤春回,这份执着令我热血沸腾。

这些年来,我也自愿不自愿地加入不少七荤八素的协会,由此结识了天南地北各色人等,感触颇多。自从参加了广播剧研究会,遇到过些许功利之徒,拿广播剧当进身的敲门砖,升官发财后再也不见踪影。(可见,世上不缺少珍宝,缺少的是一双发现的眼睛。我等眼拙,固然只能捧着金饭碗要饭吃)。不过所幸的是,与广播剧人从相识到相知,多是耿介之士,无论男女,皆有刚烈之气。敢于拆下肋骨,点燃生命火炬,去烛照若明还暗的前路,这是一个注定悲壮的团队!

因此,我为自己忝列这个团队而感到自豪。

同时,我为因自己是这个团队的一员,连绵薄之力都尽不上而深感愧疚。

歉疚中,扪心自问,也生出了不少困惑与思虑。在文化崇尚多元、新兴娱乐层出不穷的今日,广播剧要想再现当年的"荣光",那无异于痴人说梦。即使当年的那份所谓的"荣光",说到底只是历史转型时期折射出的海市蜃楼。当幻觉散去,广播剧的生态才展露出了它的真实地貌——离主流文化渐行渐远,正在日渐沦为稀有濒危文艺物种。

是生存,还是消亡?我也不止一次参加过以此为话题的研讨会。面对哈姆雷特式的诘问,我心情沉重,无意清议,选择行动应答。

　　我也听不少人揶揄过：为广播剧消得人憔悴，难道还要拿它当饭吃吗？

　　这又捅到了文化力的软肋上。文化力可以比原子弹更强大，然而，它又脆弱得不堪一击。"文革"十年，八亿人民八部戏，日子不是照样过来了。人若没有米饭果腹，别说要挨过十年，恐怕连十个小时都难。

　　对许多人而言，广播剧是吃饱喝足以后的遣兴事物。

　　然而，广播剧人还真的要把广播剧当饭吃，把它转化为精神能量，来维系一个艺术物种的传承，强健它的骨骼。

　　"假如有一天广播剧在我们这代人的手上消亡了，那么，我们就是罪人！"我不止一次，聆听过安景林会长发自肺腑的呐喊。这是良知与责任的呼唤，久久在我胸间震荡。

　　蒿生麻中，不扶也直。置身在这样的艺术群体中，愚钝如我之辈，脱胎换骨，洗涤了追求评奖的名利欲，以及急功近利的浮躁心，从个人"小我"投向广播剧生态的"大局"中，诚然，我小打小闹整出的声响，无异于流萤飞过夜空。

　　萤火之光，照不亮天空。但是，我决不以之小而不为。

　　有一件事，至今想起还为自己的急躁鲁莽而感到可爱。那一年，一个兄弟台已经接下了年会承办，因人事变动而变化。兄弟台已转为他任的前领导悄悄与我商量，希望我能临阵救急。几乎不假思索，我一口应承。那时，其实能有这个拍板话语权的，只能是我们的局长。我充其量也只是广播台里一个打下手的副职，却越俎代庖，擅作主张。所幸的是，局长也是个明理人，慨然允诺。

　　事后细想，当时我的胆子也忒大，一股排忧解难急欲为中国广播剧立下半点寸功的念头十分强烈，几乎置冷静于完全不顾了。

　　还有一事，今日看来也算冒险。三年前，我提出要在台里下午节目中开设《广播剧场》，引进全国精品力作设台唱戏。此言一出，当即引来一片反对声浪。在他们看来，连大台都不播广播剧了，这丁点从鸡肋掉下点儿肉渣，连牙缝都填不满。

　　一拿创收说事，广播剧似乎亏了底气。我与众人争得面红脖子粗，末了，拍着胸脯吼了一腔："不就是创收那点儿破事吗？好啊，一年20万元，亏了我赔！"

　　话说到这个分上了，众人面面相觑。在广播剧播出的冰河期，诸暨台却逆势而上，《广播剧场》悄然问世。也许是缪斯眷顾，这栏目推出后形势日渐看涨，年创收已破30万元。广播剧前景不可低估！不过，我还为自己当初的孟浪捏把冷汗：这事要是黄了，兜里往外掏的可都是真金白银啊！

　　自古燕赵多慷慨之士。作为燕赵后裔，生活已蒸发了我原来就有的豪气。殊不知，广播剧却诱发了深埋的血性，我也因此偶尔显露了本该拥有的性格原色。

　　其实，血总是热的。中国广播剧人都有一腔热血，就像这烟花，冰冷的外表下，装填的总是能发热、能发光的活力因子。

四

　　同一种物质，同一片蓝天，鬼使神差，让它一个成了火箭，一个成了烟花。我并不因为前者直冲九霄而渺小了后者，也不因为自己是琐碎的后者，妄自菲薄而鄙夷。一俟春讯，花开满天，生命的意义全在于服从心灵与使命的召唤。

坦率地说，作为广播剧人的一员，我曾经有过自卑，久久挥之不去。

自卑首先来自于自己收成太差，实在交不了账。磕磕碰碰十多年，创作的几部广播剧，虽然也得了一些省"五个一工程"奖、全国专家金奖，但是，这又算得了什么。在咱们这个团队，入门才几年的后生们拿全国"五个一"、政府奖的多了去。两相比较，我连大气都不敢出，岂敢评功摆好？

自卑还来之于自己的作品太过琐小，实在摆不上台面。与电影、电视剧，乃至戏剧、小说等PK，广播剧不得不承认自己的琐小，人家才叫"宏大叙事""鸿篇巨制"。在以票房、收视（听）率、码洋论英雄的今天，我怎敢与人争锋？

不过，在自卑中我并没有停止过对于广播剧创作的摸索，以及业界文化生态建设的思考。前者亦稍有收益，其中，糅合影视、小说、网络等多种元素，在广播剧创作艺术规律的统筹下，鼓捣出一部非驴非马的"四不像"——《烽火武僧》。想不到，专家十分推崇，称它为"中国首部复合广播剧。"至于广播剧的纪实性发挥、产业链、文化生态环境等话题，我以笔代言，付诸成文，见诸《光明日报》《文艺报》《中国广播》《中国广播报》等报刊。水漂打过，多少留下一些涟漪与波痕。

西谚有云：人一思考，上帝就会发笑。但是，我更喜欢的一句话是：我思，故我在。

思考使我摆脱自卑。世上有许多事无关国计民生，无关GDP，甚至与个人进退荣辱无涉，譬如大熊猫的拯救、国粹京剧的保护等等，却不乏担当者，有人居然生死以往。我想，这就是责任，这就是担当。一旦服从了心灵与使命的召唤，不以物喜，不以己悲，人的生命充盈着意义。

乡愁可依

"苔花如米小,也学牡丹开。"当形质注定自己是一星苍苔时,我不再有做变身牡丹的白日梦,但这不妨碍志存高远,怒放生命。

到了万州,仰望夜空,对着花团锦簇恣意绽放的烟花,我油然产生了神奇向往,叮咛自己:

取一截生命化作焰火,把它点燃,升入空中,为清寂的广播剧苍穹,涂抹上哪怕只有丁点的光亮!

(序《情往声处》)

后记　给尝试以包容吧

一个双脚从没有伸进土地的人，他的人生是不完整的。当我一次次赤足行走在乡村田野的时候，愈发坚信此言不虚。

后来，我穿上不同质地的鞋子，穿行在不同的城市。调整了视角，两厢观照，从中收获了许多人不了解的东西。

对于像我这样笨嘴拙舌的人，向这个世界倾诉所见所思所悟，也只能借一管秃笔，以笔代言，殊无他途。

事实上，汩汩流淌在笔端的，更多的是我的泪水。这么多年的漂泊，这么多年的笔耕，常常使我的双眼噙满热泪。在一张张纸页上，留下的也不是什么文字，日积月累，汇流成为一泓叫作光阴的碧湖。

大江南北，五湖四海，双脚迈得再远，俯身触摸，似乎总有一条看不见的绳索系着。所幸，因为有它牵绊，我的灵魂从没丢失。

魂牵梦萦，这条无形的绊索叫乡愁。它才是远行者永不脱落的脐带。

一种情结，一种记忆，一种感怀。

在心安处，盛下山水，复活风情，放飞梦想。

也不知多少次触及一个严峻的现实，城乡的分离与隔膜在

乡愁可依

近百年中国城市化、工业化进程中程度越来越加剧。这其中,就有制度、地域、人事等看不见的无形之手,在拨弄着文化与人心的隔膜。

也许城市确实剥夺、没收、限止了农耕文明的成长,但城市也充盈、丰富了乡村的精神生活。它们以一种"你中有我,我中有你"的互依关系,不可或缺地呈现出从来没有过的紧密。

因此,我不想去制造它们的隔膜,夸大它们的对立,而是试图去打破它们各自封闭、狭窄的文化格局,进行不自量力的调和。

当然,这种观察视角与书写方式还是招来了不少非议,"写乡愁之笔怎么窜进了城市的天地?"大概是我听到的最多的诘问。

人家姑妄言之,我姑妄听之。

我行我素,用文字放歌,让乡思的情愫化为袅袅音符——

故土可归,家国可寄,乡愁可依。

身有所栖,心有所寄。这些散文随笔都是乡愁的脚印,或深或浅,撒下了游子一路梦走家园的思绪碎片……

我之所以选择散文这种文体,是基于诗歌太过虚妄,小说又陷于冗长,而散文却以灵动机巧传达情愫,无与伦比。

当然,我也知道在所有的文类中,散文易写难工。在中国,在白话文兴起之后,又有几人能扛得住散文所必备的学者渊博、诗家灵慧、哲人睿智和宗教悲悯的修行?尤其在当下,因散文难以进入市场操作,所以浮华中更显寂寞了。

不过,知难而进,是因为我钟情于散文这一文类无与伦比的包容。它像一条大江大河,不择细流汇入,呈现出洋洋洒洒的大气象。

　　另一方面,融合发展时代又给文体嬗变、革新铺设了新途。"文章合时而著,歌诗合事而作。"我把杂文、随笔、时评,甚至小说的叙述技巧糅进了尝试的散文文体之中,或轻或重,随意赋形,希冀它在变异过程产生"你中有我,我中有你",水乳交融,摇曳多姿的时代色彩来。

　　记得著名作家韩石山说过,文笔与文体,有一种奇妙的关系,并非般配才好,有时相悖,反而会有一种特别的效应。汪曾祺的文笔,更贴近散文,他的小说,好多也像散文,若说它们是散文,就平淡无奇了,但编辑说是小说,就不一样了。还有史铁生几位,也是如此。或许只是极端的例子,不是人人都可以乖张的。

　　正因为文笔与文体的不般配难以操持,反而更激起了我的探索和尝试欲望。虽然收入集子里的文字,多会被方家视为非驴非马,难入青眼,但是,于我已颇具探索意识,需要足够的勇气了。

　　诚然,探索与尝试难免幼稚可笑,甚至是失败的。我极为自许的是,这种精神意识实为可嘉。

　　作为那个"乖张者",诚惶诚恐之余,我祈求的,是更多的包容与扶掖。

　　正如我在多本拙著后记里千篇一律强调的那样,问世的每一本书,其实都不是作者的个人成果,它更多的是集朋友智慧与友谊的结晶。就本书而言,先期的文章收集有劳于张芸、周攀攀等诸友;后期的配文图片受惠于骆少华、张芸、陈一江、蔡夫军、杨迪尔等摄影师。感谢是不言而喻的。置身于一个伟大的时代,乡愁依然是追赶现代、畅想未来的情感源头。著名学者徐学教授说,高山总是汇聚在同一山脉,经典也常汇聚在同一时空。

这一时空也许很大，如汉唐中国。也许不大，如古希腊、爱尔兰。它们靠的是适宜的土壤和气候。我想，当今中国的文学已走进了这样的山脉，拥有了适宜的土壤和气候。

我坚信，经典一定会在乡愁的时空下群出。无非是在孕育它们的时候，书写者们会像我一样，萌生出强烈的渴望与期盼，得到因尝试与探索所需要的、更为充裕的包容和扶持。

赵卫明

2019 年初冬草于问学斋